JEUNES FILLES À LA VOLIÈRE

Du même auteur

Un manoir en Cornouailles
(NiL éditions, 2018 ; 10/18, 2019)

Les Filles du manoir Foxcote
(NiL éditions, 2021 ; 10/18, 2022)

EVE
CHASE

JEUNES FILLES À LA VOLIÈRE

Traduit de l'anglais par Aline Oudoul

Robert Laffont

Titre original : THE BIRDCAGE

ISBN 978-2-221-26984-8
(édition originale : ISBN 978-1-405-94098-6,
Michael Joseph, an imprint of Penguin Random House, London)
Dépôt légal : avril 2024
Éditions Robert Laffont – 92, avenue de France, 75013 Paris

À Ben

« De tous les mensonges,
l'art est encore le moins menteur. »

Gustave Flaubert

7 janvier 2019

Flash info : la police a confirmé qu'un nageur a été repêché en mer près de Zennor ce matin. Il a été déclaré plus tard mort sur les lieux. Les circonstances exactes de l'incident sont encore inconnues. La police du Devon et des Cornouailles a lancé un appel à témoins.

1

Lauren

Trois jours plus tôt, le 4 janvier 2019

La neige ne cesse de tomber, des flocons duveteux tourbillonnent dans la lumière dorée, puis sont avalés par l'obscurité. Mais le Londres-Penzance de 14 h 04 continue de foncer vers l'ouest, rapprochant Lauren de Rock Point, la maison qu'elle a fuie un jour d'été, vingt ans auparavant. Elle jette un œil au signal d'alarme, puis renonce. Ridicule. Ce n'est que pour trois nuits. Et elle a une promesse à tenir.

Dans un crissement métallique, le train fait une embardée. Elle s'agrippe au dossier d'un siège, de ses petites mains fortes aux ongles coupés court pour cacher qu'elle les ronge, vernis de rose pâle dans l'espoir d'en masquer les bords ébréchés. Depuis qu'elle a offert sa place à une mère et son bébé une heure plus tôt, elle tangue, coincée dans l'allée encombrée, entre des épaules couvertes de pellicules et des sacs de boutiques au-dessus de ses moyens. À ses pieds, un fourre-tout rempli à la va-vite, peut-être sans son chargeur de téléphone ni assez de culottes. Et presque sûrement bourré de vêtements inadaptés à ses retrouvailles avec Kat et Flora, les demi-sœurs qu'elle voit rarement.

L'e-mail de son père, arrivé le 26 décembre, lui a coupé le souffle. Elle a dû le relire deux fois, prostrée sur le sol de sa cuisine de Whitechapel, vidée de ses colocataires à Noël. Prenant l'invitation pour une erreur, elle n'a pas répondu. Mais papa a laissé des messages. Envoyé des textos : *Charlie Finch t'interdit de refuser !!! Tu dois venir, Laurie. J'ai une annonce importante à faire. P.S. Kat et Flora trouvent que cette réunion est une idée GÉNIALE.*

Depuis, elle a tâché de ne pas penser à la dernière fois où ils étaient tous ensemble à Rock Point : à l'été palpitant, terrifiant, de l'éclipse totale, en 1999. Mais dès qu'elle cille ou que ses pensées dérivent, le voilà : *Jeunes filles à la volière*, le portrait pour lequel elles avaient posé dans l'atelier de leur père, en Cornouailles, durant ce mois d'août. Elle a rêvé du tableau la nuit dernière, s'agitant dans son lit pendant que la neige tombait à Londres. Et elle le voit encore, tel un hologramme, projeté sur le fond du wagon. Croquées à grands traits par les pinceaux de leur père : elle-même plus jeune – le gribouillis d'une gamine hirsute et timide – et ses demi-sœurs aînées, Kat et Flora, avec leur regard hardi et leur éclat de filles riches. Toutes les trois rayonnantes, respirant le soleil et la mer – la folle liberté des falaises et des criques, ces jours précieux d'avant l'éclipse –, serrées sur un canapé blanc près de la coupole noire d'une grande cage vide.

« Le chef-d'œuvre de Charlie Finch », selon les critiques, mais en fait, une part d'elles-mêmes. Telles qu'elles étaient alors. Les filles de ce tableau sont sorties de son cadre il y a longtemps, séparées par la vie.

— Pardon ?

Lauren sursaute, et le tableau éclate comme une bulle de savon.

Assis côté fenêtre, l'homme l'observe de ses yeux bleu marine. Il a un de ces visages anguleux, taillés à la serpe, qui ne se révèlent pas tout de suite. Il évoque vaguement quelque chose à Lauren, mais elle ne voit pas quoi.

— Vous êtes debout depuis des heures. (Il parle avec un grasseyement typique des Cornouailles, au cas où elle aurait besoin qu'on lui rappelle que c'est là qu'elle se rend.) Je vous en prie… prenez ma place.

Dépliant son corps élancé, il renverse un café sur son jean. La femme du siège voisin éloigne son sac avec humeur.

— Ça va. Merci quand même, dit Lauren au bout d'un moment, bêtement troublée.

Elle a passé trop de temps seule à Noël, perdu son savoir-vivre. Le chagrin l'a laissée à vif.

L'homme hoche la tête, puis se rassied. Mais son regard persiste, telle une poignée de main trop longue. Se sentant observée, Lauren fixe la vitre et son esprit tourne au rythme des roues du train vers des voyages semblables de son enfance – même ligne, même destination, même trajet migratoire – qui, jadis, encadraient le mois d'août. Elle voyait alors défiler une verdure luxuriante, une nébuleuse d'insectes, de chaleur et d'espoir. À présent : les taches de lumière des manoirs et des villages lointains, auxquelles se superpose son pâle visage de citadine : des yeux caves, sombres comme des puits de mine ; une mèche cobalt qu'elle regrette un peu dans sa frange mal taillée.

Elle chancelle, se tortille pour chercher son portable dans son sac – mieux vaut prévenir les autres qu'elle est presque arrivée ; non, il est déchargé –, lorsqu'un passager baisse une vitre. Lauren est prise de court par l'air froid et salé qui déferle, balaye du wagon les relents de fast-food et apporte l'odeur saisissante de la *mer*. Avec, dans son sillage, des fragments de leur dernier été à Rock Point : le rire de ses sœurs ; l'œil éteint du soleil éclipsé. Le désir et la peur.

Malgré tout ce que Lauren a refoulé, au fond d'elle-même, son corps se souvient. Et dans le reflet de la vitre du train, elle voit l'homme qui lui a offert son siège la fixer avec insistance, une main sur la bouche, comme s'il se rappelait, lui aussi.

Qu'il soit ou non d'ici, il ne peut sûrement pas la reconnaître, se dit-elle, gagnée par la panique. C'était il y a longtemps, et elles étaient trop jeunes pour que les journaux diffusent leur photo. Elle croise son regard avec une lueur de défi, puis se détourne, s'armant de courage pour les retrouvailles. Dans un crachement de diesel, le train prend de la vitesse, comme son cœur qui s'emballe, et plonge vers l'extrême ouest de la carte.

2

Kat

Pendant que le petit avion ballotte vers l'aéroport de Newquay, Kat se demande quelle mouche a piqué son père. Elle tente de se concentrer sur son travail – les données des abonnés de Spring défilent sur son écran pour qu'elle les analyse –, mais ses pensées reviennent compulsivement à son père. À Rock Point.

Lorsqu'elle avait lu pour la première fois l'e-mail, sa voix intérieure avait crié « N'y. Va. Pas ! » Et puis, elle avait écouté sa mère, serrée en face d'elle à une table du Carlyle, à Manhattan. Le cadeau annuel de Kat, même si les vacances, encore maintenant, la rendent nerveuse. Tout plutôt que le terrain miné de Noël. Papa s'était éclipsé lui aussi, à Paris, épargnant à Flora les affres de le placer à la même table de fête que sa mère. Et si la mère de Lauren – Dixie, paix à son âme – n'avait pas succombé en octobre, Lauren n'aurait pas fait du bénévolat au centre de soins palliatifs, mais se serait terrée avec Dix à Oxford, mangeant du pain aux noix dans un nuage d'encens.

Quand il y a trois demi-sœurs à peu près du même âge et trois mères en rivalité, c'est compliqué.

— Alors, le vieux loup vous invite toutes à Rock Point ? (Sirotant son Virgin Mary, Blythe avait lu effrontément l'e-mail en se penchant vers Kat.) Tiens… une « annonce » ? Charlie ne rajeunit pas. Peut-être qu'il veut céder Rock Point. Ne fais pas cette moue sceptique. Tu attraperas des rides. Regarde ! Il dit que Lauren et Flora pensent que ces retrouvailles sont une idée géniale ! Franchement, si Lauren a le courage de revenir… Et Flora doit déjà camper dehors, poussée par sa mère tapie derrière un rocher. (Sa main s'était crispée sur son verre, mue par de vieux griefs.) Je ne veux pas que ma fille rate cette occasion. Nous méritons d'avoir quelque chose de cet homme, Kat. Vraiment.

Nous ? Charlie Finch avait été l'amant de sa mère – alors qu'il était marié à celle de Flora, Annabelle. Et il reste le père de Kat, même s'il n'est pas toujours à la hauteur.

— Si ça se trouve, papa va annoncer ce qu'il a mangé la veille. Et je ne peux pas prendre plus de jours de congé, maman. J'ai une réunion d'actionnaires cruciale la semaine d'après. Vraiment, je n'ai pas le temps.

— Trouve-le quand même, chérie. (De ses ongles laqués, Blythe avait pianoté sur son portable, agrandissant une vue aérienne qui avait fait frémir Kat.) Rock Point. Un bien immobilier haut de gamme. Tu veux être la seule fille trop occupée pour se montrer ? Qui fâche son père narcissique et se fait *évincer* ? (Voyant Kat lever les yeux au ciel, Blythe avait porté l'estocade.) Il ne s'agit pas d'une maison. Ni d'argent.

On sait tous que tu as fait fortune. C'est… (pause sentencieuse)… une question d'équité, chérie.

Et ainsi, mine de rien, Blythe avait ravivé les vieilles inquiétudes de sa fille. Quel que soit le but du voyage – ne fût-ce que l'attention de son père lors d'un froid week-end de janvier –, Kat devait avoir sa part, la plus grande, dans l'idéal.

Mais maintenant qu'elle ne peut plus reculer – l'escapade n'est plus théorique ni un vague *soap* sur l'héritage, tramé par sa mère actrice –, elle a l'impression d'être propulsée, non à travers le temps, mais l'espace. Et que ce retour à Rock Point risque de la faire régresser à l'adolescence, de lui rendre sa belle sauvagerie d'autrefois.

De plus, tout cela est bizarre, se dit Kat en étirant une jambe dans l'allée de l'avion. Jusqu'au mois dernier, la maison était louée par un couple de retraités. Contre un loyer symbolique, ils étaient chargés de l'habiter sans se plaindre. Papa n'évoque jamais Rock Point. Aucun membre de la famille n'en parle. Ce qui est bien normal. Et ils n'ont pas dormi sous le même toit depuis des années, encore moins *ce toit-là*. Flora va sans doute lui plaquer un filtre sépia, prétendant qu'ils passent tous un merveilleux moment. Mais Lauren ? Kat ne lui en voudra pas si elle se désiste à la dernière minute et reste planquée à Whitechapel. Trafic ferroviaire perturbé, l'excuse parfaite.

Et quelle est la sienne ? À la différence de Lauren, Kat ne porte pas le poids de cet été-là. Elle n'est même pas sûre de se rappeler ce qu'il s'est passé le jour de l'éclipse. Tout ce qu'on retient de son adolescence est ce qu'on magnifie à l'âge adulte, non ?

Comme une émotion feinte commence à paraître vraie si on la simule assez longtemps. Et c'était un autre millénaire. Analogique, avant les smartphones et Twitter. Une période de sa vie qui, comparée au présent qui défile sans cesse, paraît vague, discontinue et remarquablement non documentée.

Alors, c'est ridicule qu'elle puisse à peine manger depuis des jours ; l'estomac agité, non par nervosité, mais par une émotion qu'elle ne peut pas identifier. De plus, elle transpire, survoltée. Pour la troisième fois de ce petit vol, elle essuie la sueur sur son nez avec le foulard en soie qu'elle garde caché au fond de son sac. Troué par des brûlures de cigarette, des accrocs et des talons aiguilles, le carré Dior a appartenu à sa mère dans sa période la plus chaotique, à la fin des années quatre-vingt-dix. Kat voyage toujours avec lui, tel un doudou râpeux, un négatif de sa réussite durement gagnée. Un rappel du long chemin qu'elle a fait.

— *Ouah !*

L'avion plonge vers le sol. La femme qui empiète sur l'accoudoir commun pousse un cri perçant, lâchant son paquet de chips. Quelqu'un murmure « Je vous salue Marie… ». Le pilote ordonne de boucler les ceintures de sécurité pour se préparer à l'atterrissage.

Kat range calmement son ordinateur. À force de voyager seule entre les tournages de sa mère et ses familles américaine et anglaise, elle a appris très jeune à aimer les turbulences. Les membres de l'équipage étaient aux petits soins pour elle et lui resservaient du dessert. Quand elle leur disait qui étaient ses parents, ils feignaient d'avoir entendu parler d'eux : « C'est super ! » lançaient-ils, et elle explosait de fierté et de solitude.

— Nous allons tous mourir ! crie la femme aux chips, pendant que l'avion tangue.

— Pas aujourd'hui ! hurle Kat à son oreille, tâchant de la rassurer. C'est juste de la physique ! Traction, poussée, et un avis de tempête…

Soudain, à travers le hublot, une anse vert malachite. Un sable noir doré. Un patchwork de champs.

Kat retient son souffle. L'approche rapide des Cornouailles lui donne un petit choc, puis un autre, jusqu'à ce que son crâne semble hérissé d'aiguilles d'acupuncture. Le reste de sa vie – ses joggings à l'aube dans des rues d'acier et de verre, le murmure affairé du bureau de Spring, tous les likes et les tweets – s'évanouit, irréel. Et un petit être anxieux, noué au fond d'elle-même, se détend. Quand l'avion cahote sur la piste, des larmes lui brouillent les yeux. Elle les essuie farouchement sur le foulard fané, se demandant ce qui lui prend. Elle n'a pas pleuré depuis des années – et elle ne va foutrement pas commencer maintenant.

3

Flora

« Vous êtes arrivé à destination », annonce le GPS. Mon Dieu… Répugnant à quitter la sécurité et la chaleur du SUV, Flora écoute l'Atlantique se déchaîner à soixante mètres en dessous d'elle. Avec un bambin dans la voiture, l'océan paraît bien plus proche. Capable de se dresser en une vague monstrueuse et de les projeter au bas de la falaise. Elle en a une crampe d'estomac.

Rock Point n'est pas vraiment l'élégante villa victorienne de ses souvenirs, plutôt une vieille maison isolée, battue par les embruns, sans doute avec ses locataires momifiés à l'intérieur. La lumière des fenêtres traverse l'allée, l'aubépine tordue par le vent, jusqu'au bord pierreux du talus surélevé. Au-delà, elle disparaît par-dessus la falaise, dans le noir velouté. Comme le ferait un tout-petit. On n'entendrait pas le cri.

Flora suce plus fort l'antiacide. Elles étaient si peu surveillées ici, dans leur jeunesse. Libres de vagabonder. D'allumer de grands feux sur la plage. On leur faisait confiance pour qu'elles ne courent pas sur les braises, ne risquent pas de tomber ou de se noyer.

Elle ne s'est jamais sentie aussi libre depuis. Bêtement, jusqu'au vertige. Franchement, c'est un miracle qu'elles aient survécu.

Rock Point aussi. Même si la maison tient encore debout, le sable a rongé sa façade blanche. La restaurer va coûter cher. Listant les tâches d'un ouvrier imaginaire, Flora promène son regard depuis la pierre angulaire – datant de 1841 – à sa chambre d'enfant au premier étage, jusqu'à l'atelier d'artiste sous les combles, aux petites vitres carrées louchant vers l'horizon. Le toit d'ardoise est aussi symétrique que la maison ; on pourrait le plier en deux, comme une serviette, et ses angles se rejoindraient. Mais là s'arrête tout sens de l'ordre. Au-dessus de Rock Point, les plateaux cabossés, où courent les champs et la lande, se voûtent sous un vaste ciel froid.

Flora est prise d'une forte envie de fairc marche arrière. De redescendre la route qui longe la falaise, serpente le long des mines et des cottages – effondrés, telles des mises en garde –, pour fuir cet endroit désolé. De refaire les cinq cents kilomètres qui la séparent du Surrey pour rejoindre son mari, Scott, et leur maison connectée dans son impasse sécurisée, au microclimat d'allées chauffées et de super machines à café.

Mais elle n'a plus de bonbons récompense. Ses oreilles bourdonnent à force d'avoir écouté les mêmes CD de contes – « Encore, encore », exigeait Raff – au point de redouter que son cerveau n'explose.

De plus, elle lui a promis des aventures. (« J'aime pas les aventures, maman. — Ça viendra. ») Et elle ne laisserait jamais tomber papa. Quoi que dise sa mère – « Un salaud égoïste » –, il a toujours été là pour elle, du moins quand elle en avait vraiment besoin. Quelque chose ne va pas, elle le sent d'instinct. Ces derniers mois – en fait, depuis la mort de Dixie –, il s'est montré vague sur ses déplacements. Seul l'indicatif téléphonique révélait qu'il était à Paris – *Paris !* – le jour de Noël. Quand elle a réussi à le voir, il semblait réservé mais nerveux, comme s'il venait de commettre un casse. Et pour couronner le tout, cette drôle d'invitation de dernière minute, en plein hiver, à Rock Point.

Mais… si Kat et Lauren pensent que cette réunion est une « merveilleuse idée », elle partage leur avis. C'est une occasion rare pour elles de se retrouver entre sœurs, pas seulement comme des femmes partageant fortuitement la moitié de leur ADN, dont l'attirance mutuelle est d'ordinaire vaincue par la répulsion. Oui, elles *bâtiront* de nouveaux souvenirs à Rock Point. Recouvrant les anciens.

Rien ne peut mal tourner. Pas cette fois. Elle a pris une liste d'excursions pour les jours de pluie, un programme de menus, l'adresse des urgences les plus proches ; de quoi parer au plus pressé : Calpol, Nurofen, papier toilette. Des citrons non traités. Des vêtements pour tous les temps. Même un deux-pièces qu'elle n'a nulle intention de mettre. (« Apporte un maillot de bain », a texté Kat hier soir. Pas de baiser, d'émoji, rien.) Mais surtout, elle restera parfaitement sobre et sur le qui-vive, au cas où quelqu'un s'aviserait de parler de *ça*. Par souci d'harmonie, le jour de l'éclipse doit rester indicible. Comme une liaison pour qu'un mariage survive.

Mais d'abord, faire bonne figure. Sortant une brosse de la boîte à gants, Flora lisse ses cheveux blonds longs jusqu'aux épaules – au brushing impeccable –, met du brillant à lèvres et s'inspecte dans le miroir. Bon sang… Comment la créature svelte, fougueuse de *Jeunes filles à la volière* est-elle devenue ça ? Claquée. Le visage bouffi. Non, elle ne le taira pas : une mère trentenaire affligée d'un trouble digestif inexplicable et d'une vessie qui, à sa grande honte, fuit. Jamais elle ne l'avouera à ses sœurs.

Raff était énorme à la naissance : près de quatre kilos cinq. Accouchement au forceps. Trente points de suture, comme une fermeture Éclair. Elle lui a pardonné depuis. Elle regarde son fils dans le rétroviseur, taurillon aux poings crispés et au visage furieux. (Premier mot : « Non. ») Son cœur se serre. Il a l'air pitoyablement seul dans la carapace de ce grand SUV, entouré de sièges vides d'enfants à venir. Un rappel du fait qu'elle s'absente dans sa période féconde. Scott n'en a pas encore pris conscience. Mais il le fera. Elle n'en doute pas.

En ouvrant sa portière, Flora vacille dans un mur d'air qui sent le sel et la fumée de bois. Le vent la gifle, tire sur son gilet en peau d'agneau. Le temps est un affront, un choc brutal.

À quoi s'attendait-elle ? À un parfum d'ambre solaire et de noix de coco ? Eh bien, oui ! Dans son esprit, Rock Point *était* l'été.

— Salut, étranger.

— Kat !

Flora se retourne d'un bond, la mâchoire tombante. Elles ne se sont pas vues depuis ce verre tendu, pénible, en octobre, après l'enterrement de Dixie. Le portable de Kat clignotait au centre de la table, comme un radar signalant tous les non-dits qui volaient entre elles.

Kat a-t-elle fait un régime ? *Elle* n'a clairement pas passé les fêtes plongée dans une boîte de chocolats. Elle a l'air mince, élégante, cosmopolite. La capuche de sa veste, débordant de fourrure – Flora désapprouve, mais rêve de la caresser – souligne ses traits bien dessinés, un charmant nez romain ; le genre de beauté androgyne qui s'accuse avec l'âge. Des jambes fines de joggeuse. Des cuisses ultra-fermes.

Il y a un moment étrange où Flora, qui se flatte de pouvoir papoter avec n'importe qui n'importe quand, ne trouve rien à dire. Elles se tiennent assez près pour s'embrasser, comme des sœurs normales. Mais elles ne le font pas. Parce qu'elles ne sont pas des sœurs normales.

Flora s'est glissée dans le monde la première : personne ne peut lui enlever ça. Cinq mois plus tard, Kat est née en secret, à l'hôpital chic de Portland. D'après la légende, Blythe Stein, sa mère actrice américaine – débutant dans ce que la presse appelait la « période L.A. fertile de Finch » –, a frappé à la porte de la mère de Flora à Kensington, Kat bébé dans les bras : « Il ne vous a pas dit qu'il en avait une autre ? » La fois suivante, Charlie a prévenu son ex-femme et son ancienne maîtresse. En pure perte. Treize mois après Kat, Lauren a vu le jour, six semaines avant terme. Et dans la mère de Laurie, Dixie – la jeune amante gauchiste, tatouée, de Charlie –, Annabelle et Blythe se sont découvert une ennemie commune. Pas étonnant que Dixie ait attendu neuf ans pour introduire Lauren dans leur vie. Oh, Dixie… morte à cinquante-huit ans. Même la mère de Flora a pleuré.

— Comment vas-*tu*, Kat ?

Flora souligne toujours le « tu », pour prouver que la réponse l'intéresse.

— Lauren est encore sur messagerie… (Kat n'a pas le même besoin de formules de politesse. Sa voix est grave, rauque, sûre d'elle.) Je parie qu'elle ne viendra pas.

— Oh, non !

Flora s'était pourtant doutée que Lauren pourrait se dégonfler car sa sœur est nerveuse, telle une bête arrachée à un tortionnaire. Leur canari au fond de la mine. On ne se remet pas d'un choc pareil, pas vraiment. Sinon, pourquoi aurait-elle snobé son invitation à passer Noël dans le Surrey ? Offert ses services, à la place, au centre de soins palliatifs où Dixie est morte ? Ce n'est pas que Flora en souffre. Pas du tout.

— Maman…

Le premier sniff plaintif. Flora retourne à la voiture en courant.

— Hé, chéri, on est à la mer !

Sentant Kat l'observer, elle a du mal à déboucler la ceinture de sécurité, dégage Raff avec maladresse. Il pousse un cri perçant.

Kat recule.

— Toujours un peu grincheux quand il se réveille, explique Flora en se sentant jugée, tâchant de garder son sourire. Dis bonjour à ta super tante Kat !

Raff enfouit la tête dans le cou de sa mère, plaquant sur son menton des boucles pleines de sueur.

— Non.

Flora ne peut s'empêcher d'être un peu satisfaite du refus de son fils. Même s'il échappe à Kat. Sa sœur est si occupée ces derniers temps. Si détachée que c'en est égoïste. Elle n'arrive pas à l'atteindre. Comment un être peut-il autant vous manquer alors qu'il n'est qu'à quelques centimètres ?

— Ouah…, dit Kat. Comme il a grandi, Flora !

— Les petits de quatre ans poussent vite.

Flora renifle. Kat n'a pas vu Raff depuis ce pique-nique désastreux à Hyde Park en septembre : un nid de fourmis rouges, une grève de métro, deux annulations – Lauren et papa – et une quantité indécente de nourriture gâchée que Flora avait soi-disant « faite sur le pouce », mais passé des heures à préparer.

Kat reprend son portable.

— Oh, réponds, Lauren…

Flora est un peu jalouse car un vrai échange téléphonique avec Kat est un rare privilège. Si Kat décroche – Flora a pour tactique de laisser longtemps sonner jusqu'à ce qu'elle réponde –, elle s'exclame : « Pardon, ce n'est pas le moment, je te rappelle tout de suite. » Puis elle ne le fait pas.

— Je dois l'avertir, dit Kat en relevant sa capuche, révélant une coupe chic, plus courte, plus sévère que jamais.

— L'avertir ? jette Flora sans comprendre.

Lorsqu'elles étaient jeunes – non, à la réflexion, *avant* –, elle pouvait lire dans l'esprit de Kat. Mais là, le contact ne passe pas.

— Une invitée surprise. (Kat grimace.) Bertha.

Flora manque de lâcher Raff.

— C'est une blague ?

— Non, dit Kat en raccrochant. Son gardien l'a déposée hier chez papa. Qui ne m'a pas prévenue. Là, il est dans la véranda pour tenter d'installer la diva dans son ancienne cage.

Berthingham Palace. Soudain, la grande cage à étages s'ouvre dans l'esprit de Flora, l'été de l'éclipse tournoyant à l'intérieur, cyclone de plumes jaunes. Elle la referme en frissonnant.

— Bertha est un Gris du Gabon, mon chou. (Kat agite un pied de Raff, dont le vent arrache la chaussette.) Un perroquet qui *parle.* Comme le robot Alexa !

— J'aime pas les robots, dit mollement Raff. Moi, j'aime les requins.

Kat sourit.

— Eh bien, Raff, si tu aimes les monstres qui mordent, tu vas adorer Bertha.

Raff s'accroche encore plus au cou de sa mère.

— Tante Kat te taquine, s'empresse de dire Flora en couvrant son pied nu, se demandant si la phobie des oiseaux de Lauren n'est pas en partie génétique. Bertha est terriblement vieille, mon chéri.

— Non, c'est une boomeuse. Les Gris du Gabon peuvent vivre soixante ans, lance Kat. En fait, Raff, Bertha était à Rock Point la dernière fois que…

— Kat…, prévient Flora en secouant la tête.

Dans un silence tendu, une étrange décharge grésille entre elles. Une entente, espère-t-elle. La pluie se met à tomber, passant en un instant de la bruine au déluge.

Elles courent en riant vers le porche à pignon, où la lumière de l'imposte répand une promesse de chaleur. Une fois à l'abri, Kat touche le bras de Flora.

— C'est bizarre de revenir. Très bizarre. Et… enfin, je suis vraiment contente que tu sois là, dit-elle d'un ton presque penaud, comme si elle venait de changer d'avis.

— Oh… (Flora bat des cils, déroutée) euh, je… je suis contente aussi, Kat.

Dans une prise de conscience troublante, Flora s'avise qu'elle a passé des semaines à dire à une foule de gens – aux parents de Scott, aux voisins qui se plaignent des guirlandes électriques de son jardin, aux mères d'élèves qui ne lui rendent jamais ses invitations à goûter – qu'elle était ravie de les voir alors que ce n'était pas vrai. Alors qu'au fond d'elle-même, tout ce qu'elle voulait vraiment, c'était ça. Sa sœur. L'air vif et salé et la fumée de bois. Rock Point.

4

Lauren

Rock Point, 1er août 1999, vingt ans plus tôt.

Papa a surgi du porche dans la lumière du soir en ouvrant grand les bras.

— Ah, mes meilleures créations !

J'ai retenu mon souffle, comme quand on s'apprête à dévaler une montagne russe. Kat et Flora ont couru vers lui, soulevant des nuages de poussière. Moi, je suis restée en arrière, le cœur battant, submergée par des vagues d'enthousiasme et de timidité. Je me doutais qu'il avait attendu que nos mères s'en aillent, observant ce que la mienne appelait une « parentalité parallèle » – des lignes qui ne se rencontraient jamais vraiment, comme mes sœurs et moi, le reste de l'année. Rock Point nous réunissait. Telle une scène dressée juste pour nous, puis démontée à la fin du mois d'août. Je ne pouvais l'imaginer en hiver.

Flora s'est jetée sur papa, me laissant tiraillée entre l'admiration et la jalousie. Elle paraissait trop grande pour qu'il la fasse tournoyer, mais papa, mince et robuste, l'a soulevée facilement. Elle criait, dans un halo de cheveux dorés. Kat a empoigné papa et l'a serré très fort, les yeux fermés, l'air de ne vouloir jamais le lâcher.

C'était mon tour ? Je n'en étais pas sûre. J'avais répété ce moment tant de fois dans ma tête. Trop espéré qu'il vienne. Barrant les chiffres dans mon calendrier Greenpeace, j'avais fait le compte à rebours toute l'année jusqu'au jour où la grande maison blanche s'élèverait sur la falaise – et où je redeviendrais une sœur Finch. Mais là, je ne savais même pas quoi faire de mes bras. Alors, j'ai suivi des yeux une mouette qui planait vers la lande où vivait Gemma, ma correspondante. Contrairement au ciel bleu au-dessus de Rock Point, celui de l'arrière-pays était sombre, laid et gorgé de pluie. Il peut y avoir deux météos à la fois dans le ciel ici, disait toujours Gemma. Et le temps peut changer en un clin d'œil sanglant.

Mes sœurs avaient changé, elles aussi. Depuis la dernière fois où je les avais vues chez papa à Soho, trois jours avant Noël – on avait mangé, les assiettes sur les genoux, en écoutant en boucle *Fairytale of New York* –, elles étaient devenues encore plus éblouissantes, plus grandes, plus féminines, et filaient quelque part, hors d'atteinte. Les filles qui faisaient la roue sur la pelouse à Rock Point les étés précédents avaient disparu.

Flora marchait différemment, rayonnante de beauté. Dans une minirobe à fines bretelles, nouées autour du cou. Avec des cheveux blond platine, cascadant sur son dos de cavalière. Des yeux aussi bleus que l'été. Kat était plus ombrageuse, plus froide, brûlée par le soleil. Elle avait un appareil dentaire, des cheveux plus épais et plus courts, d'un joli brun doré.

Des épaules musclées de nageuse sous un débardeur marbré – laissant voir un soutien-gorge léopard dont je pouvais seulement rêver – et un jean à bords effilochés, aux poches pendantes comme des langues. Un walkman à la main. Des écouteurs au cou. Une grande confiance en elle. Le fossé entre nous s'était encore creusé.

À treize ans, je restais la moins Finch. Je portais le nom de maman, Molloy, qui m'avait donné sa peau pâle d'Irlandaise, ses cheveux noirs touffus. Et une tache de naissance sur la joue, couleur Pepsi. Mes dents n'étaient pas aussi droites que celles de Flora, celles qu'aurait bientôt Kat. Mes vêtements étaient décolorés, marqués au nom d'autres personnes, presque tous d'occasion. C'est mieux pour la planète, disait maman. À Jericho, un quartier un peu miteux d'Oxford, ça n'avait pas d'importance. Cet été-là, face à mes demi-sœurs londoniennes – Flora habitait Chiswick et Kat Nothing Hill, comme dans le film qui venait de sortir –, porter un T-shirt banane et un short fané faisait tache. Par chance, j'avais pris ma nouvelle robe – achetée en solde –, que je n'avais pas encore mise et qui sentait le neuf.

Cet été-là, d'autres différences que je n'ai jamais avouées à ma mère m'ont cruellement blessée. Flora et Kat étaient venues en voiture. Avec des valises élégantes. Nous étions arrivées en sueur, à pied de l'arrêt de bus après six heures de train, avec mon vieux sac à dos plein de livres. (Ma plus grande peur, alors, était de manquer de lecture.) Maman portait sa salopette en jean délavé, un T-shirt du festival de Glastonbury, un piercing en argent sur le nez et des tatouages au henné. Le pire : je n'avais pas lâché sa main assez vite – mes sœurs l'avaient vu.

En plus, elles avaient fait la moue quand maman m'avait embrassée longuement avant de partir – « Je t'aime plus que tout au monde, Laurie, d'accord ? » – comme si j'avais six ans. La mère de Kat, Blythe, à la voix de cinéma, aux immenses lunettes noires, lui avait juste envoyé des baisers de sa décapotable, pressée de s'en aller. La maman de Flora, enceinte de son énième bébé, était entrée en coup de vent pour aller aux toilettes, étreindre mamie – « Dieu merci, vous êtes là, Pam, l'organisatrice en chef. Je laisse mon adolescente entre vos mains expertes. Bonne chance ! » Puis, ignorant ma mère, comme si elle n'existait pas, elle avait rentré son ventre montgolfière dans sa Range Rover, bourrée de chiens et de blondinets hurlants – les demi-frères de Flora, nés d'un nouveau mariage –, avant de filer. Maman avait été la dernière à partir. Refusant que papy l'emmène à la gare, elle était revenue à grands pas au village, ses piercings miroitant au soleil, pour reprendre la longue route d'Oxford. Même si je savais qu'elle me manquerait affreusement, j'étais soulagée qu'elle s'en aille. Tout était plus grand à Rock Point. Le ciel. Les pièces. Les sentiments. Les choses qui pouvaient mal tourner. Et pour les surmonter, je devais me détacher de ma mère.

La main de mamie s'est posée sur mon épaule dans un tintement de bracelets.

— Un verre de limonade bien fraîche ?

J'ai répondu anxieusement, avec politesse :

— Oui, s'il te plaît, mamie. Merci beaucoup.

C'était mon quatrième été à Rock Point, mais je craignais toujours de paraître mal élevée. Je m'escrimais à faire mes preuves, par loyauté envers maman qui m'avait servi de préceptrice pendant huit ans – d'ordinaire sur la route, à l'hôtel, dans des camping-cars ou des yourtes, parce qu'elle m'avait fait voyager à travers le monde. « Comme un pauvre animal de cirque », avait dit un jour mamie.

Les joues tannées de mamie étaient aussi ridées que des noix. Elle avait piqué des plumes de perruche sur son chapeau de paille, qui couvrait presque une queue-de-rat gris rocher, et portait une longue robe turquoise avec un rang de coquillages, telles des dents de lait, cousus sur son col en V. Elle tenait un grand panier d'œufs – bruns, mouchetés de fiente de poulet – que le fermier laissait devant la porte : une promesse des petits-déjeuners copieux de Rock Point.

— Bertha sera drôlement contente de te voir, Lauren, m'a-t-elle glissé dans un sourire, sa manière de dire qu'elle l'était aussi. (Son cœur était pareil à une anémone de mer. Il se fermait si on l'approchait et il faisait souvent le mort, mais il était vivant.) Ah, voici l'astronome de la famille.

— Laurie !

Papy sortait du sentier où il avait raccompagné nos mères.

Mamie n'était pas expansive – je ne l'ai jamais vue embrasser papa ; maman disait qu'elle avait beaucoup à se faire pardonner –, mais papy si. Sa moustache en brosse me piquait la joue. Son odeur était chaude, boisée, comme un étui de violon. Dès notre première rencontre à Rock Point, j'avais senti que nous serions amis : il m'avait dit qu'il avait neuf petits cadeaux qui attendaient dans son bureau – des livres, des bonbons, une dent de requin – pour tous les anniversaires qu'il avait manqués.

— Enfin, Charles… Charles ? a lancé mamie d'une voix aiguë. Tu ne dis pas bonjour à Lauren ?

Tout le monde s'est tourné vers nous. Une partie de moi est morte.

Pendant un moment affreux, papa a paru surpris de me voir, l'air d'oublier qu'il avait trois filles, et pas deux, qui venaient en août. Ça m'a rappelé le jour où j'avais surpris mamie à dire : « Pour l'amour du ciel, Charles, combien d'autres y en a-t-il ? » et qu'elle n'avait pleinement accepté ma filiation qu'après une sorte de test.

J'avais rencontré ma famille Finch seulement quatre ans plus tôt. Jusque-là, je parlais à mamie et papy au téléphone, connaissais l'existence de demi-sœurs mythiques, et savais que la situation était « délicate » entre leurs mères et la mienne. Même si j'avais souvent rêvé d'avoir des frères et sœurs – ils me ressembleraient, nous partagerions nos secrets –, maman était tout pour moi et nous vivions très loin, à l'étranger.

La plupart du temps, je rêvais que mes parents étaient ensemble. Ils l'étaient quand je suis née. J'en avais la preuve, une photo : papa me berçant dans ses bras, contre un T-shirt des Clash, et maman rayonnante, la tête sur son épaule, dans une chemise éclaboussée de peinture. Quand il avait fait « la chose grave » dont elle refusait de parler, ma mère et moi avions commencé à voyager et je n'avais plus beaucoup vu papa. Maman disait que c'était trop perturbant s'il allait et venait dans ma vie, qu'on ne pouvait jamais compter sur lui. Mais je devinais qu'il y avait d'autres raisons, qu'un grand truc épineux se dressait entre eux. De ceux que les adultes aiment mettre sous le tapis et que les enfants perçoivent. Et toute cette histoire – la photo, les sœurs mythiques, la chose grave – m'a frappée dès que mamie a interpellé papa. Il a crié :

— Laurie !

Papy a reculé quand papa a franchi d'un bond l'allée de pierre, la chemise gonflée par le vent. Je sentais Flora et Kat l'observer en boudant. Comme s'il n'y avait pas assez de lui pour tout le monde et que je m'apprêtais à leur voler quelque chose.

— Viens ici, toi… (Une brève étreinte, tant attendue. Des bras de peintre. Sueur. Térébenthine. Camel.) Ah, ma petite Laurie ! Je suis content de te voir. (Ses yeux étaient d'un gris de mine de crayon. Tendre, facile à estomper, comme un 4B.) Cela fait longtemps, non ?

Huit semaines et trois jours.

— Ouah… Tu ressembles tellement à Dix ! (Du coin de l'œil, j'ai vu le regard noir de mes demi-sœurs : toute mention de ma mère semblait un affront pour les leurs.) En plus, tu as poussé !

Je me suis sentie aussitôt plus grande.

Papa a passé la main dans ses cheveux blonds ondulés – plus longs que la dernière fois où je l'avais vu, tombant sur sa nuque – et fait signe à mes sœurs de s'approcher. En demi-cercle autour de lui, telles des poupées mal assorties, nous l'avons regardé avidement.

Drôle, chaleureux, très vivant, papa faisait partie des gens qui vous choyaient comme si c'était votre anniversaire. Quand je lui rendais visite à Londres, il m'emmenait déjeuner dans des cafés enfumés et des galeries. Mais il disparaissait très vite, quelquefois des semaines. À Berlin, New York ou Paris : ses œuvres s'exposaient dans le monde entier. Il me laissait toujours frustrée. Je n'étais pas la seule.

Papa avait ce que maman appelait une « réputation ». « Le mauvais garçon des beaux-arts. Oserez-vous laisser votre femme poser pour lui ? » titrait le magazine *Tatler* : l'article était collé sur le mur rouge de ses toilettes à Soho, parmi des caricatures signées par des amis et une tête de chevreuil empaillée, une cigarette plantée dans la gueule. Son texte était gravé à l'encre dans mon cerveau, même si je ne le comprenais pas très bien.

— Écoutez, votre père a prévu un petit spectacle. Une éclipse totale. Qu'en dites-vous ? La première depuis 1927. Le 11 août, la côte sera bondée. Mais vous serez aux premières loges. En plus… (il a montré nos grands-parents, qui franchissaient le portail du jardin)… je vous préviens, papy *déborde* d'enthousiasme. Il a passé l'été à dénicher des données sur les sténopés, l'occultation et le vent ombral. Rien que pour vous !

Kat a coiffé ses écouteurs. Flora a gémi.

— Les Incas offraient un sacrifice humain au soleil après une éclipse, a dit papa en pointant le doigt vers le brillant soleil bas. Impossible d'imaginer qu'il s'éteigne. Qui allons-nous choisir ?

Mes sœurs m'ont désignée furtivement.

— Encore une chose – ôte ces trucs de tes oreilles, Kat – je vais vous peindre, cet été. Ensemble, dans un portrait. Qu'en pensez-vous ?

Ce n'était pas une question.

Un sourire a fleuri en moi.

Kat a pressé le bras de papa.

— C'est quoi, notre salaire horaire ?

— Tu iras loin, Kat. (Il a ri. Il riait beaucoup à l'époque. Il ne prenait rien trop au sérieux, sauf son art.) Allez ! Dans l'atelier.

— *Maintenant ?* a dit Flora en écarquillant les yeux, ourlés des plus longs cils que j'avais jamais vus. Je crois que je mourrai si je ne saute pas dans la mer dans trente secondes !

— J'ai besoin de vous voir *in situ.* Ça ne prendra pas longtemps. L'Atlantique ne va pas s'envoler.

Même Kat a compris qu'il ne servait à rien de discuter. Quand il s'agissait de son travail, l'énergie de papa était contagieuse – et on ne savait jamais trop où elle nous entraînerait.

Les marches devenaient plus étroites. L'air immobile. Anciennes chambres de domestiques réduites en débarras, les combles avaient été convertis en atelier d'artiste dans les années soixante-dix, quand papa débutait et n'avait pas un sou. Une suspension en verre dépoli, en forme de fleur, dansait dans un courant d'air. Quelques pas derrière moi, Kat et Flora chuchotaient en riant, et j'ai compris qu'elles s'étaient vues récemment. Peut-être en dormant l'une chez l'autre à Londres.

Je me suis rappelé, pour garder le moral, que je mettais toujours du temps à me réhabituer à elles. À la fin du mois d'août, quand nos mères venaient nous chercher, elles admiraient notre bronzage – mamie ne se fiait pas aux crèmes solaires : « Avec un chapeau de soleil, on sait à quoi s'en tenir » –, notre mine saine et gaie. Mes sœurs et moi échangions un sourire radieux. Les longs jours d'été nous liaient pour une nouvelle année, tel un beau ruban bleu. C'était ce que j'aimais imaginer, en tout cas. Ce que je désirais. Il restait du chemin à faire.

— Tu as manqué à mon atelier, petite Laurie.

Papa a ouvert la porte verte et je me suis faufilée vers le ciel. L'atelier clair, éblouissant, couvrait la moitié de la longueur de la maison : océan d'un côté, lande de l'autre. Dehors, des mouettes planaient, presque immobiles, ou dansaient sur des fils. Le bruit des vagues battait comme un coquillage collé à l'oreille, et le couchant teintait la mer d'un rose barbe à papa.

Avec un sourire irrépressible, je contemplais la pièce. La guitare de mon père, posée contre le mur. Le plancher taché de peinture. Le tas de chiffons dans l'angle. Et sur le chevalet, des tubes à moitié vides, des pinceaux, des palettes, un marteau et du papier de verre. Des pinces en métal vissées au bord de la table. Autour du grand évier, des bocaux. D'autres sur l'étagère : vernis, huiles, résines, liants, solvants et colle de peau de lapin. Des crânes d'animaux que je glanais sur la plage. Une corne de narval. Tout cela en bazar, attendant que je le range.

Le vrai atelier de papa était une ancienne fabrique de boutons dans l'East End. Là-bas, il peignait des gens importants et il avait des assistants. Mais à Rock Point, il « bricolait » et je m'étais emparé du rôle d'aide, mélangeant les pigments, lavant les pinceaux, mettant un peu d'ordre. C'était le seul endroit de la maison où je me sentais chez moi. À la différence de mes sœurs, j'avais appris son langage : glacis et saturation ; gras sur maigre ; fresque, pinceau langue de chat ; fond et gesso. Les tubes de peinture regorgeaient d'histoires. Le noir animal était à base d'os calcinés. Le cobalt donnait le cancer, le blanc de plomb le saturnisme.

— Une bête est morte ici, papa ? a lancé Kat en reniflant.

— Sans doute, a-t-il dit en tapotant la poche de son jean, cherchant ses Camel.

J'aimais surtout les odeurs : graisseuses, métalliques, comme une chaîne de vélo ; légères et chimiques, l'arôme brut de l'alcool dénaturé. « Ne sniffez rien, sinon vous finirez perchées comme des chouettes », marmonnait-il, une cigarette au bec. Il n'aurait pas dû fumer dans l'atelier. Trop de produits inflammables. Mais il ne s'inquiétait pas de ce genre de choses. « On est en Cornouailles », disait-il en haussant les épaules.

— Musique.

Papa s'est tourné vers sa stéréo, une tour d'acier dont les haut-parleurs gonflaient et dégonflaient, tels des poumons noirs. David Bowie. Papa avait passé tant de fois ses chansons qu'on en connaissait les paroles par cœur. Mais c'était le premier jour, nous étions un peu gênées et personne n'a repris celles de « Changes », comme nous le ferions à la fin des vacances.

— Asseyez-vous, asseyez-vous… (Papa montrait le sofa blanc. À sa gauche, il avait placé la grande cage où mes sœurs m'avaient enfermée lors de mon premier été à Rock Point, me nourrissant de chips glissées entre les barreaux – « Tu es notre nouvel oiseau », avait dit Kat – jusqu'à ce que papy intervienne. J'ai tâché de ne pas y penser.) Flora, au centre, a-t-il lancé en fronçant les sourcils. Kitty Kat, à droite. Lauren à gauche.

J'étais contente d'être la plus proche de la fenêtre. Cela me permettrait de guetter Gemma, qui viendrait certainement bientôt.

Alors que nous gigotions – secouant nos cheveux, ajustant nos coudes, Flora tentant de ne pas étaler sa cuisse sur le skaï pour qu'elle n'ait pas l'air « flasque » –, la housse du canapé suivait nos mouvements, libérant une odeur de tissu cuit par le soleil et d'auto surchauffée.

Papa a réglé la cage, la poussant du bout de sa basket. Sortant une cigarette d'un paquet, il nous a fixées avec une intensité palpable, passant du père à Charlie Finch, l'Artiste. Nous étions des objets à placer dans l'espace. Comme des fruits dans une coupe. Il a allumé sa cigarette, l'a posée sur un mug, avant de prendre son appareil photo.

— Lauren, rapproche-toi de Flora.

La cuisse de ma sœur était douce, chaude, et sentait le propre. La mienne, je le craignais, n'était pas très fraîche. Maman refusait d'acheter du déodorant : on se servait de vagues cristaux qui ne marchaient pas vraiment. Juste après, Flora a déplacé sa jambe pour ne plus me toucher.

— Sérieusement… (Papa a baissé son appareil.) Kat, c'est quoi, cette rebelle attitude, cet été ?

— Je t'en prie, ne dis pas cette expression, papa… (Flora a empilé ses cheveux sur son crâne.) Tu es trop vieux pour ça.

Kat a souri, dévoilant son appareil dentaire.

— Et on est trop vieilles pour poser à l'œil.

— D'habitude, ce sont mes modèles qui me payent, chérie. (Il nous photographiait. *Clic. Clic.*) Vos mères prennent une bonne part de l'argent, ne vous inquiétez pas.

Les chèques n'arrivaient pas tous les mois. Mais papa envoyait toujours des fleurs à maman pour la fête des Mères. Des bouquets chics, avec des rubans frisottés et des lys de Chine – des fleurs exotiques pour lui rappeler ses voyages – ou des orchidées en pot, aux racines grises, entortillées. La meilleure amie de maman – Becca-de-la-péniche-aux-cheveux-roses – insistait pour qu'elle les refuse, par principe. Maman les acceptait. « Si la vie te lance un beau cadeau, attrape-le », disait-elle. Je me demandais si elle avait dit ça quand elle était tombée enceinte de moi.

— Lauren. Par là. Pas vers la fenêtre ! a lancé papa en claquant des doigts.

J'ai rougi, prise la main dans le sac.

Mes pensées déloyales dérivaient vers la lande. Vers Gemma.

— Et hop, fini… (L'appareil photo se balançait au bout de sa sangle. Il était redevenu papa.) Merci, les sœurs Finch.

Un doux sentiment d'appartenance a fondu en moi. J'avais envie qu'il le répète. *Finch*…

— Demi. (Le mot a fusé de la bouche de Kat, blessant comme une agrafe.) On est seulement des demi-sœurs, papa. C'est très différent.

5

Lauren, 2019

Les chiffres lumineux du compteur grimpent dans l'ombre du taxi. À quinze cents mètres de Rock Point, Lauren, ne pouvant se permettre la dépense inutile, demande à s'arrêter aux abords du village, disant au vieux chauffeur aimable qu'elle connaît le chemin. Après ce long trajet, elle a besoin de marcher – et de trouver le moyen d'éviter les pièges de Rock Point : elle ne peut pas risquer d'avoir une crise de panique devant ses sœurs parfaites. L'humiliation de cette scène. Si elle doit craquer, elle le fera seule.

Tête baissée, le vent jouant sous sa doudoune tel un être vivant, elle dépasse la petite église, puis emprunte un sombre chemin sinueux. Les champs environnants ont un éclat palpitant, comme le flanc d'un cheval essoufflé. Mais elle n'a pas peur. Pas du noir, en tout cas. Des goélands, c'est différent. Et peut-être, de ce type dans le train. Elle a eu une pointe d'inquiétude lorsqu'il est descendu au même arrêt, puis a hésité sur le quai, l'air de vouloir lui demander quelque chose. Elle s'est dépêchée de partir, pour ne pas tenter le diable. Il n'a pas suivi son taxi, elle l'a vérifié.

Elle jette un regard autour d'elle, juste pour s'en assurer. Des lumières brillent au pub du village, mais personne n'est dehors par cette nuit agitée où l'on s'attend au pire, avec une tempête qui gronde aux alentours. Au bout de cinq minutes, le chemin tourne à gauche et, soudain, l'horizon se déploie dans toutes les directions. Cela lui coupe le souffle. La transporte. Le paysage est millénaire, et pourtant, les premiers jours de l'année, il semble aussi neuf et vierge qu'une page blanche.

Et demain, elle ôtera le capuchon de son stylo préféré pour écrire : *Chère G. tu es bien assise ? Tu ne devineras jamais où je suis…* Elle donnerait tout pour voir Gemma ouvrir cette lettre dans la station de recherche du Groenland. Son incrédulité. Le sourire de travers qui creuse une fossette dans sa joue gauche.

Lauren a enfin un truc à raconter après des semaines de, eh bien… pas grand-chose : son travail dans les réserves de la National Gallery ; l'aller-retour, le week-end, au centre de soins palliatifs où sa mère est morte et où elle accompagne à présent les mourants, très à l'aise avec la tremblante fragilité de la vie, son dernier miroitement prismatique avant de virer au noir. Seule la mosaïque l'a tenue occupée dans sa chambre, où elle colle des morceaux de verre sur une planche. Incapable d'affronter les fêtes, elle a bien avancé dans sa création la nuit de la Saint-Sylvestre – absorbée par les fragments aux allures de bijoux, par le motif naissant – pendant que les feux d'artifice déchiraient le ciel de Londres. Elle aurait peut-être continué ainsi, enfouie dans sa tristesse, des semaines et des mois, s'il n'y avait pas eu l'invitation de papa. Les paroles de sa mère mourante l'ont aussi attirée ici.

— Je ne peux pas supporter l'idée que tu restes seule, avait murmuré Dixie d'une voix rauque. Promets-moi de renouer avec tes sœurs. Avec ta famille Finch.

Bien sûr, Lauren avait donné sa parole, sans se douter qu'une réunion à Rock Point la mettrait bientôt à l'épreuve.

Et la voilà. Une lanterne qui brille au sommet de la falaise.

Luttant contre l'envie de faire demi-tour, Lauren poursuit sa marche jusqu'à tomber dans une faille temporelle, les yeux levés vers la grande maison blanche, fascinée et terrifiée, le battement des vagues vibrant comme le Léviathan sous ses pieds. Elle ne sait combien de temps elle reste là, pétrifiée, passant des rives de l'adolescence à celles de l'âge adulte, avant de revenir au présent – en janvier 2019, elle a trente-trois ans – et de se rappeler son plan. Elle doit continuer. Chercher l'endroit qu'elle craint le plus.

Le portail du jardin n'a jamais été verrouillé. Ça n'avait guère de sens car le rempart de ses piques en fer forgé était presque annulé par la large ouverture en dessous – conçue pour encadrer la lune (la « roche », disait papy). Lauren hésite, le cœur cognant dans ses oreilles, puis s'engage sous la voûte de lierre, alourdie par les baies hivernales, et passe dans le jardin. Il a une odeur minérale, d'humidité, de glaise. Des guirlandes lumineuses encadrent l'allée centrale, éclairant faiblement des massifs d'hortensias aux fleurs grises desséchées, comme des crânes. La véranda jette une jupe de lumière à travers la pelouse. Mieux vaut l'éviter, de peur que sa famille la surprenne à rôder et la croie encore plus cinglée.

Le cadran solaire est toujours là. Une palme de cordyline. Les squelettes des echiums fanés. Plus loin, la serre effondrée, où papy faisait pousser ses tomates. La vieille balancelle à l'auvent déchiré flotte en sortant de l'obscurité. Et au fond du jardin, contre le mur, à l'ombre d'un pin, Lauren la voit. La devine. Un rectangle noir. Un trou, pareil à une tombe vide. Son cœur bat la chamade, plein de sang. La volière.

Approchant à pas lents, elle respire par petites bouffées. Sent de minuscules plumes coincées dans sa gorge, aux tiges perçantes comme des arêtes de sole. Une tension familière dans sa poitrine, signe avant-coureur de l'angoisse. *Respire.*

En scrutant l'intérieur, elle s'attend un peu à voir une Lauren plus jeune, roulée en boule dans un coin. À la place, il n'y a qu'une aire de jeux déserte, où pourrissent des perchoirs et des balançoires. Malgré ça, elle peut imaginer les perruches : leurs plumes aux taches en forme de faucille, telles des écailles de poissons tropicaux. Mais le matin de l'éclipse est fragmenté, incomplet : elle n'a jamais réussi à bien s'en souvenir. Elle sait seulement ce que Flora et Kat – peut-être pas les témoins les plus fiables – lui ont dit après.

Respire. Touche-la. Ôte-lui son pouvoir, Laurie…, dit la voix de sa mère dans sa tête.

Le métal crépite contre son doigt. Dans ses oreilles, un bruit assourdissant. Elle met un moment à comprendre qu'elle n'a rien. La volière ne l'a pas engloutie. Soupirant de soulagement, elle jette un œil vers le ciel dans l'espoir que sa mère la regarde fièrement, son piercing brillant comme une étoile.

Une fois sur le perron, Lauren laisse tomber son sac, écarte sa frange et tend la main vers la sonnette. Le cri perçant d'un volatile l'arrête. *Dans la maison ?* Impossible. Ce qui signifie que l'oiseau – une sorte de mouette monstrueuse, mon Dieu… – ne doit pas être loin. Voulant à tout prix se mettre à l'abri, elle sonne deux fois, longuement, avec son doigt gelé.

6

Kat

Le perroquet fend le hall de sa queue rouge sang, dans un cri cauchemardesque. Malgré son âge avancé, Bertha est plus vive – et moins obéissante – que jamais.

— Oh, merde… papa ! lance Kat du bas de l'escalier. Fais quelque chose ! Lauren a débarqué et l'oiseau est devenu complètement dingue !

Lauren s'est changée en pierre, les yeux écarquillés.

Kat tire sa sœur – pliée en deux, les mains plaquées sur la tête, comme sous le feu de l'ennemi – dans le couloir jusqu'à la cuisine. Puis elle claque la porte derrière elles.

Lauren s'adosse au mur, haletante, terrifiée. Avec ses grands yeux noirs de lémurien, la mèche bleu vif dans ses cheveux humides, elle dégage une électricité fébrile, une vibration sauvage.

— Mon Dieu, je suis désolée, bredouille Kat, surprise par la violence de sa réaction, ne sachant pas quoi faire. On n'était pas très sûrs que tu viendrais, tu vois et… bref, le perroquet immortel de mamie est revenu, sous la garde de papa. Il voulait qu'il vole un peu dans la maison pour « le mettre à l'aise », ce qui, visiblement, a marché à merveille. (Elle guide Lauren vers une chaise en espérant que Flora se dépêche de jouer les mamans – sérieusement, combien de temps faut-il pour mettre un gosse au lit ? Kat n'est pas bonne pour ça : dernièrement, les ressources humaines lui ont fait suivre un affreux stage de compétences douces.) Tu veux un verre d'eau ? du thé ? de la vodka ?

En secouant la tête, Lauren fait une chose curieuse avec son pouce : elle le serre de sa main libre.

— Je... je n'arrive pas à croire que je suis là..., bégaye-t-elle.

— Merde, moi non plus... (Kat n'en revient pas. Où Lauren a-t-elle trouvé le courage ? C'est comme si la mort de Dixie ne l'avait pas brisée, mais enhardie. Qu'elle n'avait plus grand-chose à perdre.) Je suis impressionnée que tu sois venue, dit-elle franchement. Bravo.

— Eh bien, si j'avais su que Bertha...

Lauren esquisse un sourire tremblant, qui la métamorphose. Elle a une de ces bouches somptueuses d'actrice française, aux dents un peu en avant, qui ne va qu'aux femmes un peu gamines, à la psychologie complexe. Dixie ne croyait pas aux appareils dentaires. (Contrairement à Blythe, qui avait même tenté d'offrir une opération du nez à Kat pour son seizième anniversaire.) Elle n'avait pas non plus voulu faire enlever au laser la tache de naissance de Lauren : couleur *café au lait*, celle-ci paraît plus évidente que jamais, accusée par la pâleur du deuil. La charmante bizarrerie qui a toujours enveloppé Lauren comme un corsage ample a l'air maintenant taillée dans une étoffe plus dense, plus lourde.

— Ok, ton manteau. Pour que tu ne puisses pas filer.

Gardant un œil sur la porte de la cuisine, Lauren ôte anxieusement sa doudoune.

— Tu as la moindre info sur cette… (Kat trace des guillemets dans l'air)… annonce ?

— Non, désolée. Aucune idée.

— Bah…

Examinant sa sœur, Kat détaille le jean noir aux genoux fanés, la chemise à carreaux et les bottines aux semelles usées. Elle sent une vie tourbillonnante de colocations dans des quartiers branchés, de brèves liaisons avec des serveurs à chignon ; des rencontres décevantes sur le Net ; un cœur bourré d'attentes mais craignant de faire des choix irréversibles. Un manque d'argent. Pour se rassurer, car elle ne supporte pas de l'imaginer seule, Kat se dit que Lauren a une famille d'amis – jeunes, fauchés, se croyant artistes – qui veillent sur elle. Mais la triste réalité est que le cancer a emporté sa mère. Et Dixie et Lauren étaient proches. Presque trop. Le genre de mère et de fille codépendantes qui partaient toujours en vacances ensemble – non par devoir, ni pour échapper à Noël – et se parlaient deux ou trois fois par jour. Après l'été de l'éclipse, Dixie s'était changée en tigresse protectrice, tenant Flora et Kat à distance, semblant se méfier de leur influence. Kat ne peut pas vraiment lui en vouloir, après tout ce qui s'est passé.

Sa conscience la tourmente. Elle regrette de n'avoir pas fait plus d'efforts depuis les obsèques de Dixie en octobre, la dernière fois qu'elle avait vu Lauren, d'avoir trop vite cédé quand sa sœur se disait occupée. Et à force d'échanger par e-mail, Lauren devient très facilement abstraite, réduite à des ellipses peu culpabilisantes, comme ces rages de dents qui font souffrir seulement quand on y pense. Mais en personne, Lauren est à nouveau sa petite sœur charmante, bizarre, décalée, sentant le vent, la terre et le tissu mouillé, le genre de fille qui vous donnerait sa dernière boîte de conserve. Et leur relation n'est pas si compliquée, après tout. Enfin, pas tant que ça.

— Cette maison… (Lauren regarde autour d'elle, ébahie.) C'est un portail vers les années quatre-vingt-dix.

— Ah… oui. (Le rire gêné de Kat sonne comme une fêlure.) Je m'attends à voir mamie entrer à tout moment. Gin à la main. En faisant tinter ses bracelets.

Les biscuits Rich Tea. Les sorbets du freezer qui sentaient les sticks de poisson. Les œufs de ferme dans des paniers d'osier. La quiche. Ne filez pas vos brocolis au perroquet, les filles. Ciel, la crème avant, la confiture après, on n'est pas dans le Devon ! Bon, où se cache votre mauvais père ? Essuyez le sable de vos pieds. Kat, tu reprendras bien du pudding ?

— Je sais, dit Lauren, prise de la même impression de déjà-vu.

Les murs jaune tournesol de la vaste pièce ont pâli, blanchis par la lumière des Cornouailles. Mais la cuisine en pin rustique a l'air presque identique, comme la table sous laquelle elles se donnaient des coups de pied complices, assises sur les mêmes chaises en paille. Dans le coin, le sofa défraîchi en rotin et sa pile de coussins poussiéreux : Kat s'y sentait si bien autrefois, une couverture sur les genoux, grignotant les sablés de mamie. Des piles de vieux livres de cuisine – *Techniques de dessert, Confitures et Pickles, Festin italien* – s'alignent toujours sur l'étagère, sous le plan de travail. Il y a aussi la même radio crasseuse, et le minuteur en plastique que mamie faisait taire d'une gifle.

Autant de rappels du fait que Kat est à des kilomètres de son appartement au bord de la Tamise, avec son frigo chic et sa cuisine en acier, dont elle se sert rarement. Coincée dans une maison qui n'a plus de ligne fixe, au signal mobile erratique et au wi-fi catastrophique. Avec une réunion d'investisseurs critique mardi matin. Son cœur se serre rien que d'y penser.

— Je me demande…, murmure Lauren, en se retournant pour scruter le buffet vert pomme qui est toujours dressé derrière la table.

Kat ne voit pas trop ce qu'elle cherche. Les étagères sont encombrées des mêmes épaves qui flottaient dans ses cauchemars après l'été de l'éclipse : tasses à fleur dépareillées, bols en forme de feuille de chou, cruche à rayures pleine de plumes de mouette. Des objets qu'elle trouvait très réconfortants dans sa jeunesse – sa mère ne faisait pas de « poterie » –, mais devenus des symboles d'un âge d'or qu'elle-même a contribué à détruire.

— J'arrive avec la bête ! crie Charlie, sortant Kat de ses sombres pensées.

— Non ! halète Lauren.

Leur père déboule dans la cuisine, ses boucles vaporeuses en bataille, ses lunettes de travers et la chemise remontée sur le ventre, comme s'il n'avait pas juste attrapé le perroquet, mais boxé avec lui.

Perchée sur la main de Charlie, Bertha fixe un regard implacable sur Lauren, qui se raidit.

— Citrons et glaçons, chérie ! grince le perroquet de la voix aiguë de mamie.

— Bon sang..., marmonne Kat. Cet oiseau n'oublie rien.

— Ni personne. (Papa sort majestueusement par les portes-fenêtres dans la véranda en fer forgé. Quelques instants plus tard, il rentre dans la cuisine en se frottant les mains d'un air triomphant.) Le ptérodactyle est retourné à l'isolement !

Il pense toujours avoir une allure canaille, se dit Kat, mi-attendrie, mi-agacée. Comme une rockstar vieillissante dont l'énergie insolente a disparu sous les bourrelets. Pourtant, elle se réjouit qu'il soit de bonne humeur. La mort de Dixie l'a frappé bien plus durement qu'elle ne s'y attendait. Mais ces Nike flambant neuves ? Ces dents blanchies ? Elles révèlent un désespoir qui lui donne un pincement au cœur. Ou peut-être est-ce juste que la dernière fois qu'ils étaient tous réunis à Rock Point, il approchait de la cinquantaine et les circonstances étaient très différentes.

— Salut, toi ! (Charlie baise le front de Lauren. Moi, je n'y ai pas droit, pense Kat. Ce n'est pas qu'elle en ait envie...) Tu trembles, Laurie... Allons, Bertha était ta meilleure copine, tu te rappelles ?

Putain, bien sûr qu'elle s'en souvient..., se dit Kat. Mais papa sait s'y prendre avec Lauren.

— Tu es toute maigre. (La tenant par les épaules, il observe sa fille cadette. Kat lutte contre une jalousie déplacée en voyant les yeux émus de son père.) Je vais t'engraisser, déclare-t-il. Te remplumer. Pour que Bertha ait un morceau de choix.

Lauren rit de bon cœur. Si Kat avait fait la même blague, ça aurait mal tourné. Elle blesse toujours quelqu'un.

— À propos de manger… (Dans un craquement de rotules, Charlie se baisse pour ouvrir la porte du four : un brouillard de fumée.) Zut… où est la grande cuisinière quand on a besoin d'elle ?

— À l'étage. En train d'installer Raff. Je peux faire quelque chose, papa ? demande vaguement Kat, jetant un œil à un paysage exotique de casseroles, d'épices préhistoriques et d'ustensiles tachés.

« Si une femme apprend à cuisiner, elle passera sa vie aux fourneaux », disait sa mère. Quand Kat était petite, elle dînait de beignets de poisson et de fruits surgelés, ou de houmous industriel et de salades en sachet ; le samedi soir, elle dormait dans le lit à baldaquin d'un palace ou bien quelques heures, oubliée, sur des manteaux à une soirée. Rock Point était son refuge – draps frais, repas réguliers, paniers de pique-nique traînés jusqu'à la crique, alourdis par des cakes aux fruits –, une oasis comparée à la vie chaotique de Blythe. Une bouffée d'air. Une forme de bonheur.

Charlie abat la marmite en émail sur la cuisinière et soulève le couvercle.

— Quelqu'un peut allumer les bougies ? Mieux vaut ne pas trop voir ce bœuf carbonisé.

— On le relève avec des herbes, un truc du genre ? dit Lauren d'un ton hésitant, lorgnant la cocotte fumante par-dessus l'épaule de son père.

— Bonne idée. Je le ramènerai à l'état sauvage. Et il peut reposer un peu. Heureusement, j'ai fait des provisions de bulles. Ça distraira les papilles, non ? À toi l'honneur, Kat.

Pendant que Lauren hache du persil – le couteau semble dangereusement grand dans ses mains de gamine –, Kat s'interroge sur le flot de champagne. Deux rangées de goulots dorés pointent dans le frigo : que fêtent-ils, au juste ? Elle allume des bougies plantées dans des lampes-tempête, au fond couvert de cire et de squelettes de bourdons. La pièce se remplit doucement de lueurs vacillantes. Mais l'esprit de Kat reste éclairé au sodium, programmé pour la ville, coincé dans un cadre high-tech.

— Alors, papa, ton annonce ? demande-t-elle, impatiente de connaître la raison de ces retrouvailles.

Après, elle arrivera peut-être à se détendre.

— Quelle annonce ?

Charlie s'adosse nonchalamment au comptoir de la cuisine et croise les bras. Les boutons de sa chemise en jean s'écartent un peu sur son ventre bedonnant, révélant des tourbillons de poils blancs.

Lauren lève les yeux du couteau avec un sourire perplexe.

— Mais papa, tu avais dit… Oh, très drôle. (Incapable de lâcher prise – elle a *horreur* d'ignorer quelque chose, Kat insiste :) Allez, ça concerne l'avenir de Rock Point ?

— Ah, ma fine Kitty Kat…

Un sourire frondeur pince les lèvres de Charlie.

Kat s'enflamme d'une joie régressive. Elle reste la sœur la plus intelligente. Qui a toujours raison. Qui a encore compris.

— Rien ne t'échappe, hein ?

Mais il y a une lueur dangereuse dans les yeux de son père lorsqu'il prononce ces mots. Une étrange agressivité dans la manière dont il jette des herbes dans la cocotte, masquant le bœuf brûlé.

7

Flora

— Chut… L'histoire va commencer.

Flora enclenche la lecture du livre audio. Raff la fixe d'un air accusateur du petit lit qu'elle a rapproché du sien. Ici, elle veut entendre son fils renifler la nuit, pas seulement les vagues qui se déchaînent sur les rochers en contrebas. Le plancher craque lorsqu'elle traverse la chambre à pas feutrés dans son 50-deniers en tâchant d'ignorer les crottes de souris, le courant d'air humide qui siffle sur ses chevilles.

Derrière la fenêtre, le ciel tremble. L'écume martèle la vitre. Petite, elle adorait ces tempêtes de l'Atlantique. Elle était toujours la première à courir dehors, à tournoyer, bras écartés, bouche ouverte pour attraper les gouttes de pluie. À présent, elle craint qu'une ardoise tombe du toit et s'écrase sur le SUV neuf de Scott.

Mais qui est cet homme ? Un colosse, avec un chien. Debout dans le chemin, capuche relevée et mains dans les poches, il fixe Rock Point sans vergogne. De peur d'être prise pour une fourmi hostile, comme les Cornouaillais appellent les touristes, Flora lui fait un signe enthousiaste. Mais il l'ignore ou ne le voit pas, fait demi-tour et se fond dans la nuit agitée. La pointe d'inquiétude est suivie par un petit frisson.

— J'aime pas ici, maman.

Flora serre les dents et reste face à la fenêtre, invoquant la mère patiente qu'elle tente sans cesse, en vain, d'être.

— Pas *encore*. Ça viendra.

Elle attrape les rideaux, poussée par l'habitude à frotter entre le pouce et l'index le lin doux, granuleux. Avant Raff, elle travaillait dans la décoration d'intérieur, une petite boîte prospère qu'elle adorait, à un salaire bien moindre que ses frais de nourrice si elle y retournait. Chaque jour, elle pense à cette vie qui continue sans elle, comme une série captivante qui a redistribué son premier rôle. « Tu fais le plus beau métier du monde, Flo », dit Scott, expert en assurances, qui ne veut pourtant pas envisager de prendre lui-même le poste.

— Y a des fantômes dans la maison.

— Oh, Raff... (Elle ferme les rideaux, revient vers son petit garçon et balaye les boucles de son front. Il détourne les yeux, s'accrochant à la poupée crasseuse qu'il a achetée à la fête de l'école et garde sous son oreiller, ce qui dérange son père.) Pas de fantômes ici, promis, ment-elle en le bordant sous une couette en patchwork, volée aux étés de son enfance : elle s'endormait alors en comptant les hexagones à rayures, à carreaux et à motifs cachemire, qui l'enchantaient par leur mosaïque parfaite.

— Ne t'en va pas, maman...

Raff tire sur son alliance en or qui refuse de tourner. Est-il possible de prendre du poids sur les *doigts* ?

Kat saura le dire. Kat peut voir si on a pris un gramme. C'est un de ses superpouvoirs. Voilà. C'est décidé. Flora mettra son collier en perles fantaisie. Avec... un miroir aux alouettes : oui, sa pochette à paillettes.

— Là, c'est l'heure des adultes. Je t'aime. Bonne nuit, chéri. (La joue de Raff, sous son baiser, brûle de la rancœur d'être abandonné dans une chambre étrangère. Il se tourne vers le mur en boudant.) Je laisse ta lampe allumée, d'accord ? dit-elle gentiment, tentant de cacher sa hâte de rejoindre les autres tout en frappant la mite qui plane au-dessus de sa robe.

Sur le palier, la grande horloge suédoise de mamie – bleu ciel, à reflets dorés – l'émeut comme elle l'a toujours fait. Flora passe un doigt sur son flanc, qui paraît froid, mort, privé de sève. Jadis, son carillon sonore, musical, ponctuait la dérive des jours d'été languides. À présent, ses aiguilles sont figées dans le temps, et son chant assourdi. Ça vaut peut-être mieux. Les sons et les odeurs ravivent les souvenirs. Quand « Baby One More Time », de Britney Spears passe à la radio, elle se lève d'un bond pour l'éteindre. « Changes » de Bowie aussi. « Changes » la tue.

Une main sur la rampe, Flora s'arrête, se prépare mentalement. Elle jette un œil au bas de l'escalier, aux contremarches raides et lambrissées, pensant qu'il serait très facile de trébucher. Surtout dans cette robe bordeaux ajustée – a-t-elle rétréci ? – et ces chaussures à semelles compensées, qui imposent une descente latérale, en crabe. Cramponnée à la rampe, elle fait vœu de ne songer qu'au présent : elle n'est plus la fille qui recherchait les sensations et le drame et, faute d'en trouver, en créait sans réfléchir aux conséquences. Car la leçon de la vie adulte – apprise, par essence, toujours trop tard – est le poids des conséquences, notamment des imprévues.

Le vestibule est enfumé. Tâchant de ne pas trop s'inquiéter (à quand remonte le dernier ramonage ? y a-t-il un bon détecteur de gaz ?), Flora s'apprête à faire un grand sourire – son mode par défaut – et s'avance dans la lumière des flammes qui vacillent dans le salon.

— C'est merveilleux, non ?

Ciel. Partout où ses yeux se tournent, le passé ! Comme ces bougies d'anniversaire qui se rallument dès qu'on les a soufflées. C'est un diorama fané, poussiéreux de leur enfance. Les mêmes sofas en chintz où elles se lovaient après la baignade. Le pare-feu de la cheminée, au cuir brillant et craquelé. Les volets en bois : repliés, dévoilant la brèche de la nuit. Le banc près de la fenêtre où Lauren aimait s'asseoir, étreignant ses genoux osseux en attendant Gemma. Sur les étagères, des vieilles petites cages, des livres, des jumelles, un Scrabble, un Monopoli, et des cassettes VHS – *Grease, La vie est belle, La Mélodie du bonheur* – qu'elles ne se lassaient pas de revoir. Le télescope en laiton de papy. Sur la cheminée, le bocal de coquillages qu'elles vidaient en un tas sablonneux, les classant d'après leur beauté, comme elles se classaient en secret. Et la même odeur typique de Rock Point – odeur de mer, de plâtre humide et, curieusement, de farine à gâteau. Flora est envahie par une douce nostalgie… puis par un sentiment plus troublant. Reprenant ses esprits, elle ouvre les bras aussi grand que le permet la coupe de sa robe.

— Waouh ! Tu as réussi à venir, Lauren ! (Elle enveloppe sa sœur d'une étreinte surcompensatoire.) Tu as *très* bonne mine.

Lauren a une tête affreuse. Des cernes sous ses yeux extraordinaires. Elle est maigre à faire peur.

— Cela fait trop longtemps, dit sincèrement Flora en lui frottant les bras.

Un souvenir la fait tressaillir. Le premier été de Lauren à Rock Point : papa entrant dans cette pièce en tenant la main d'une fillette – minuscule, moite d'inquiétude – et la glissant dans la sienne en disant : « Flora, occupe-toi de ta nouvelle sœur. » Le conflit qu'elle avait ressenti, partagée entre l'envie de plaire à son père et celle de l'implorer de renvoyer cette étrange gamine. Elle venait d'échapper à trois nouveaux venus à la maison – des jumeaux en bas âge et un bébé qui ravissaient l'attention de sa mère – et n'en voulait pas d'autre. Surtout pas la fille d'une femme qui avait piégé son père en tombant enceinte pour financer sa vie de Traveller New Age : l'Évangile selon Annabelle (et Blythe). Quelques années plus tôt, Flora avait demandé à sa mère : « C'est vrai que j'ai une autre demi-sœur, comme le dit papa ? » Sa mère avait répondu avec raideur : « En principe. »

Flora s'aperçoit que son père et Kat l'observent du canapé, et qu'elle serre toujours les bras de Lauren, semblant chercher à la protéger – ou à la pousser dans le feu. Elle s'écarte rapidement.

— Je peux lire une histoire à Raff ? demande Lauren avec un sourire chaleureux.

— Oh non, merci ! Je viens juste de le calmer, lance-t-elle bien trop vite. (Elle a pourtant raison d'être prudente. De tâter l'état d'esprit de Lauren.) Il connaît encore assez mal ses tantes, ajoute-t-elle, ce qui est encore pire.

Elle s'en veut. Lauren a peut-être snobé son invitation à Noël (la première, car Flora n'avait jamais pu réunir Annabelle et Dixie ; ça aurait ouvert une nouvelle ère), mais elle a déposé un sac de cadeaux pour Raff (la plupart faits maison). Kat, elle, se borne à virer de l'argent sur le compte d'épargne de Raff, comme si elle parrainait un tigre blanc. Kat non plus ne vient jamais à Noël ; bizarrement, elle est toujours absente. Papa aussi. Même si les demi-frères de Flora se pressent à sa table de fêtes – bien plus jeunes, ils ont grandi avec un père banquier, des enfances protégées, sans événements traumatiques notables –, ce sont les Finch perturbés qui lui manquent, année après année.

— Bon…

Son père retrousse sa manche, consulte sa montre. Oh, l'annonce, se rappelle Flora, mal à l'aise. Elle n'aime pas les surprises. En rentrant le ventre, ce qui tend une couture de sa robe, elle s'assied sur un fauteuil en chintz près du tabouret où Lauren est perchée, les coudes sur les genoux, légère comme une sauterelle.

Pour ne pas s'enfoncer dans la froideur moisie du siège – ou de la maison elle-même –, Flora se tient très droite et reste vigilante, jambes croisées, sa pochette sur les genoux. Ses collants accrochent. Elle regarde autour d'elle avec un grand sourire, en tâchant d'oublier que personne ne l'a complimentée sur sa robe.

— Bon, un verre. (Rentrant nonchalamment sa chemise à l'arrière de son jean, Charlie gagne la petite table ronde près de la fenêtre – encore un souvenir : Kat l'avait ébréchée lors d'une partie de Twister acharnée.) Du champ', Flo ?

Après une lutte intérieure, elle se force à répondre :

— Pas pour moi, papa.

Un moment de confusion, puis :

— Ah ah ! s'exclame-t-il, ravi, pointant la flûte vers son ventre. Combien de mois ?

— Je *savais* que tu étais enceinte ! (Kat sourit.) Dès que je t'ai vue, Flora.

— Félicita...

Lauren s'arrête et sa gaieté s'efface devant la mine de Flora.

— Je ne suis pas enceinte. (Bouffée de chaleur humiliante.) Je fais une pause après les fêtes.

Silence gêné. *Ne pleure pas, ne pleure pas.*

— Ici, en Cornouailles ? (Papa rit : elle sait qu'il tente maladroitement de la rassurer.) On va te renvoyer chez les Anglais. Allez, tu sembles avoir besoin d'un verre.

Flora se hérisse. Elle brûle de courir chercher Raff à l'étage. De revenir en lançant : *voilà pourquoi* j'ai l'air crevée. Il se réveille toujours la nuit. Il hurle au portail de l'école. Est-ce que l'un de vous a déjà frotté du vomi sur un tapis tressé ? Comprend l'accablement de l'amour d'une mère ? Non. Et surtout pas Kat, qui a laissé tomber la meilleure chose qui lui soit arrivée – Kofi – juste parce qu'il l'aimait. Flora n'a jamais demandé à être le seul membre fonctionnel de la famille. Le seul à travailler sur une relation à deux. À porter le poids du bonheur pour tous les autres.

— Tiens. (Charlie place d'autorité une flûte dans sa main.) Tu m'en tiendras pour responsable.

— Compte sur nous, dit Kat.

— Un verre ne fera pas de mal, je suppose.

L'alcool fait son effet. Il n'y manque jamais, refoulant ses sombres pensées dans les coins de sa tête où elles restent en sommeil. Son esprit passe des dents ultraviolettes de son père – les artistes doivent-ils s'inquiéter de la teinte de leur émail ? Est-ce une sorte d'appel à l'aide ? – aux vêtements de ses sœurs. Lauren est enfouie sous une ample chemise à carreaux – mode ou moche, Flora ne sait pas trop –, un jean d'homme et des grosses chaussures. Kat, elle, porte des tennis en velours et une combinaison noire que Scott, plutôt robe-talons hauts, haïrait et que Flora, soudain, aimerait terriblement avoir. Comparée aux tenues de ses sœurs, la sienne fait trop robe de cocktail. Elle la déteste, avec son stupide collier de perles.

— Enfin, une pleine brochette de sœurs. Vous avez un nom collectif ? Un jury de frangines ? (Charlie lève son verre. Derrière lui, l'orage étincelle, tourbillon de vent, d'étoiles et de pluie. Un instant, Flora se demande s'il y a quelqu'un dehors dans les ombres liquides ou si ce sont juste les remous des branches d'aubépine.) Bref, je vous ai réunies ici pour plusieurs raisons, reprend-il en remontant ses lunettes sur son nez. À part la plus évidente : pourquoi pas ?

Des tas de raisons s'opposeraient à cette réunion. Flora effleure un fil de chintz et imagine le tirer à l'infini, la maison crouler autour d'eux. Toutes les cages flotter vers le large, comme des casiers à homards.

— Bon, d'abord, la principale. Il ne s'agit pas de mon annonce, ne vous en faites pas. Patience. J'y viens... (Charlie soupire.) J'ai eu quelques problèmes de santé. Des ennuis cardiaques. Mineurs. Rien d'inquiétant.

Flora jette un coup d'œil anxieux à Kat. Lauren commence à se ronger un ongle. Flora a une envie absurde de lui taper sur les doigts, de lui dire qu'elle abîme son vernis.

— Et puis il y a ça.

Charlie montre sa tête.

Flora saisit les accoudoirs de son fauteuil. Anévrisme. Tumeur au cerveau. Papa ne peut pas mourir : elle ne le permettra pas.

— Mes cheveux, dit-il solennellement.

— Tes *cheveux* ?

Il a beau être vaniteux, Flora est ébahie par sa futilité : jadis, ses mèches grises de Neptune étaient blondes et ondulées, des boucles de jeune premier.

— Comme j'ai tripoté la peinture pendant des années, mon médecin a exigé que je les fasse analyser tant qu'il m'en reste, poursuit-il.

— Oh, je vois...

La consternation gagne Flora. Du coin de l'œil, elle voit tressauter un genou de Kat : ses jambes la trahissent toujours. Seule Lauren reste clouée sur place, tout ouïe.

— C'est fascinant : il paraît que j'ai tellement de métaux lourds dans le corps que je devrais déjà être mort ! (Il rit, joint les mains sur sa bedaine et remue un pied gaiement, révélant des chaussettes à rayures fantaisie.) Cadmium. Plomb. Résine polyester. Je suis un labo de chimie ambulant, les filles. Les carabins se battront pour faire mon autopsie. (Son panache faiblit.) Ça a peut-être contribué au truc cardiaque. Les médecins ne sont pas sûrs.

— Bon sang, papa…

Flora ferme les yeux.

— Tu aurais dû peindre avec des gants ! lance Lauren, furieuse.

— Tu sais que j'aime toucher mes matériaux, Laurie.

Il hausse les épaules, méprisant l'instinct de conservation et l'apitoiement sur soi-même.

Le silence se propage comme une onde. Flora n'arrive pas à cerner la gravité de la nouvelle, ce qui reste à venir.

— Bon, rien n'est plus ennuyeux que la santé d'un vieux schnoque, non ? dit-il, balayant la question. Et chacun sait qu'on peut fumer un paquet par jour et vivre jusqu'à cent ans, avoir une bonne hygiène de vie et… (Il s'arrête, crispé par une douleur intime, et Flora sent qu'il pense à Dixie. Pour détendre l'atmosphère, il reprend son sourire chaleureux.) Au moins, je ne vous ai pas laissées faire de la peinture avec du blanc de plomb, hein ? Vous empoisonner toutes aussi.

Le mot « empoisonner » claque comme une gifle. Flora tressaille. À l'étage, l'horloge égrène un carillon bizarre – pas si morte, après tout, à l'égal du passé. Elle vide son verre en frissonnant. *Ça. Va. Être. Agréable.*

8

Kat

Kat demeure impassible. Flora doit se reprendre. À quoi bon tenter d'imposer la loi du silence pour sursauter au premier mot troublant, comme si elle avait fourré un doigt dans une prise ? Lauren aussi l'a remarqué : son regard inquisiteur s'est tourné tout de suite vers Flora, et ne l'a pas quittée.

— Bon, je suis contente que tu aies fait ces tests, papa, dit Kat, ramenant la conversation à sa santé. Savoir, c'est pouvoir, non ?

Une autre formule fâcheuse. À nouveau, Flora tressaille, car le savoir n'a jamais été partagé de façon équitable entre elles. Pour Lauren, le 11 août 1999 baigne dans la pénombre, et il doit y rester.

— Tout ce que je sais, c'est qu'à mon âge, on ignore d'où les balles vont siffler. (Charlie consulte encore sa montre. Curieux, pour un homme capable d'être en retard d'une semaine pour déjeuner.) Ce qui signifie… (pause solennelle. Dehors, le vent enfle comme un roulement de tambour)… que j'ai décidé de vivre le reste de ma vie entièrement à ma guise.

— Sans blague…, bredouille Kat. Parce qu'avant, tu te donnais des limites ?

— Kat…, prévient Flora en se levant pesamment – son collier valse sur son cou, formant un nœud coulant – pour tituber vers le champagne.

Kat se demande vaguement quand sa sœur à la beauté naturelle, sans besoin d'artifice, s'est mise à porter ces perles qui la vieillissent. Du fond de la véranda, Bertha commence à crier, augmentant la folie ambiante. Les yeux de Lauren s'écarquillent, formant des taches d'encre. Trois nuits, se dit Kat. Mon Dieu…

— Ce qui m'amène à l'autre raison pour laquelle je vous ai réunies ici.

Charlie fait un signe à Kat, l'air d'évoquer une conversation précédente.

— Oh…

Flora fronce les sourcils, clairement piquée par ce geste complice, qui suggère un échange tenu en son absence. Roulant sa flûte de champagne sur sa joue, elle lâche un petit rire bizarre.

— Bon, vous savez que les vieux McKee – nos fidèles locataires poètes – nous ont quittés au bout de quinze ans. Malgré leur loyer dérisoire, ils prétendent que Rock Point est devenu trop lourd, bougonne-t-il, contrarié. On se retrouve donc avec une maison vide. Qui me brûle les doigts.

Son regard erre par-dessus ses mains jointes.

Jadis, ces fameux yeux gris fer lançaient des étincelles. Kat le revoit faire les cent pas devant son chevalet, un pinceau à la main, ne tenant pas en place comme s'il avait des braises dans ses baskets. Où donc est partie cette ardeur créatrice ? Ce noyau en fusion, égoïste, qu'elle supportait si mal ? Prise d'une émotion soudaine, elle s'aperçoit combien tout ça lui manque. La chaleur sauvage de son père. Son indomptabilité messianique.

Il n'a pas créé d'œuvre majeure depuis des années. Aucun de ses tableaux n'est aussi coté que *Jeunes filles à la volière*, à présent dans une collection privée. Qu'il l'ait fourgué fait encore souffrir Kat. « Oh, il a des défauts », dit-il quand on le harcèle, un muscle tremblant sous l'œil.

Avant qu'ils se séparent l'an dernier, Kofi avait osé suggérer que sa rage de vivre était due à la vente de leur portrait, à la prise de conscience que tout avait un prix, qu'il existait des gens si riches qu'ils pouvaient acheter une part de vous-même. Cette vente avait aussi prouvé que son père – maître dans l'art du cloisonnement – était capable de se détacher de tout.

— Alors, tu mets Rock Point sur le marché ? demande-t-elle.

— Non, répond-il lentement, l'air d'y avoir songé mais de manquer de courage. Il n'en est pas question.

— Kat, comment le pourrait-il ? la maison est dans la famille depuis toujours ! s'exclame Flora comme si Rock Point était Downtown Abbey, pas une villa achetée à l'aube des années soixante grâce à la boîte d'électroménager de papy. Et on doit la garder pour la jeune génération.

Elle lève les yeux vers l'étage, attirant l'attention vers Raff, les enfants que Lauren et Kat n'ont pas encore conçus.

Kat brûle de dire que la meilleure manière de clore le plus sombre chapitre de leur famille – et de se libérer d'une maison isolée, perchée sur un rocher, battue par des tempêtes bibliques – serait de vendre. Mais elle se retient. Inconsciemment, peut-être leur père ne *veut*-il pas clore ce chapitre noir. Ou ne le peut-il pas. Et il serait capable de brader Rock Point à la moitié de sa valeur juste parce qu'il aime la tenue d'un visiteur. Il a toujours été léger avec l'argent, oscillant entre l'avarice et la générosité excessive, l'obsession et le désintérêt. Elle peut seulement imaginer les comptes de cette maison, si tant est qu'il les ait jamais tenus. Il refuse obstinément ses conseils, bien qu'elle soit le seul membre de la famille au cerveau logique, rigoureux. Kat a fondé Spring, une plateforme numérique de santé – « Le bien-être est la seule vraie richesse » – il y a cinq ans, une start-up estimée aujourd'hui à plus de dix millions, qui emploie huit personnes (douze avec les stagiaires). Elle travaille sept jours sur sept. Elle a fait ses preuves. Elle a réussi. Son père ne l'a pas remarqué.

— Les locataires ont conservé l'intérieur comme un musée. Comme ma mère l'a laissé, poursuit-il. C'est ce que maman voulait. Mais elle n'a pas pu l'emporter dans la tombe. Du coup, une décision s'impose. (Il montre le salon à la lueur du feu.) Je veux bazarder ça. Tout. Les cages à oiseaux. Ce hideux poisson empaillé.

— Non, pas l'Affreux Humphrey ! couine Flora.

Toutes trois se tournent vers la bête, grimaçant sur le mur dans sa vitrine poussiéreuse. Qui donc l'a baptisée l'Affreux Humphrey ? Kat ne s'en souvient pas.

— Je veux un nouveau départ, Flo... Et pour ça, il faut traîner de force Rock Point dans la modernité. L'amortir par un loyer substantiel – tu sais, une location de luxe, comme dans les émissions de téléréalité, ajoute-t-il gaiement, ce qui porte Kat à se demander s'il a fait des recherches sérieuses. Je pense m'en remettre à une agence, et passer le temps qu'il me reste à vivre entre Londres et Paris.

Bertha, de sa cage, pousse un cri strident.

— Oh, ses jours sont comptés aussi, dit Charlie. Bien sûr, j'essaie de lui trouver un nouveau maître. Si vous connaissez quelqu'un...

Flora recule sur le banc près de la fenêtre, dans un petit craquement.

— Je vous invite à prendre tout ce qui vous plaît dans la maison, ce week-end. (Il jette un œil inquiet par la fenêtre.) À farfouiller. À sauver ce qui vous tente.

Silence de sables mouvants. Eh bien... Ce n'est certes pas l'héritage auquel avait songé la mère de Kat. Curieusement, elle se sent déchirée par le démantèlement du refuge de leur enfance. Par cet appel à plonger les mains dans le passé pour en extraire des bribes. Résistant à l'envie de se distraire en surfant sur Twitter, elle glisse un œil vers son portable. Huit appels en absence. Spring ne s'arrête jamais.

— Kat, pour une fois, pose ce fichu portable ! (Les lampes se mettent à vaciller, menaçant de les plonger dans l'obscurité.) Je vais aussi trier mes vieux croquis, là-haut. Ils payeront le toit, la fosse septique, toutes ces conneries.

Lauren le fixe d'un regard incrédule.

— Tu as laissé des croquis ici, papa ? Dans l'atelier ?

Une lueur insondable s'allume dans les yeux de leur père. Et l'étrange contre-courant qu'a senti Kat depuis son arrivée se renforce, une sorte de détraquement, comme le grésillement d'une radio déréglée.

— De vieilles esquisses, murmure-t-il.

La pluie commence à tambouriner sur les vitres. Kat se rappelle exactement son timbre, doux, un peu métallique – tout autre que celui des averses de Londres – qui lui donnait l'impression jadis d'être en sécurité derrière ces murs de pierre. Rock Point est le lieu de ses plus beaux souvenirs d'enfance – mais aussi des pires. Ne pouvant concilier ses sentiments, elle se lève d'un bond.

— Je vais prendre une douche avant le dîner.

— D'accord, mais vite, dit Charlie en regardant sa montre. Il faut faire couler l'eau dix minutes avant qu'elle soit brûlante. Ici, elle est glacée ou bouillante. Plutôt glacée.

— Bien. (Elle prend une douche froide tous les jours. Ça calme le bavardage dans sa tête.) À propos, qui veut venir nager, demain matin ?

Lauren recule sur le tabouret avec un sourire timide, comme l'élève de la classe qui ne veut pas que le prof la choisisse.

— Mais tu n'as pas une once de graisse ! (Flora remplit son verre.) Tu vas geler. Dès que tu entreras dans la mer, tu fuiras aussi sec.

— Quand ai-je jamais fui quoi que ce soit ? lance Kat, irritée.

— Son nom commence par un *k* et finit par un *i* !

Flora est toujours moins hostile au conflit avec un coup dans le nez.

— Et moi, ma réponse commence par un *m*...

Sa liaison de six mois avec Kofi avait été un bug, une panne de système, une joyeuse illusion chimique. Aucun site de rencontre ne les aurait assortis.

— Tout le monde ne vit pas dans une comédie romantique, comme toi et Scott.

Cela désarme Flora, qui prend cette pique pour un compliment.

— Mince... tu as raison, dit-elle après un temps, horrifiée. Je suis vraiment désolée. Je n'aurais jamais dû...

— Moi, j'aimerais juste ajouter..., coupe leur père en se levant avec un étrange sourire, qu'il n'est jamais trop tard pour tomber dans une comédie romantique.

— Quoi ? C'est peut-être la chose la moins Charlie Finch que tu aies jamais dite, papa. (Kat l'observe, mal à l'aise.) Là, je m'inquiète pour tes neurones.

— Bon, *l'annonce*... (Charlie respire, s'apprêtant visiblement à parler. Dehors, sur la mer, un coup de tonnerre claque tel un pistolet de starter.) Je vais me marier à Las Vegas le mois prochain.

Elles crient à qui mieux mieux :

— *Quoi* ?

— *Avec qui* ?

— J'ai rencontré une femme. (Charlie lève les mains, repoussant leurs questions.) Enfin, il y a trois mois, le hasard l'a remise sur ma route. Je ne l'avais pas vue depuis vingt ans. Ça a été... un tourbillon. Une joie. Et elle a juste... (il secoue la tête, muet d'admiration comme un petit garçon)... illuminé ma vie.

Au même instant, les phares d'une voiture balayent le salon.

— Je pense que vous vous souvenez d'elle, lance-t-il par-dessus son épaule, en courant faire entrer sa fiancée et une bourrasque de l'orage imminent.

9

Lauren, 1999

Une voiture a toussé dans l'allée. Les serres de Bertha, légères et fortes comme des trombones, se sont resserrées sur mon poing. Elle a gonflé ses plumes grises festonnées. Bertha avait un sixième sens pour les gens. Me tournant sur le banc près de la fenêtre, j'ai entrouvert les volets.

La voiture était aussi cabossée qu'une boîte de conserve, avec des pièces scotchées sur la carrosserie. Une femme en est sortie dans le miroitement du soleil matinal, puis elle est restée là, regardant la maison. Assez jeune – enfin, plus jeune qu'une maman –, les cheveux ondulés Fanta Orange. Le soleil, derrière elle, rendait sa robe blanche transparente, laissant voir la forme de ses jambes et un point de lumière brillant en haut des cuisses.

J'ai soufflé à Bertha :

— Une des amies de papa.

Kat, Flora et moi surnommions ces amies les « parasites ». Le genre qui l'appelait « Charlie chéri » et le touchait sans cesse. Chaque été, une ou deux se pointaient à l'improviste, sans comprendre que Rock Point n'était pas régi par les mêmes règles que l'appart de papa à Soho. Mamie patrouillait les frontières du mois d'août – « réservé à la famille » – comme un chien de garde grisonnant.

« Je ne fais que passer », disaient les parasites, alors que Rock Point n'était sur le chemin de nulle part, sauf la mer.

Papa les emmenait très vite à l'atelier. De la musique et des rires filtraient dans l'escalier. Mais il ne les laissait pas dormir sur place quand on était là. Mamie y veillait.

La sonnette de la porte a tinté. Bertha l'a imitée. Elle imitait aussi le téléphone, les aboiements des chiens et les chansons de marins. À l'époque, Kat lui apprenait « Baby One More Time », de Britney Spears. Mais le meilleur truc de Bertha, c'était répéter des formules glanées au hasard, en pastichant les voix. La veille, la femme que papy surnommait La-plaie-de-Zennor était venue se plaindre que les gens attirés par l'éclipse « inondaient les falaises », et Bertha avait lancé « V'là la mégère », de la voix rauque de mamie. Flora avait tellement ri que sa limonade lui était sortie par les narines.

Les Gris du Gabon possèdent l'intelligence d'un enfant de trois ans. Mais Bertha était douée – « plus futée que Flora », disait Kat –, dotée d'une mémoire incroyable et d'yeux perçants jaune mangue. Les perroquets doivent se rappeler des trajets complexes dans la nature. Quand elle traversait le hall en déployant ses ailes, la jungle fusait avec elle. Mamie avait entouré Berthingham Palace de palmiers en pot pour qu'elle ne soit pas dépaysée. C'était quand même une cage. « Mes perroquets sont nés en captivité, disait mamie, et ce qu'on ne connaît pas ne vous manque pas. »

Je n'en étais pas certaine, car avoir des sœurs m'avait un peu manqué avant de les rencontrer. Mais je me gardais bien de le dire.

La porte d'entrée a claqué. Bertha a fait de même avec son bec en demi-lune. J'ai entendu mamie glisser :

— Enfin, c'est l'âge ingrat… (La visiteuse avait percé la première ligne de défense et atteint le hall.) Les filles viennent toujours en août. Nous les avons seulement l'été, et c'est comme négocier l'accord de Belfast[1] chaque année. Elles n'ont pas la même mère, vous voyez… (Soupir. Peut-être mamie ne comprenait-elle pas pourquoi nos mères étaient incapables de s'entendre.) J'attends encore ma nouvelle hanche – nous, les vieux, on ne compte pas pour le brillant M. Blair, semble-t-il ! – et je ne peux pas courir clopin-clopant après les filles sur les falaises. Herbert, mon mari, ne pense qu'à cette éclipse. Et leur père est préoccupé par son travail. C'est un artiste, a-t-elle dit en reniflant avec mépris.

Mamie aurait voulu que papa soit médecin. Elle avait posé pour lui une fois, il y a très longtemps, à l'époque où il avait rencontré ma mère. Quand il avait dévoilé son portrait, mamie avait été tellement froissée qu'elle ne lui avait plus parlé pendant quatre ans.

— Il peint *ici, maintenant* ? a lancé la femme avec enthousiasme, d'une voix juvénile. Charlie Finch ?

Mon cœur s'est serré. Elle connaissait son nom. C'était une fan.

1. Accord signé en 1998, mettant fin au conflit armé en Irlande du Nord. (*N.d.T.*)

Cela n'a pas non plus ravi mamie. Elle appréciait les vernissages, les chics, à Cork Street – en robe longue et chignon, elle glissait dans les salles comme sur des roulettes –, mais elle n'aimait pas que papa amène « ça » à Rock Point. Par chance, il s'en moquait : il ne pouvait pas ouvrir et fermer sa veine créatrice, comme un arroseur automatique.

— Entrez, je vous prie.

Je me suis crispée en voyant la poignée de la porte tourner.

— Oh, vous voilà, toutes les deux. Ici ! a ordonné mamie.

Déployant les plumes rouges de sa queue, Bertha s'est envolée, ridant l'air avant d'atterrir sur sa paume. Les Gris du Gabon s'attachent à un seul homme, et cet homme était mamie. Bertha prenait certaines personnes en grippe. L'été dernier, elle avait mordu un doigt de Flora jusqu'au sang.

— Ai-je parlé de… ? a dit mamie en souriant.

La femme a secoué la tête, sidérée. Rien ne prépare à un perroquet.

— Nous avons aussi des perruches. Nos petites jacasses viennent du Hampshire avec nous, et passent l'été dehors à Rock Point.

Carrée dans sa chaise longue, un cocktail à la main, mamie contemplait la volière du jardin comme si c'était la télé.

— Ouah…

La femme avait beau vouloir éviter le regard meurtrier de Bertha, elle l'a soutenu. Respect.

En plus, elle était intéressante à regarder. Elle avait un visage large et une tignasse encore plus large, blond-roux. Ses yeux me rappelaient les olives de cocktail de mamie, vertes, luisantes et bombées. Il n'y avait pas une seule ligne droite chez elle.

— C'est incroyable..., a-t-elle lancé. On se croirait sur un paquebot !

— Oh ! Rock Point est insubmersible, a dit mamie avec un petit rire, comme les gens dans les films juste avant que leur navire percute un iceberg. Angie, voici Lauren.

— Salut. (Angie m'a souri, dévoilant un chewing-gum calé entre sa joue et ses dents.) Tu peux m'appeler Ange, si tu veux.

Je savais déjà que je ne le ferais pas.

— Lauren est la plus jeune des trois filles de mon fils. (La voix de mamie montait toujours dans les aigus quand elle s'aventurait sur la pente de nos âges.) Kat et Flora se baignent encore, chérie ?

J'ai dit oui, regrettant soudain de n'être pas restée avec elles dans la crique. Mais j'étais rentrée pour attendre la venue de Gemma.

— Vous êtes à l'aise dans l'eau, Angie ? a demandé mamie.

— Je vais être franche avec vous, madame Finch. Je coule comme un sac de patates. J'ai une ossature lourde.

— Oh... (Un doute est passé sur le visage de mamie.) Eh bien, Flora a son brevet de secourisme et Kat est championne de natation. Elles veillent sur toi, n'est-ce pas, Lauren ?

J'ai acquiescé, même si ce n'était pas vrai. Maman aussi ignorait à quel point nous étions peu surveillées à Rock Point. Je lui avais seulement dit que papa nous emmenait nager, ce qu'il avait fait d'autres étés, nous jetant du haut des rochers, tentant de m'habituer à l'Atlantique : maman m'avait appris à nager dans des mers chaudes exotiques. Maintenant que j'étais grande, je savais être prudente, restant là où j'avais pied, loin des méduses et des courants.

— Tu as de la chance d'avoir des sœurs. (Le sourire d'Angie a un peu faibli.) Moi, je suis fille unique.

J'ai failli répondre que je l'avais été aussi. Mais ç'aurait été trop compliqué à expliquer. Mon genou en sueur me grattait.

— Angie est là pour une offre d'emploi, Lauren, a expliqué mamie.

Mon cœur s'est serré un peu plus. Je sentais déjà l'été changer de forme et j'ignorais comment l'en empêcher.

— Je dois avouer, a dit mamie, que je n'ai pas trouvé le temps de vérifier vos références.

Angie s'est montrée soulagée, mais mamie n'a pas semblé le remarquer. Je me suis rendu compte qu'elles ne se parlaient pas vraiment. Elles cherchaient juste à obtenir quelque chose l'une de l'autre.

— Vous avez déjà été fille au pair ? a demandé mamie, caressant la tête de Bertha.

— Et aussi assistante dans des ateliers d'art, a répondu Angie du tac au tac, comme si elle avait préparé sa phrase.

— Rappelez-moi… (Balayant la robe vaporeuse d'Angie, le regard de mamie s'est fixé sur une chaîne de cheville. Elle a froncé les sourcils.) Comment, déjà, avez-vous entendu parler de ce poste ?

Angie a rejeté les cheveux en arrière, libérant l'odeur fruitée, chimique des salons de coiffure.

— J'étais dans une école d'art avec un des assistants de Charlie.

— Ah, je vois… (Ce n'était pas la réponse que voulait mamie.) Puis-je vous demander où vous logez ?

— Chez des copains, à St Ives. (Angie a guigné la grande pièce confortable.) Sur leur canapé.

— Eh bien, vous êtes jeune.

Ouf. Mamie n'allait pas lui offrir une chambre d'amis.

— J'ai vingt-six ans, a précisé Angie.

— Justement, mon petit. (Mamie l'a regardée de plus près, l'air de sentir quelque chose qui clochait.) Rock Point est très loin de l'animation de Londres pour une fille de votre âge.

— Beaucoup de jeunes sont venus par ici. (Angie s'est frotté l'aile du nez : un signe sûr de mensonge, disait toujours maman.) À cause de l'éclipse, vous voyez ?

— Ah oui, a dit mamie en s'égayant comme si ça expliquait tout. Bon, le poste est à vous. Payé en liquide. Jusqu'à fin août. Ou le départ de la dernière fille. La mère de Kat se trompe souvent de jour.

Angie a paru surprise que ç'ait marché aussi facilement.

— Vous devrez ranger leur linge. Les chambres. Préparer des casse-croûte. Et, enfin, ouvrir l'œil, avec tous ces gens qui viennent voir l'éclipse et l'effervescence générale.

Un drôle de silence a suivi. Puis un rayon de soleil a frappé la joue parcheminée de mamie, comme quand on pose la main sur une lampe de poche, que le sang rougeoie sous la peau et qu'on s'aperçoit qu'il n'y a qu'une fine membrane qui vous protège. Mais ce jour-là, j'étais encore incapable d'imaginer que mamie – ou aucun de mes proches – puisse mourir.

— Je dois me présenter à Charlie Finch ? a demandé Angie, se balançant d'un pied sur l'autre.

Bertha a déployé sa queue, l'équivalent chez elle d'une mise en garde.

— Je suppose, a dit mamie, réticente. Lauren… tu veux bien ?

— Nos chambres sont au bout de ce palier. Celle de Kat est à gauche…

J'indiquai le tunnel de papier peint feuillu. La porte de Kat était ouverte, un bikini traînait par terre. Mais Angie ne s'intéressait pas à nos chambres. Elle fixait les marches de l'atelier.

— Il est là-haut, Laura ? a-t-elle chuchoté, les joues rouges.

J'ai répondu par un hochement de tête.

— Sauf que je m'appelle Lauren.

On a monté l'escalier raide. Les sandales d'Angie claquaient derrière moi, son souffle s'accélérait. Une fois devant la porte de l'atelier, j'ai entendu papa marcher à pas traînants. Ça voulait dire qu'il portait ses chaussures de peinture, des baskets sales, délacées, à l'arrière fripé sous ses talons. J'ai hésité, sentant soudain que si je laissais entrer Angie dans l'atelier, mon royaume à Rock Point, je n'arriverais jamais à l'en faire sortir.

— Vas-y, Laura, m'a-t-elle sifflé dans une bouffée de chewing-gum à la menthe. *Frappe.*

10

Flora

Flora entrouvre la porte des toilettes. Le hall est dégagé. Quittant ses chaussures bruyantes à semelles compensées, elle passe furtivement devant le salon – où son père et Angie rient et parlent à voix basse – pour chercher ses sœurs. Après une demi-heure atroce, où elles ont été plusieurs fois obligées de porter un toast aux tourtereaux et de tenir leur langue, toutes trois se sont enfuies, tel un troupeau dérouté par la foudre. Puis elle s'est isolée pour soulager sa vessie, et tâcher de digérer ce qu'elle venait de voir.

La touffe de cheveux rouge Campari. Le sourire triomphant sur cette bouche molle, sensuelle. Les rides en étoile autour de ces yeux globuleux, vert fluo. La cruauté surréaliste d'Angie, à présent sur la pente déclinante de la quarantaine, portant des bottines à talon cubain – argentées ! – et du faux léopard. Son allure chaloupée en entrant à Rock Point, l'air d'avoir passé les vingt dernières années à une fête sordide. Elle marche même dans sa propre bulle d'air, chaud, doux et musqué, l'odeur des draps après le coït.

Le portable de Flora sonne. Elle tâtonne pour le faire taire : un appel manqué de Scott. L'écran est flou. Elle l'essuie sur sa robe. Toujours flou. D'accord, elle est ivre. Et si elle parle à Scott, il le saura. Elle lui envoie un texto pour gagner du temps : *On est à table. Je te rappelle. Tu me manques !!*

Tanguant sur le seuil de la cuisine, ses chaussures à la main et sa robe craquant aux coutures, elle se sent comme l'hôtesse d'un dîner qui a viré au désastre. Pourtant, elle flaire une alliance nouvelle dans cet état de siège. Kat et Lauren sont blotties derrière la table à la lueur d'une bougie, près d'une bouteille de rouge ; malgré leurs différences physiques – Kat a les pommettes larges des Finch et le nez de papy, Lauren est le portrait de Dixie, façon petit oiseau – elle voit des ressemblances dans la ligne de leurs mâchoires serrées et leurs mains expressives, ce qui lui fait plaisir. Malgré leur éloignement ces dernières années, elles ont encore beaucoup à perdre.

Angie en sait trop. Et détruira la moindre chance qu'elle, Kat et Lauren tirent finalement un trait sur cet été navrant. Désormais, le passé sera incontournable. Pareil à un cadavre bourdonnant de mouches dans un coin alors qu'on essaie de manger.

De plus, Angie avait fui, ce jour-là. Comment papa peut-il pardonner ça ? Doivent-ils *tous* se prétendre amnésiques ? Ce moment – « Où est Angie ? » – reste gravé dans le cerveau de Flora. Comme la vue de Dixie déboulant dans un camping-car cabossé, conduit par un ami à dreadlocks roses. Et la voix zen, douce et sympa avec laquelle elle avait demandé – poussant presque Flora à avouer d'emblée –, « Racontez-moi ce qui s'est passé ». Elles ne l'avaient pas fait. Pas complètement. Elles avaient eu trop peur.

— Ah, te voilà, Flora. (Kat se retourne.) Fiancé à Angie ? Merde, c'est bien vrai ?

— Oui.

Flora aimerait monter l'escalier à quatre pattes, se pelotonner près de Raff et tomber dans un sommeil éthylique, sans rêves, pour que le lendemain commence comme il aurait dû, selon son programme. À la place, elle s'écroule sur une chaise de cuisine, puis étale les mains sur la vieille nappe à fleurs. Entre les bougies et le vent sur la lande, on dirait une séance de spiritisme. Un rayon de lune, poudreux et pâle, tremble sur la table. Les stores qui pendaient jadis aux fenêtres ont disparu, note-t-elle en prenant un petit cube dans le sucrier, qu'elle cale avec sa langue contre son palais.

— Du cadmium ! aboie Kat, si fort qu'elle éteint la bougie.

— Du cadmium ? répète Flora, ahurie.

Elle a toujours un temps de retard sur ses sœurs. Petite, elle lisait si lentement qu'elle n'essayait même pas. Elle ne maîtrisait pas l'orthographe. Ni les maths. Seule Kat était bonne en maths ; les nombres faisaient fondre le cerveau de Flora. Ironiquement, elle a découvert les livres après l'été de l'éclipse, cherchant une évasion, n'importe quoi pour échapper à elle-même. Ses pensées avinées titubent avec un désir ardent, physique, vers son club de lecture.

— Papa plaisantait là-dessus, tu ne t'en souviens pas ? enchaîne Kat. Lauren, toi qui t'y connais…

Lauren acquiesce, presse les paupières du bout des doigts.

— Le cadmium peut perturber les processus neuronaux, mais…

— Mon Dieu ! (Flora saisit enfin. Recrache son sucre.) C'est peut-être aussi pour ça qu'il bazarde les affaires de mamie.

— Non, Angie doit être derrière ça, je parie. Du balai, les vieilleries… (Kat retombe sur sa chaise.) Tu as compris qu'il l'avait rencontrée le soir de l'enterrement de ta mère, Lauren ? Au club des arts ? Réfléchis… Il a dû rentrer à Londres bouleversé, vulnérable, elle n'avait plus qu'à le cueillir. Et riche. Elle a dû fondre sur lui comme un missile.

Flora verse le vin dans des vieux verres à pied. D'habitude, elle ne boit pas de rouge – ça détraque sa flore intestinale –, mais c'est un cas d'urgence. Bien qu'elles ne se soient jamais connues, Dixie et Angie sont à présent liées, la mort de l'une permettant le retour de l'autre d'une façon horrible.

Personne ne s'était attendu à ce que son père soit aussi dévasté à l'enterrement de Dixie. Il avait sangloté en jetant une poignée de terre dans le trou sinistre. Ça avait été d'autant plus pénible qu'il n'aurait jamais été aussi peiné si Annabelle, sa mère, était morte. Déjà petites, Flora et Kat avaient senti – avec une jalousie terrible – que c'était la jeune et fougueuse Dixie que leur père préférait. La mère de Lauren, pas la leur. Pourtant, Dixie avait été la seule à le rejeter, pas vrai ? Dixie l'avait quitté en emportant Lauren bébé. Annabelle et Blythe – qu'il avait plaquées pour elle (qui sème le vent…) – l'avaient toujours haïe d'être encore *désirée* par Charlie.

— Vous vous rappelez qu'Angie ne savait pas nager ? dit Kat après un silence. Elle restait dans les vagues, terrifiée quand l'eau dépassait ses genoux. On peut peut-être l'inciter à refaire trempette…

— *Kat…*, prévient Flora, même si, une fraction de seconde, l'idée a aussi miroité dans son esprit.

Kat réveille toujours ses pires démons.

— Je plaisantais, dit Kat.

Lauren lui jette un regard un peu méfiant, puis rallume la bougie en tremblant, remplissant la pièce d'une odeur soufrée de tabac.

Flora tuerait pour une cigarette. Elle n'a pas fumé depuis qu'elle a rencontré Scott, qui pense que le NHS devrait refuser aux fumeurs le traitement du cancer. Elle était plus mince avant d'arrêter.

— On *doit* trouver une solution. (Elle se penche en avant, exaltée par le vin et l'ampleur de la crise familiale.) Et si j'appelais maman, et toi Blythe, pour qu'on monte une intervention ?

— La cavalerie ? (Kat secoue la tête.) Je ne crois pas.

— Et si Angie rendait papa heureux ? suggère doucement Lauren, la flamme de la bougie dansant dans ses yeux noirs.

— Mais il n'était pas *malheureux*, Lauren ! grommelle Flora. L'absence de malheur ne suffit-elle pas à son âge ?

— Vous ne comprenez pas… (Kat brise une coulure de cire, la roule entre le pouce et l'index.) C'est le démon de midi, ou plutôt de minuit, survolté par la peur de mourir et d'être un *has been.* (Elle envoie valser la boule de cire.) Pour le dire gentiment, il tâche de retrouver l'âge d'or de son talent, sa période indomptable, l'été de *Jeunes filles à la volière,* le sommet de sa gloire.

— Il recherche ce qu'il a perdu, murmure Lauren, semblant aussi trouver un sens à sa flamme tardive.

— Mais ce n'est pas une excuse !

Flora croit fermement à l'adage : comme on fait son lit, on se couche, quel que soit l'inconfort du matelas.

— Non. Il aurait dû nous avertir, au lieu de nous traîner à Rock Point en pleine tempête. C'est un coup monté. (Kat se pince l'arête du nez.) Un vrai bordel. Il va épouser le Monstre.

— Mince ! J'avais oublié qu'on l'appelait comme ça. (Pensant à ce qu'elles étaient à l'époque, Flora se réjouit d'avoir un fils.) Le *Monstre,* répète-t-elle avec délectation.

— Eh bien, qui se ressemble s'assemble…

Flora se retourne et découvre, à sa grande honte, son père furieux sur le seuil de la cuisine. Elle n'ose imaginer depuis combien de temps il est là, tout ce qu'il a pu entendre.

— Vous régressez fichtrement vite. (S'approchant à pas lourds, il plaque un papier froissé sur la table, ce qui fait valser le vin dans le verre de Flora.) Qui a torché ça ?

Avant qu'une de ses sœurs puisse réagir, Kat saisit la feuille. Ses yeux la parcourent, puis s'écarquillent. Sa jambe gauche commence à tressauter.

— Merde…, marmonne-t-elle.

— Quoi ?

Flora a un mauvais pressentiment. Cette jambe…

— N'hésite pas à en faire profiter les autres, patronne.

Leur père a une expression froide, celle de l'artiste détaché que Flora a toujours détestée.

Dans le couloir, soudain, monte un bruit de bottines – comme le tic-tac du crocodile dans *Peter Pan* –, et Angie apparaît.

— Qu'est-ce qui se passe, chéri ? demande-t-elle en posant une main sur l'épaule de Charlie.

La tennis de Kat martèle le sol. Flora tord anxieusement son rang de perles.

— Ne sois pas timide, Kat. (La voix de Charlie enfle de rage.) Lis-le à voix haute. Il n'y a pas de secrets entre Angie et moi.

Kat respire, s'apprête à obéir. Mais le collier de Flora explose et ses perles grêlent dans la cuisine, roulant dans les coins sombres, poussiéreux, hors d'atteinte.

11

Lauren, 1999

Plus que quatre jours. Des affiches étaient collées dans les vitrines : « Lunettes d'éclipse – rupture de stock ! » Des serviettes couvraient les plages bondées. Des touristes, brûlés par le soleil, s'égaraient sur le chemin. D'autres avaient installé des haut-parleurs et des tentes dans un champ voisin, jusqu'à ce que la femme du fermier, excédée, les expulse. Le picotement de l'air marin n'y était pas pour rien. Je commençais à voir des mini-éclipses partout : dans la forme des rognures d'ongle de Kat et les criques au pied de la falaise. Mamie attaquait ses apéritifs à l'heure du déjeuner pour soulager sa hanche, qui se raidissait :

— Nous les filles, on est liées aux rythmes de la lune, non ?

Mes sœurs et moi regardions fixement la nappe, mortifiées d'être dans la même catégorie. Mamie avait les orteils poilus.

Aux séances de pose, Flora et Kat étaient bizarres, nerveuses. Je m'efforçais de comprendre leurs discussions de ventriloques, glissées du coin de la bouche. Des murmures sur des fêtes de l'éclipse. Et le « Plan ».

Quand j'ai demandé à Flora – assise au centre, penchée vers Kat – ce que c'était au juste, elle a eu un sourire vague. Un sourire bêta de Mona Lisa, a dit papa, une Camel pendant à sa lèvre.

— Enfin, qu'est-ce que vous avez, toutes les trois ?

Ce n'était peut-être pas dû à l'éclipse. Peut-être l'été aurait-il mal tourné, de toute façon. Mais les choses qu'on faisait d'ordinaire, début août, pour retisser nos liens – les feux de camp, les nuits dans le jardin sous la tente de scout de papy, les bains de soleil sur la balancelle, jambes tendues, virant au rose crevette – paraissaient médiocres et barbantes, du moins à Kat et Flora. En attendant l'éclipse, on tuait le temps. Étouffant les dernières heures une à une, sans savoir combien elles étaient précieuses.

On mourait d'envie qu'il arrive quelque chose.

Voilà pourquoi on s'est glissées dans le dressing de mamie, par un matin brûlant, une semaine après notre arrivée. L'éclipse, avait décidé Flora, était « une occasion de s'habiller ». Je ne voyais pas trop ce que ça signifiait, juste que j'avais besoin d'un allié. Alors, quand Gemma est venue m'emmener à la plage, je l'ai entraînée au premier. Toujours réticente à entrer dans la maison – ça lui semblait bizarre car sa mère était la femme de ménage –, elle avait l'air gênée, hésitante, alors qu'elle n'était jamais comme ça dehors. Le dressing était très Finch, très chic. Il sentait les comptoirs de parfums des grands magasins. Il y avait une coiffeuse en verre miroir, avec des boules de coton disposées dans une coupe rose, comme des meringues, et une rangée de mains en céramique grandeur nature, portant des bagues et des bracelets. Et des tas de vêtements.

Maman disait qu'entreposer était un privilège des riches – nous, on avait des casiers IKEA fourrés sous nos lits – et que mamie pouvait se permettre de ne rien jeter. Mamie gardait tout. Elle avait des sacs en crocodile. Des étoles de renard. Des souliers chatoyants, aux talons en satin. Des robes élégantes de sa grande époque, dure à imaginer – le Londres des années quatre-vingt –, déclinées dans une grande palette de couleurs. Beaucoup étaient dans leur housse en plastique. D'autres pendaient librement, manches tendues comme si une mamie plus mince, plus jeune, était encore à l'intérieur.

Heureusement, pas ce jour-là. Allongée dans le salon, les pieds surélevés pour reposer sa hanche, elle ne voulait pas qu'on la dérange, « sauf pour une question de vie ou de mort, ou de perroquet ». Papy était dans le bureau, maudissant les pannes constantes d'Internet. Papa à l'extérieur, personne ne savait où. Et Angie si en retard qu'on était sûres qu'elle se ferait virer.

— En fait, elle doit cuver son vin, a dit Kat, qui en savait étonnamment long sur ce genre de choses. Il n'y a que nous. (Le cœur brisé de Whitney Houston filtrait de son lecteur de CD.) On est libres !

Ce qui voulait dire que mes sœurs étaient aux commandes.

— C'est celle-là ?

Flora plaquait sur son corps une robe verte fluide. Une abeille bourdonnait contre la vitre.

— Nickel, Flo. Kat a enfilé une robe moulante, dorée comme un Ferrero Rocher, et pris l'accent américain de sa mère. Taxi ! Au Claridge's !

J'ai ri, feignant de savoir ce qu'était le Claridge's, et jeté un regard à Gemma, qui tirait sur un fil de la robe qu'elle portait ce jour-là. Par chance, c'était la même que la mienne – en jersey marine, avec des étoiles, H&M. Nous avions toutes les deux choisi la même robe en solde, sans le savoir, une semaine avant.

— Vous deux, on dirait des jumelles télépathes ! avait lancé Flora, ce que j'avais pris pour un compliment.

Gemma et moi, on s'était connues trois ans plus tôt, quand je me réveillais encore à Rock Point le cœur lourd. Toujours la seule petite-fille à se tromper de fourchette. Une zarbi, qui avait rejoint la famille comme une élève douce, impopulaire, qu'on est forcé d'inviter à une fête parce que votre mère connaît la sienne. Et puis, mamie avait engagé Viv, qui avait emménagé dans la région. Un beau matin, s'excusant avec gêne, Viv était venue avec sa fille parce qu'elle avait une infection des voies respiratoires.

Gemma, ma cadette de six mois, était aussi quelconque que moi. Elle avait un sourire bancal, une fossette sur la joue, des yeux bleu acier mouchetés comme un maquereau, et une timidité qui durait cinq secondes. On s'était assises sur le banc au bord de l'À-Pic, avec une couverture et un paquet de chips, déballant nos vies tout en les croquant. Au moment où Viv finissait son travail, je rêvais de vivre moi aussi sur la lande. Dans un cottage douillet, entouré de faucons et d'ajoncs. Avec un grand frère qui semblait bien plus facile à vivre que des demi-sœurs. Un père pêcheur, qui m'emmènerait en mer sur son bateau. Le reste de l'année, on échangeait des lettres pleines de petits dessins – les siens étaient brillants – et de vérités grattées au fond de nous-mêmes. Quand je m'étais inquiétée d'être arrivée trop tard dans la famille Finch et de ne pas savoir comment me conduire avec mes sœurs, Gemma m'avait écrit : « C'est Kat et Flora qui doivent apprendre, pas toi. »

— Et que va mettre Lauren Molloy ? a dit Kat en soulignant mon nom de famille.

Flora a dégrafé son soutien-gorge, libérant des seins affreusement blancs sur son corps bronzé, et fait signe à Kat de lui fermer sa robe dans le dos.

J'ai attrapé une robe de bal, au tissu froufroutant jaune vif. Pour tenter de cacher mon corps, les tétons vibrants qui me gênaient, je l'ai passée par-dessus la mienne. La robe de bal était beaucoup trop grande.

— Gemma ?

Elle a refusé d'un geste.

— Maman sera furieuse si elle découvre que j'ai essayé des trucs de ta mamie. (Elle a ramassé le petit sac à dos qu'elle traînait partout avec elle, écarté les cheveux de ses yeux. Elle avait beau les peigner, sa raie était toujours en zigzag. Celles de mes sœurs tombaient droit naturellement, comme des rayures sur une pelouse parfaite.) J'aurai des tas d'ennuis.

Kat a levé les yeux au ciel.

— Pas plus que nous.

— Je ne suis pas des vôtres, a répliqué Gemma.

Personne n'a rien dit. Kat s'est mise à se déhancher, en ondulant des bras. Flora lui a pris les mains et elles ont chaloupé, dans un chatoiement vert et or, telles des algues sous l'eau.

— On ne te voit pas comme la fille de la femme de ménage, Gemma, a jeté Flora par-dessus son épaule, confirmant le contraire.

Ces paroles m'ont piquée aussi. Maman avait fait également des ménages, toutes sortes de jobs pour s'en sortir. J'ai saisi une robe bleu pervenche en disant :

— Celle-là va avec tes yeux ! (J'implorais Gemma du regard.) Ta mère ne travaille pas aujourd'hui. Elle ne le saura pas.

— Non, attends ! (Lâchant les mains de Kat, Flora a parcouru les cintres. La robe qu'elle a collée sur le corps de Gemma était laide, à volants et lilas, de la couleur des veines en dessous du poignet.) Celle-là. (La musique s'est arrêtée.) Hein, Kat ? a lancé Flora en semblant demander autre chose.

— Ouais. La lilas, a dit Kat, pendant que l'abeille tombait sur l'appui de la fenêtre en battant furieusement des ailes.

— Je veux la bleue, a déclaré Gemma, le menton levé. Celle qu'a choisie Lauren.

Kat et Flora ont échangé un long regard. Un nouvel air a commencé. Quelque chose d'autre aussi, une autre sorte de bruit, que j'entendrais sans cesse les mois d'après, même avec un oreiller plaqué sur la tête.

En franchissant le portail en forme de lune, on s'est bousculées avec des rires étouffés. Dans l'allée, le vent a emporté l'atmosphère étrange, crépitante, du dressing. Les bords de nos ombres se touchaient. Nous étions unies, regroupées.

En crapahutant vers la plage, j'avais l'impression de fuir un danger. Nous riions aux éclats. Nos robes gonflaient, giflaient nos jambes. Quand j'ai trébuché, Kat m'a aidée à me relever. Puis on est reparties, tel un vol d'oiseaux tropicaux, les deux plus petites à l'arrière, entraînées par les grandes. Pendant quelques secondes, tout était parfait : le soleil, Gemma, mes sœurs. Puis soudain, près des ruines de la hutte de l'ermite, un bruit terrible. On s'est arrêtées, le souffle coupé. La robe de Gemma s'était déchirée, dévoilant sa culotte.

— J'ai marché dessus…

Une main plaquée sur la bouche, elle rougissait en tirant sur la soie pour cacher son slip.

— C'est la préférée de mamie, a dit cruellement Flora. Tu aurais dû mettre la robe lilas.

Une voix a crié sur la crête :

— Gemma ? Tu es là ?

— *Maman…* (Ses yeux se sont écarquillés). Elle va me passer un savon.

On s'est toutes cachées derrière les murs de la hutte.

— Gem ?

Encore Viv. Plus près. Gemma avait les larmes aux yeux.

— Regarde, je porte la robe marine sous la mienne. (J'ai sorti une bretelle spaghetti pour le prouver.) Si on échange nos robes, elle ne le saura jamais. On peut se déshabiller là-dedans…

Je montrais les ruines. Kat et Flora ont déguerpi au pied de la corniche.

Gemma a hésité. Des histoires de magie noire couraient sur la hutte de l'ermite. Dix ans auparavant, on y avait trouvé un mort, pas très frais, aux yeux mangés par les mouettes. Le plafond était en poutres sommaires, qui quadrillaient le ciel. Dans un coin s'entassaient des mégots de cigarette, une canette de bière vide. Je me suis accroupie avec elle sous le trou de la fenêtre, les mollets chatouillés par une herbe épineuse. Au bout d'un moment, j'ai jeté un œil par l'ouverture… et sursauté.

À quelques pas, sur le chemin de la falaise, un adolescent me regardait sous une casquette de base-ball. Je me suis aussitôt baissée, soulagée que ce ne soit pas Viv.

— Quoi ? a murmuré Gemma en me sentant nerveuse.

— Rien. (Elle était assez anxieuse comme ça.) Allez. On échange.

Tirant la robe en jersey par l'encolure de celle de mamie, j'ai baissé une bretelle sur mon épaule… et suis restée coincée. Gemma, déjà déshabillée, a tenté de m'aider, mais n'a fait que m'empêtrer encore plus. On s'est écroulées dans un tas de tissu, enlacées, avec un rire étranglé – jusqu'à ce que le visage apparaisse à la fenêtre – immobile, un portrait dans un cadre. Et notre rire s'est éteint.

12

Lauren, 2019

Lauren s'arrête sur le sentier de la falaise, troublée par l'impression d'être observée. Elle jette un œil autour d'elle, mal à l'aise. Mais les rochers escarpés et la brume matinale réduisent son champ de vision. Créent des ombres où des corbeaux détraqués peuvent se cacher. Des recoins glissants pour nourrir son imagination.

Nous n'avons pas oublié. Nous savons ce que vous avez fait, disait le billet qu'avait trouvé son père la veille, près de la porte du salon. Elles avaient dû lui expliquer qu'il avait pu être glissé dans la boîte aux lettres et poussé par un courant d'air dans l'entrée.

Alors, que n'ont pas oublié, *au juste,* les auteurs – ou l'auteur – de ce mot ? Lauren aurait préféré qu'ils frappent à la porte de Rock Point et lancent leur accusation. Elle, contrairement aux autres, n'avait pas paniqué. Kat avait lu la lettre d'une voix tremblante. Le teint d'Angie avait viré au blanc de plomb sous ses cheveux cochenille. Et Flora, fixant les perles répandues par terre, avait plaqué une main sur sa bouche. Pour Lauren, c'était comme si elle avait été réveillée par une gifle. Et elle avait senti l'esprit de sa mère dans la cuisine, juste à côté d'elle.

— Cet été-là, Laurie... ce n'était pas toute l'histoire. (À ce stade, Dixie divaguait sous l'effet de la morphine, tour à tour lucide et confuse, comme si elle nageait sous l'eau, puis remontait pour respirer, restant de plus en plus longtemps sous la surface.) Je n'ai pas pu te dire...

Sa mère n'avait jamais fini sa phrase. Plus tard, Lauren s'était demandé si c'était la drogue qui avait parlé ou si, dans sa fatigue, elle avait mal compris. Mais depuis quelque temps, elle s'interrompt parfois dans ses activités – la mosaïque de verre, un e-mail sur le prêt d'un Caravage – et, dans un moment de clairvoyance, comme une éclaircie dans un ciel gris, elle se demande ce que sa mère avait bien voulu dire. La lettre anonyme lui a renvoyé cette question de plein fouet.

Comme elle l'a écrit hier soir à Gemma, assise au bureau de sa chambre sous le halo doré de la lampe :

> *Je trouve que c'est une des nombreuses différences entre mes sœurs et moi, G. Elles ont toujours eu une force incroyable. Je crois que c'est pour ça qu'elles ont si bien réussi leur vie. Elles prendront ce qui leur plaît à Rock Point – les plus beaux trésors de mamie, j'imagine, Flora pousse des* oh *et des* ah *devant les casseroles en cuivre –, puis elles passeront à autre chose. Alors que je commence à me demander si une part de moi n'est pas restée ici, cachée dans un placard, et si je n'ai pas besoin de la retrouver pour me recompléter. Je sais que tu vois ce que je veux dire.*

Au petit déjeuner – terriblement gênant –, l'idée lui est venue qu'elles se rappelaient peut-être les faits différemment. L'histoire de cet été avait dû être constamment révisée, retouchée comme les études d'un tableau, redessinée sous diverses perspectives. Même papa n'arrivait pas à la cerner. La toile de *Jeunes filles à la volière* s'était empâtée, camouflée sous les couches de peinture, tandis qu'il cherchait à capter une vérité qui lui glissait entre les doigts.

Un piaillement disperse ses pensées. Lauren lève les yeux, affolée. Des mouettes se querellent au-dessus de sa tête. Trop près. Elle serre son pouce gauche – comme Janet, sa thérapeute, le lui a appris il y a des années – et, tâchant de contenir son anxiété, cette envie de fuir et de crier, poursuit sa descente sinueuse dans un paysage assez proche de celui de l'été, mais plus dur, décharné, avec ses blocs de roche et ses creux d'os iliaque.

Crac. Lauren glisse, puis se rattrape à une touffe de bruyère quand le chemin se change en éboulis : un flot de coquillages et de pierres, dévalant vers la crique en forme de cœur.

Cerclée par un amphithéâtre de falaises, l'anse est jonchée de rochers imposants. Les côtes saillantes d'une barque abandonnée ressortent : marée basse. En marchant vers la mer, Lauren sent des grains de sable glisser vers l'arrière, chaque pas en avant contré par un petit recul, à l'image de sa vie depuis la mort de Dixie. Tout lui demande un effort, le sol est instable sous ses pieds.

Au bord de l'eau, Lauren se penche pour observer une méduse échouée et se demande si elle est toujours vivante, si elle devrait l'aider à regagner la mer. Un jour, Gemma lui a expliqué que les méduses pouvaient reformer leurs membres amputés, se régénérer après une blessure. Elle-même y arrivera, se jure-t-elle… juste au moment où quelque chose lui frappe les reins. Elle trébuche. Ses mains giflent le sol. Un chiot jappe, tout excité. Un instant plus tard, quelqu'un l'aide à se relever.

— Mon Dieu, je suis vraiment désolé ! dit-il. Ça va ? C'est une jeune fofolle. Rocket, *assis.*

— Ça va… Ne vous en faites pas.

Lauren se redresse, écarte sa frange… et sursaute.

Grand. Même yeux bleus gris fer. Il demande en souriant :

— C'est vous qui avez refusé mon siège dans le train de Londres ?

Elle devrait partir. Une douceur fruste émane de lui, mais elle ne s'y fie pas.

Il renverse sa capuche, révélant des cheveux épais et une grande tête robuste.

— Je m'appelle Jonah.

— Moi, c'est Lauren, dit-elle, puis elle le regrette, car la reconnaissance se propage sur les traits de Jonah, et il jette un œil à sa tache de naissance.

Elle, par contre, ne peut pas le remettre. Un visage d'un tableau ancien, peut-être. Les mêmes physiques reviennent au fil des siècles. De jeunes Rembrandt se pavanent à Whitechapel en Nike ; une Vénus de Botticelli se refait une beauté à Piccadilly. Jonah a un visage de la Renaissance italienne, pense-t-elle, avec ses traits taillés à la serpe et sa peau mate, un peu grêlée. Ou peut-être a-t-elle trop travaillé à la National Gallery.

— Ravi de vous rencontrer. Encore.

Son regard a une sorte d'intimité bizarre.

Elle rougit, puis caresse la chienne – un labrador noir, au pelage luisant comme de la peinture fraîche – et fixe l'horizon. La tempête est passée, mais la mer demeure agitée : des vagues géantes déversent des algues sur la plage.

— Ça vous tente, une baignade ? demande-t-il pour rompre le silence.

— Je suis bien trop frileuse. (Elle sourit en songeant au maillot qu'elle a pris avec optimisme.) Mais ma sœur va sûrement nager. Kat se baigne par tous les temps, lance-t-elle avec une pointe de fierté.

— Ah…, fait-il, l'air sincèrement amusé.

Se penchant pour chiffonner les oreilles de sa chienne, sa main est soudain proche de la jambe de Lauren. Elle éprouve un frisson brûlant, déroutant. Depuis la mort de sa mère, elle était trop à vif pour avoir un élan sensuel.

— Personne n'ose rien lui dire, ajoute-t-elle.

— Moi-même, j'ai une sœur de ce genre.

La marée commence à frisotter vers eux. Quelque chose d'autre aussi.

— Londonienne ? reprend-il, du ton d'un homme qui sait déjà.

Trop de questions. *Va-t'en,* se dit-elle à nouveau. Mais elle reste, faiblissant, comme si la beauté brutale de cette plage pouvait l'éloigner de la zone monochrome, aplatie par la peine, où elle s'est réfugiée.

— Jusqu'aux ongles.

— Ma sœur adore Londres. Elle m'y traîne chaque Noël pour rappeler à mes neveux que leurs racines sont en Cornouailles. Comme s'ils s'en souciaient.

Glissant un regard vers Jonah, Lauren note la carrure de ses épaules, la rondeur de sa lèvre supérieure, et ressent une pointe de désir.

— Heureusement, j'ai encore une semaine de congé ici pour m'en remettre, dit-il. (Leurs regards se croisent. Un ange passe.) Vous séjournez à Rock Point ?

Lauren se raidit, l'affreuse lettre anonyme se dépliant dans son esprit.

— Difficile de ne pas le voir, ajoute-t-il, semblant sentir son inquiétude et chercher à la rassurer. Je veux dire, avec toutes ces lumières sur la falaise.

— Ah oui…

Son corps se détend légèrement.

— C'est bon de revoir un peu de vie là-bas. (Il plante les mains dans ses poches.) Je trouve injuste qu'il y ait des maisons vides alors que les gens du coin n'ont pas de quoi se loger.

— Tout à fait. (Elle pense à des amis qui, comme elle, ont peu de chances d'accéder à la propriété, encore moins dans un bon quartier.) On a le même problème à Londres.

— Ici, ce n'est pas pareil ! lance-t-il avec une ardeur subite.

Le cœur de Lauren s'accélère. « Un fêlé du village, en rogne contre les propriétaires de résidences secondaires », a dit son père hier soir, après avoir admis que le message n'était pas une production interne. Elle jette un œil derrière elle vers le chemin désert de la falaise – la seule issue – qui bifurque un peu plus haut, une branche partant vers Rock Point, l'autre coupant à travers champs jusqu'aux plateaux. Et pourtant, elle reste. Il y a des choses que seul un gars d'ici peut lui dire.

— Et ces vieux cottages sur la lande ? demande-t-elle. (Il marque un temps d'arrêt.) Ils sont devenus des maisons de vacances ? ajoute-t-elle en aggravant les choses.

— Ça dépend des cottages, répond-il en pesant ses mots.

— Eh bien, il y en a un… Je ne me rappelle pas bien l'adresse. (Elle sent sa voix partir dans les aigus, sa gorge nouée par l'émotion.) Mais il est au bout d'un chemin. Près de deux pierres levées. (Jonah garde le silence, la laissant se dévoiler.) C'est la description la plus nulle qui soit, non ? poursuit-elle avec gêne. Bon, je ferais mieux d'y aller. Salut, Rocket.

Tandis qu'elle s'éloigne – sachant soudain exactement quelle branche du chemin elle va prendre – elle sent les yeux de Jonah dans son dos, l'entend crier : « Faites attention, hein ? » et se demande si c'est une menace ou un avertissement.

13

Kat

Kat a la peau écarlate, à vif et le bout des doigts engourdi.

— Vous deux, vous ne savez pas ce que vous manquez, dit-elle en s'essuyant les cheveux.

Son regard est attiré vers la fenêtre incrustée de sel, entrouverte pour aérer l'atelier. Elle se demande où est partie Lauren. Mieux vaut qu'elle ne rentre pas tout de suite. Pas tant qu'Angie fume dans l'allée – quelle sorte d'idiote *fume* ? – en secouant ses cheveux comme un cheval de cirque. Pas avant qu'elle et Flora aient eu une chance de raisonner leur père, qu'elles ont suivi pour ça dans l'atelier.

Avec un petit « aïe », Charlie s'affale sur le tabouret face à la table à tréteaux. En allumant la lampe, il tire un croquis d'une pile et l'examine avec une précision d'horloger. Sur les étagères voisines, un rai de lumière liquide frappe les bocaux de détachants, de vernis et autres saloperies qui campent maintenant dans ses tiges capillaires. Kat sera soulagée quand ils seront tous à la poubelle.

— Raff, bon sang ! (Flora s'agenouille sur le plancher criblé de peinture, l'attrapant par les chevilles pour l'empêcher de ramper dans la cage à oiseaux tristement célèbre. Elle lève la tête vers Kat, aux yeux roses et vitreux comme si elle non plus n'avait pas dormi de la nuit.) La mer est aussi froide qu'il y paraît ?

— Beaucoup plus. Glaciale, Flora.

Malgré le choc du froid, nager est le meilleur moyen qu'a trouvé Kat pour se calmer, lui rappelant à chaque fois les baignades des étés de son enfance. L'eau l'avait enlacée à l'époque. Et ce matin, elle lui semble encore une étreinte, fût-elle glacée, la lavant de l'inquiétude de la lettre anonyme, au moins quelques minutes. Mais à mesure qu'elle se réchauffe, les effets merveilleux du bain s'effacent rapidement : à nouveau, cette lettre hostile la hante, comme un message dévastateur ayant flotté vingt ans dans une bouteille avant de s'échouer sur leurs côtes. Et puis, bien sûr, il y a Angie.

Au dîner, la veille – avec le bœuf immangeable, ils s'étaient rabattus sur une platée de pâtes, d'autres verres de vin rouge –, Kat avait questionné, mine de rien, la fiancée de son père. Elle avait exhumé un premier mariage de six mois, sans enfants, avec un galeriste russe, et un patchwork de carrières un peu imaginaires dans l'art et les boîtes de nuit. Consciente que son père l'observait nerveusement – l'incitant à rester polie –, Kat avait tâché de sourire, comme s'il s'agissait d'une discussion normale. Mais elle avait l'impression d'être coincée dans une Escape room pleine de mauvaises surprises, avec de rares indices, une bande-son bizarre – le vent, les vagues, le perroquet –, et aucun moyen de s'évader.

— Est-ce que ça brûle la graisse ? lance Flora, coupant court aux pensées lancinantes de Kat. Le froid, je veux dire. Je devrais perdre au moins une livre par seconde pour que ça vaille la peine de me baigner l'hiver.

— Ça vaut toujours le coup, Flora. Après, tu te sentiras mieux. Moins stressée. (Pas facile d'imaginer pourquoi sa sœur est si anxieuse, mais elle l'est sous le sourire un peu défensif qu'elle plaque sur son visage. Kat s'écroule sur le divan, à la même place qu'aux séances de pose, prenant conscience que s'installer ailleurs lui semblerait étrange.) *Et* ça booste le cerveau. La vitesse cognitive. La créativité. Scientifiquement prouvé.

— Vraiment ? (Charlie pivote sur le tabouret, soudain intéressé.) J'en aurais bien besoin. (Il lève le croquis d'un torse nu, celui d'une vieille dame. Juste quelques lignes - cheveux, taille, buste - mais remarquablement vivant.) Je pourrais en tirer quelques dizaines de livres. J'étais bon autrefois, tu sais.

— Sacrément bon, papa ! lance Kat pour l'encourager, navrée qu'il laisse son talent s'estomper.

Elle se demande si chacun naît avec une quantité de talent limitée - comme les femmes avec les ovules - que l'on peut utiliser ou gâcher, mais qui, une fois tarie, est à jamais finie. Si oui, leur père pourrait avoir épuisé son quota.

— Annie, murmure-t-il en scrutant le croquis pour reconnaître le modèle. Oui, je pense.

Un parmi tant d'autres. *Via* le circuit de St Ives, des modèles venaient à Rock Point quand l'artiste y était. Kat se méfiait de ces femmes - Dixie avait été modèle, après tout –, mais elles l'intriguaient. Elles étaient bien dans leur peau, même flasque ou capitonnée, contrairement à sa mère obsédée par sa ligne. Poser avec ses sœurs lui avait appris à les respecter. Le métier de modèle était dur – fourmis, crampes, démangeaisons – et ennuyeux. Aujourd'hui, rester immobile lui paraît aberrant. Tous les bureaux de Spring sont des postes de travail debout, ou des tapis de course, une décision qui, bizarrement, s'est révélée impopulaire.

— Je prendrai peut-être ce bain de mer, marmonne Charlie en se retournant vers la pile de croquis. Oui, oui, je vais le faire.

— Ton médecin ne serait peut-être pas d'accord, papa ! glousse Flora.

— Bah... Je fais ce que je veux, Flora. Je suis un excellent nageur. Je vous ai toutes appris à aimer la mer, pas vrai ?

— Oh que oui...

En les emmenant loin, trop loin peut-être, quand elles étaient petites, gauches avec leurs brassards. En leur faisant plonger la tête sous l'eau pour qu'elles n'aient plus peur de sa piqûre salée. Et plus tard, avec la nouvelle arrivante, Lauren, qu'il sortait des vagues dans ses bras, maigrelette, et qu'il emmitouflait sur la plage, comme pour se rattraper d'avoir manqué ses premières années. Ça énervait Kat et Flora. Elles n'aimaient pas du tout ça.

— Je veux nager, annonce Raff, saisissant les barreaux de la cage pour s'y glisser.

— Tu aimerais venir avec papy ? demande Charlie.

— Avec les requins ! s'écrie Raff lorsque Flora l'attrape, l'exhortant à sortir de cette cage malpropre et le cale, gigotant et protestant, sur sa hanche.

— Ah, une saine obsession des requins... (Charlie tire un autre croquis de la pile, l'écarte, en prend un autre.) Je crois qu'on a *Les Dents de la mer* en bas.

— Papa, il a quatre ans..., lance Flora, essoufflée. Aïe ! Ne donne pas de coups de pied à maman.

Charlie plante un crayon derrière son oreille.

— Vous deux, je vous ai laissées regarder ce film à peu près à son âge...

— Hé ! Tu devrais écrire un livre. *Manuel d'éducation créatif*, par Charlie Finch ! Ça pourrait être une sorte de violon d'Ingres. (Kat fait défiler les messages sur son portable, où les appels clignotent, chacun un pic d'adrénaline.) Comme nous, à l'époque...

— Qui ne tente rien n'a rien, chérie, dit Charlie.

— Tiens, prends-le, Kat. Voilà ton neveu.

Flora pose Raff sur les genoux de sa sœur.

Kat et Raff s'observent, tous les deux perplexes. Il est étonnamment doux et soyeux, malgré son air de bébé rhinocéros. Kat ne se rappelle plus la dernière fois où elle a tenu son neveu, ou un autre enfant, dans ses bras. Elle met le nez dans ses cheveux avec circonspection, et renifle. Quel est cet élixir qui lui vole toujours ses amies et les meilleures employées de Spring ? Laiteux, sucré, avec une petite note de chaussette lavée. Vu de l'extérieur, élever un enfant paraît très stressant et peu gratifiant, comme diriger une boîte en difficulté. Mais on comprend mieux quand on tient un petit contre soi, conclut-elle.

— Kat..., chuchote Flora en tapotant sa montre.

Kat hoche la tête. C'est le moment.

— Euh, papa... parmi toutes les femmes de la terre, pourquoi Angie ?

Leur père se crispe en voûtant les épaules, puis tourne le tabouret vers elles.

— Je sais que tu es très cynique envers ce genre de choses, Kat, mais j'aime Angie. (Il retrousse sa chemise avec une retenue calculée.) Nous avons des affinités. Un passé.

— Répète...

Kat ne peut s'en empêcher.

— J'ai une sacrée chance d'avoir retrouvé l'amour à mon âge. (Son visage s'assombrit.) Je ne vais pas la gâcher, cette fois. Je ne veux pas la perdre, marmonne-t-il d'une voix à peine audible.

Kat échange un regard avec Flora, qui tique, puis reprend un air neutre. Elles sentent Dixie dans la pièce, les regrets de leur père suscités par sa mort. C'est le problème avec « l'amour », pense Kat. Chaque passion est une réaction, un antidote aux flammes précédentes. Bien qu'elle ne voie pas encore comment son ex, Kofi, cadre avec cette théorie – il a toujours défié les définitions faciles –, leurs mères en sont la preuve.

Charlie s'était senti étouffé dans son couple avec Annabelle – qu'il n'avait épousée, d'après Blythe, que pour plaire à sa mère – et Blythe en avait été le remède, avec son charme d'Américaine hédoniste et légère. Puis était venue Dixie, franche, passionnée, engagée, un palliatif aux deux autres.

— Vous devriez peut-être prendre un peu de temps pour mieux vous connaître, papa, suggère Flora, évitant le conflit.

— Pourquoi attendre ? On se connaît par cœur. On ne se cache rien.

Raff saute des genoux de Kat et la tire vers la fenêtre pour chercher des orques.

— Et nous, papa ? dit-elle en se retournant. Y a-t-il d'autres secrets que l'on devrait savoir ?

C'est l'expression de son père – le tressaillement visible, le spasme sous l'œil gauche – qui lui apprend qu'elle a levé un lièvre.

— Tu peux être une plaie, Kat, tu sais ça ? jette-t-il en feuilletant rageusement une autre pile de croquis.

— Pardon ?

— Laisse tomber, Kat, murmure Flora. Pas le premier jour. Passons tous une journée agréable.

Non, elle ne laissera pas tomber. Les gens lui disent toujours de se calmer, de lâcher prise. On admirerait un homme s'il posait des questions difficiles.

— D'accord, je serai franche, papa. Quand tu as prévu de nous réunir, as-tu un seul instant pensé à Lauren ? Dixie a été enterrée il y a trois mois à peine. Il y a un perroquet vivant dans la maison. Et maintenant, tu veux la confronter à Angie ? Tu crois que c'est bon pour son équilibre ? (Elle baisse la voix, sentant la fenêtre entrouverte.) Et si ça la faisait encore… partir en vrille ?

Son père se fige, un croquis à la main, songeant à cette affreuse perspective. Par la fenêtre, Kat voit Angie fixer la mer écumante au bord de l'À-Pic. Elle l'imagine glisser, la crinière carmin tournoyer dans sa chute. Un silence s'installe.

— Bon, je pense qu'il est temps de consulter ma liste de menus, dit Flora d'un ton gai en prenant son fils dans ses bras. Et on aimerait fouiner un peu dans la vieille batterie de cuisine, n'est-ce pas, Raff ?

— Attends. (Charlie lève une main, résigné.) J'admets vous avoir annoncé mon mariage un peu trop vite dans mon enthousiasme. Je vais parler à Angie. Lui suggérer de rentrer demain à Londres pour vous laisser vous faire à cette idée. Elle comprendra. Mais donnez-lui une chance… (Il tambourine des doigts sur le chevalet.) Ce qui s'est passé ici ce jour-là n'était pas sa faute.

Kat attire l'attention de Flora. Le vent rue derrière la fenêtre, comme s'il reflétait l'énergie de la pièce, sifflant en rafale, soulevant un croquis sur la table. La feuille danse vers le sol et se pose aux pieds de Kat. Elle voit son père retenir son souffle. Tous deux se penchent pour la ramasser. Kat est la plus rapide.

Un nu de femme couchée, avec un petit sourire, jambes croisées aux chevilles, un fusain sur un papier piqué par les années. Kat fronce les sourcils, cherchant à déchiffrer la date, écrite en pattes de mouche dans un coin – 1980 – quand son père lui arrache la feuille.

— Enfin, qu… ?

Charlie ne répond pas. Ses doigts tremblent, semble-t-il, quand il enfouit le croquis sous la pile, hors de vue. Et un petit voyant commence à clignoter dans la tête de Kat.

14

Lauren, 2019

Lauren marche sur la lande. Des souvenirs se raniment en vibrant sous ses pieds, cachés depuis vingt ans sous une mince couche de terre. Dos au vent, la tête dans les nuages, elle est à nouveau adolescente. Intacte. Lavée par le soleil. Papy lui tend ses jumelles, montrant avec enthousiasme un faucon tournoyant dans le ciel. Elle court en tongs avec Gemma – *slap-slap* –, toutes deux piochent dans un sachet de bonbons qui poissent leurs mains aux couleurs de l'arc-en-ciel. Si l'on vient ici enfant, réalise-t-elle, cet endroit ne vous quitte jamais. Il vous habite, attendant fiévreusement les retrouvailles. C'est si bon de revenir. Drôle comme des détails oubliés affluent à la mémoire : une lame de plancher qui grince devant sa chambre, des pâquerettes peintes au bord d'un saladier – alors que la vue d'ensemble reste floue, se désagrège lentement, telle une épave sous l'eau.

En nage, elle gravit un échalier de pierre ; une main sur un poteau, l'autre écartant des mèches de son visage, elle contemple, souriante, la lande vallonnée, les creux et les bosses des vieilles collines. Personne à l'horizon, et elle se sent plus en sécurité dans ce désert : les paroles menaçantes de Jonah, « Faites attention, hein ? », l'ont suivie depuis la crique. Son cœur s'enflamme. Les voilà. Deux doigts à l'horizon, les pierres levées : un onze, la date de l'éclipse. Elle a ses repères.

Devrait-elle ? C'est sa première matinée à Rock Point, et elle est déjà restée dehors trop longtemps. Mais il est difficile de résister à l'attrait du foyer accueillant des Heap – et à la lettre qu'elle pourra écrire à Gemma ensuite. Sautant au bas de l'échalier, s'éloignant de la mer, elle sent l'odeur s'accentuer, glaiseuse comme un trou fraîchement creusé. Des fougères fouettent ses jambes. Elle peut voir le cottage à présent, l'orange rouillé de sa porte. En s'approchant, elle imagine Pete, le frère de Gemma, à la fenêtre, la regardant arriver.

À quelques mètres, Lauren s'arrête, perplexe. Quelque chose ne va pas. Une fissure, assez large pour y passer la main, zigzague tel un éclair sur la façade du cottage. Les vitres sont grises et sales, du lierre se glisse à l'intérieur. Mais elle frappe par politesse et, à sa grande surprise, sent la porte céder légèrement sous ses doigts.

— Viv ? lance-t-elle bêtement.

Personne ne pourrait loger ici. Et certainement pas Viv, fière de son foyer, qui balayait sans cesse, repoussant l'invasion des herbes de la lande. Et pourtant, ça ne ressemble pas à la hutte de l'ermite. La maison a l'air plutôt abandonnée qu'en ruine.

Poussant la porte avec curiosité, elle sent une résistance. Dans un bruit de frottement, quelque chose racle le sol : un tapis de coco où un tas de courrier se désagrège, comprend-elle en forçant. La porte donne directement sur le salon. Une vision choquante.

Les murs sont couverts de moisissure, marqués de pâles rectangles là où pendaient autrefois des tableaux. D'un divan déchiré, la mousse se répand comme un champignon. Des miettes de plâtre poudrent le sol. L'air sent l'humidité. Lauren, la gorge serrée, aimerait avoir un seau d'eau savonneuse et une brosse à récurer. Elle ne peut s'empêcher d'entrer dans le cottage, attirée par sa familiarité, son étrangeté. Traversant le salon, elle gagne la petite cuisine au fond, où elle et Gemma s'asseyaient, assoiffées, pour lamper une orangeade délicieusement chimique, de celles que sa mère n'achetait jamais. Elle peut presque entendre la musique de Viv, les sauts d'octave et les syncopes du reggae et du *lover's rock*. Sentir le goût des sandwichs aux rillettes de poisson, du pain de mie qui fondait sous la langue. Elle se demande où Viv a pu déménager, si elle est restée sur la côte, quand un bruit la cloue sur place. Un animal ? Un *oiseau* ? Par pitié, pas un oiseau. Lorsque le bruit s'arrête, elle jette un œil derrière elle, le cœur battant, les mains levées pour protéger son visage. Son estomac se noue. Debout sur le seuil du cottage, capuche relevée, veste claquant au vent, une main baissée pour retenir sa chienne : Jonah.

15

Lauren, 1999

Nous étions prises au piège. Froissant les robes de bal sur nos corps à moitié nus, Gemma et moi écoutions des pas s'approcher dans l'herbe. L'ombre d'Angie s'est glissée en premier dans la hutte de l'ermite.

— Sales petites vicieuses... (Elle secouait la tête en souriant. Nos visages choqués clignotaient sur ses lunettes de soleil.) Alors qu'on vous prendrait pour des enfants de chœur...

Je savais qu'il devait y avoir un malentendu, mais pas lequel au juste.

— Gemma et moi, on échangeait nos robes.

Même si c'était vrai, ça n'en avait pas l'air.

— Je suis peut-être un peu à côté de mes pompes aujourd'hui. (Ses lèvres étaient gonflées, plus rouges que d'habitude.) Mais je ne suis pas totalement stupide, Lauren. À moi, on ne me la fait pas, ok ?

J'ai hoché la tête, admettant une chose que je ne comprenais pas, juste pour qu'elle s'en aille. Entre les poutres du toit, le soleil tapait sur mes épaules dénudées. Envolée, la douceur du début de matinée. Et les robes ne semblaient plus magiques et glamour, mais clinquantes et rêches, des déguisements vulgaires.

— Cessez de cligner des yeux comme des lapins pris dans les phares. Couvrez-vous.

On s'est rhabillées en vitesse. Gemma a ramassé son sac à dos.

— Merci de m'avoir prêté ta robe, m'a-t-elle soufflé avec un petit sourire de gratitude en me tendant la bleue.

Je l'ai roulée en boule, tentant de cacher la déchirure.

En dehors de la hutte, tout était trop dur, trop brillant. Le garçon en casquette que j'avais aperçu par la fenêtre était parti. Pourtant, je le voyais toujours là où il avait surgi sur le sentier, comme s'il avait laissé une ombre derrière lui.

— Je laisserai quelqu'un d'autre vous engueuler. (La sueur perlait sur la lèvre supérieure d'Angie.) Mais je te rendrai service en t'apprenant, Lauren, que Mme Finch ne veut plus que tu traînes avec Gemma. Elle a dit que tu étais là pour passer du temps avec tes sœurs.

Une vague de chaleur m'a envahie. J'ai pensé que c'était le genre de choses que mamie pourrait lancer après un gin, qu'elle ne le pensait pas vraiment. Mais Gemma refusait de me regarder.

— Quant à cette robe déchirée… (Angie a jeté un œil au paquet dans mes bras, puis à Gemma.) Mieux vaut ne pas faire perdre son boulot à ta mère, hein ?

— Comment oses-tu dire ça ? ai-je sifflé pendant que Gemma, cramoisie, décampait.

— Elle aurait dû y réfléchir d'abord, et toi aussi. Tu es choyée ici, Lauren. (Angie semblait à vif, blessée. Bizarrement, un instant, j'ai cru qu'elle allait pleurer.) La belle maison. Les sœurs. Tout ce que tu veux. Un jour, quand tu seras grande, tu verras comment vivent la plupart des gens.

J'ai voulu m'expliquer, puis j'ai changé d'avis, ne sachant par où commencer. Soudain, j'ai senti la nostalgie enfler sous mes côtes, une sensation compacte, physique. Je voulais le rire de maman et un curry de pois chiches, ses pieds battant la mesure quand elle jouait du violon. Notre chat de la fourrière, Citrouille. Le rouge-gorge effronté que je nourrissais de cornflakes. Même les toilettes qui ne se vidaient pas bien sans qu'on y verse de l'eau, avec soin, pour éviter qu'elle gicle. Des bruits. Des odeurs. La maison.

— À propos, où sont Dame Kat et Princesse Flora ? (Angie s'est tournée vers l'horizon, ses lunettes noires clignotant au soleil. J'ai pensé aux naufrageurs d'antan, qui attiraient des bateaux vers les rochers avec leurs lampes.) Tu as une idée de ce qu'elles peuvent mijoter ?

J'ai secoué la tête. Première règle des sœurs Finch, ne jamais cafter. Une seconde après, j'ai surpris le rire de Kat dans la brise, juste une bribe, comme une note qui permet de reconnaître un air.

Je m'attendais à ce qu'Angie l'entende aussi – mais non.

— Charlie m'a demandé de vous ramener pour une séance de pose impromptue. C'est au sujet des pieds – tu sais, pour bien les croquer. (Je n'ai pas aimé sa façon de l'appeler par son nom au lieu de dire « ton père » ou « M. Finch ».) Si je rate ma première séance pour lui à cause de… (Mon air choqué l'a arrêtée net.) Quoi ?

— Ta séance ?

Mon cœur s'est mis à battre la chamade, comme s'il savait déjà.

— D'assistante, Lauren. À mes heures perdues.

Prise de vertige, j'ai cru que j'allais tomber. J'ai réussi à bredouiller :

— Mais tu ne peux pas… C'est… c'est mon travail.

Mon premier jour à Rock Point m'est revenu brusquement : les demi-sœurs qui me fixaient, les nouveaux grands-parents, la maison étrange, trop grande, jusqu'à ce que papa dise : « Viens avec moi, petite » et m'entraîne par la main dans son atelier. Il m'avait demandé si je voulais l'aider à faire fondre de la colle sur son réchaud de camping. Je n'avais plus l'impression d'être une naufragée sortie de la cale. Après, il s'était mis à genoux en déclarant solennellement : « Dis-moi, Laurie, comment ai-je pu me débrouiller sans toi ? » J'avais cru mourir de joie.

— Ne me regarde pas comme ça, Lauren. Ce n'est pas personnel. Je suis une assistante qualifiée, c'est tout. Charlie a besoin de moi cet été. Et ce tableau… eh bien, tu ne comprendrais pas, mais ce n'est pas juste un passe-temps de vacances. *Jeunes filles à la volière*, franchement, il va être génial. (Angie a remonté ses lunettes de soleil, comme si elle voulait me laisser entrer en elle. Ça ne me tentait pas trop : elle avait des pupilles énormes, noir têtard, le blanc des yeux frangé de rouge.) Là, Charlie Finch assure, crois-moi.

Elle n'avait pas le droit. C'était mon père.

— Les trucs qu'il fait ici ne sont jamais des passe-temps de vacances ! ai-je lancé farouchement, tandis que la robe de bal de mamie bouffait malgré moi.

— Si tu le dis, a-t-elle gloussé, incrédule.

J'ai repris mon souffle pour convoquer l'article du *Tatler* sur le mur des toilettes de papa à Soho, lisant le défilé de petites lettres noires :

— Les études d'après nature, au crayon et au fusain, de Finch – le trésor de son atelier des Cornouailles – sont dépouillées, presque douloureusement intimes. À collectionner absolument, si vous pouvez mettre la main sur l'une d'elles. Ou le convaincre d'en vendre. Oubliez les huiles pour les nantis. Ces dessins confidentiels – et leurs modèles – donnent un aperçu du cœur de Finch.

J'ai respiré. Mon tour de mémoire photographique ne marchait pas toujours, mais là, je savais que j'avais réussi mon coup.

— Mince… Tu n'as jamais pensé à être critique d'art quand tu seras grande ? (Angie a penché la tête, s'intéressant à moi pour la première fois.) Bon, à part vous trois, il peint qui d'autre ici ?

Distraite par mon petit triomphe, j'ai lâché :

— Des modèles. Des amis. Tous ceux qui sont partants.

Là, j'ai vu une idée s'allumer dans ses yeux, juste avant qu'elle rabaisse ses lunettes de soleil.

— Allons-y. Pour voir si tes sœurs sont déjà rentrées à Rock Point, d'accord ?

Contente de partir, pressée de changer de robe, j'ai marché sur le chemin de pierre, quelques pas derrière elle. Son corsage enflait sous la brise, dévoilant un gecko tatoué sur ses reins. Elle aussi tenait du lézard par sa manière de surgir dans la lumière, de se montrer un court instant, avant de s'évanouir dans une fente.

— Attends. Avant qu'on entre, Lauren. (On s'est arrêtées dans l'allée.) Pardon pour ce que j'ai dit à Gemma, ok ? Ça partait d'une bonne intention, mais c'était déplacé.

J'ai détourné les yeux, gênée par ces excuses soudaines. Peut-être s'inquiétait-elle juste que j'en parle à papa.

— Et autre chose… entre assistantes. (Elle souriait, prenait une voix douce et gentille. Elle avait à nouveau changé.) Tu as fait un super travail dans l'atelier. Je suis très impressionnée. Ton père dit que tu as une aptitude innée.

Je n'ai rien répondu, tentant de cacher mon accès de fierté, les yeux sur la fougère prise dans ma sandale.

— Hé, tu vas t'envoler… (Angie s'est penchée et, comme une grande sœur, a tapoté ma robe pour qu'elle cesse de gonfler.) Encore une chose. Puisque tu es la maîtresse de l'atelier, où garde-t-il ses dessins d'après nature ? (Elle m'a fait un clin d'œil.) J'aimerais me renseigner sur la concurrence.

J'ai hésité. Le soleil tapait.

— Ah, la maîtresse de l'atelier ne sait pas *tout*…, a-t-elle dit d'un ton taquin.

Ne pouvant résister à l'envie d'étaler ma science, j'ai parlé… et je l'ai aussitôt regretté. Mais comme pour tant de choses cet été-là, il était déjà trop tard.

16

Flora

On peut encore sauver les meubles. Si Angie part juste après le déjeuner, Flora parviendra peut-être à limiter les dégâts. Leur père, consigné par sa famille aimante, s'apercevra que sa priorité doit être sa santé, pas badiner à Las Vegas. Debout devant le fourneau, remuant vivement la soupe à la tomate, elle se jure de tenir bon, comme si Angie n'était pas revenue dans leurs vies et la lettre anonyme jamais tombée dans la boîte aux lettres. Au moins, leur père ne les soupçonne plus de l'avoir écrite. C'est déjà un progrès. Du coup, elle trouve bizarre d'éprouver encore une pointe d'appréhension, comme si *elle* en était l'auteur. Ce doit être une sorte de culpabilité détournée.

Elle est apparemment seule dans ce cas.

Angie paraît vraiment n'avoir aucune conscience. On dirait qu'elle n'a jamais débarqué à Rock Point en robe blanche transparente, joué le moindre rôle dans cet été fatal. Elle s'est affirmée à l'âge mûr, semblant même plus une force de la nature – Tempête Angie ? – comparée à leur père déclinant, dopé à l'amour. Assise à la table de la cuisine, riant trop fort d'un aparté de l'artiste, elle est tout en cheveux criards – teints, à voir ses racines grises – et décolleté ridé par le soleil. Le « Angie » de sa chaîne en or se perd dans la caroncule de son double menton, comme il reste coincé dans la gorge de Flora. Mamie doit se retourner dans sa tombe.

Franchement, Flora aurait besoin de solidarité fraternelle. D'un peu de renfort émotionnel. Mais Lauren n'est toujours pas rentrée de sa balade. (Devraient-ils s'inquiéter ? Et à qui parlait-elle si tôt, ce matin, sur son portable ? Flora n'entendait pas très bien, mais le dialogue était étrange : Lauren monopolisait la parole, s'arrêtant à peine pour écouter.) Kat non plus n'est pas vraiment présente, campée sur le divan au fond de la cuisine, les yeux rivés à son ordinateur. Une bombe pourrait tomber et elle resterait là, couverte de gravats, pondant résolument des e-mails et des ordres, tel un général un peu fou. Ou peut-être cherche-t-elle à montrer qu'elle a de plus vastes pensées que le choix d'un fauteuil capitonné – Flora a offert de lui prêter ses meilleures adresses de tapissiers ; Kat n'a même pas feint d'être intéressée – ou d'une nappe au monogramme en arabesque, dormant dans le grand placard à l'étage.

Dehors, dans le vaste monde, sa demi-sœur compte clairement. Avant ces retrouvailles, Flora n'avait pas réalisé à quel point. Cela ravive un conflit déroutant de jalousie et de fierté, même si elle préférerait mourir que de le lui avouer. En se versant de l'eau – qui gicle en sortant du robinet –, elle se demande vaguement comment sa vie s'est autant rétrécie alors que celle de Kat s'est étendue à toute la Terre.

Flora ne peut s'empêcher de se sentir un peu diminuée par la réussite de Kat. Désarçonnée. Qui aurait cru que des décisions prises au milieu de la vingtaine – ou inconsciemment, peut-être, après l'été de l'éclipse – auraient un effet si exponentiel sur leurs vies ? Elle-même avait choisi d'épouser un homme fiable, qui, en cinq ans de mariage, n'a pas lu un roman. (Lorsqu'elle l'a dit en plaisantant à son groupe de lecture, Louise, du numéro neuf, a lancé : « Oh, je suis navrée, Flo ! » avec une telle tendresse qu'elle a dû se cacher dans les toilettes pour verser une petite larme avinée.) Et Lauren ? Eh bien, Laurie n'a peut-être pas trouvé le compagnon de sa vie, mais sa vocation si, passant de l'accueil de la National Gallery au service des expositions, et Kat, elle, a tout investi – son épargne et son âme – dans la création de Spring, sacrifiant tragiquement sa vie personnelle au passage. Soit Kat a vu clair dans l'amour de conte de fées – Flora, elle, y a cru et y croit toujours –, soit elle s'est blindée et elle a besoin… *d'être aidée.*

— Flo ? dit son père en la regardant curieusement, comme s'il lui avait déjà parlé et qu'elle ne l'avait pas remarqué.

— Oui ! lance-t-elle, ravie qu'il la sorte de ses comparaisons pénibles avec ses sœurs, une mauvaise habitude de l'enfance.

Raff passe en trombe et elle lui tend les bras, voulant instinctivement freiner son fils pataud, mais il est déjà dans la véranda, courant vers Berthingham Palace, qui semble exercer sur lui un attrait surprenant.

— Attention aux doigts ! crie-t-elle.

Elle n'oubliera jamais la morsure de Bertha, bien des années plus tôt, si cuisante qu'elle s'était roulée par terre en hurlant. En plus, Kat avait dit : « Et l'Oscar va à... », pendant que mamie, fouillant dans un tiroir pour chercher des pansements, bougonnait : « Tu t'attendais à quoi, chérie ? Tu ne fais pas encore partie de sa famille. Tu ne lui consacres pas des heures, comme Lauren. »

— Alors, Flora ? Rock Point ? (Papa sert du café, qui déborde sur la nappe. Il est pâle, fébrile. Clairement épuisé par la tension de réintroduire Angie dans leurs vies. Ou il y a autre chose qu'il ne leur a pas dit. Kat semble avoir une « intuition » là-dessus : Flora craint le pire.) Des idées instructives sur son avenir ? poursuit-il lorsqu'elle ne répond pas.

— Euh, je...

Flora a le cerveau brouillé. Malgré une gueule de bois punitive – elle se rappelle vaguement s'être mise au lit avec un mug de vin rouge et un bloc de cheddar –, elle voudrait exhorter son père à moins boire, à y aller doucement sur le café, à troquer le lait entier contre de l'écrémé.

— Je pense à des retraites de bien-être, papa, intervient Kat en la prenant de court.

— Oh-oh... ça, c'est une idée, Charlie, dit Angie en se redressant sur sa chaise.

Une idée folle. Regrettant qu'Angie s'en mêle – ce ne sont pas ses affaires –, Flora savoure son eau, qui semble un peu saline, comme si la mer s'était infiltrée dans les tuyaux.

— Méditation. Crudités, enchaîne sa sœur, impassible, habituée à vendre des concepts du style « données d'appli bien-être » à des cadres sans pouffer, comme s'il s'agissait d'objets réels, telles des tables ou des chaises. Un endroit où déconnecter.

— Rock Point n'est pas déjà assez nature pour toi, Kat ? fait Charlie en haussant un sourcil, ravivant des souvenirs.

Il use d'une autre voix pour lui parler, plus sèche, mais circonspecte. Pas étonnant que Kat, malgré le droit d'aînesse de Flora (cinq mois), ait toujours refusé d'être un sous-fifre, toujours joué des coudes pour être le chef.

— On vendra des cures de désintoxication numérique, lance-t-elle d'un ton un peu trop fier.

— Tu ne les supporterais pas toi-même. (Flora tape dans une baguette et fourre le quignon dans sa bouche avec une pointe de culpabilité. Le pain la détraque.) Tu filerais en douce toutes les cinq minutes pour sniffer des données.

Kat ne relève pas et enchaîne sur la levée de capitaux, le « ressourcement » – ici, vraiment ? –, « le petit plus qui fait la différence » et pire, bien pire, la thérapie par l'immersion en eau froide.

— On dirait un traitement psychiatrique victorien, dit Flora, enserrant sa poitrine de ses bras.

— Tu n'es pas une cliente pour nous, réplique Kat en fixant à nouveau son écran. Tu es plus du genre spa, Flora.

— *Spa* ? répète-t-elle, indignée. (Elle adore les spas. Tant pis, elle nagera dans la mer glacée. De quoi clouer le bec à sa sœur.) Bon, c'est un peu trop planant pour moi, mais ça fera sûrement jaser notre corbeau local.

— On pourrait éviter de parler de lui ? demande durement Charlie.

Un courant d'inquiétude s'engouffre dans la pièce.

— Hé, m'sieur ! Qui te dit que le troll est un homme ? lance Angie en lui donnant une bourrade espiègle.

Flora n'y avait pas songé. Oui, oui. Le style pilier-de-la-communauté, peut-être. Elle ne cesse de penser au type qui fixait la maison hier soir. S'ils doivent être visés par un corbeau – et sa lettre ne signifie pas forcément ce qu'elle craint, ça pourrait être juste une coïncidence –, elle aimerait mieux que ce soit une femme. Vieille, fragile, clouée au lit de préférence.

— Création d'emplois. Investissement local. (Kat se met à arpenter la pièce, s'arrêtant sous une carte jaunie des Cornouailles.) Et le genre de touristes qui paieront une fortune pour être privés de confort.

— Tout n'est pas une question d'argent, glisse Flora de la voix douce, vertueuse, qu'elle emploie avec Raff.

(« C'était une bonne ou une mauvaise chose de mordre cette petite brute ? — Une bonne ! »)

— C'est drôle. Ce sont toujours ceux qui n'ont jamais eu de problèmes de blé qui disent ça.

Kat suit le sentier côtier du bout du doigt, comme si elle cherchait un chemin pour s'évader.

— Nous avons toutes eu nos privilèges, Kat.

Sa sœur avait grandi avec un prestige fabuleux – des célébrités passaient littéralement pour le thé ! Lauren, elle, n'avait ni argent ni éclat. Mais elle avait sa mère, pour qui elle était le centre du monde. Quoi qu'ait dit Annabelle sur Dixie – « Elle ressemble à la sœur de Swampy et n'a jamais dû payer d'impôts » ; certaines blessures guérissent, des cœurs aussi, pas celui d'Annabelle –, Flora n'avait pu s'empêcher d'envier la complicité entre Lauren et sa mère. Une fois remariée, Annabelle avait paru s'éloigner de sa fille, ne lui témoignant plus qu'une surveillance discrète. Pour Flora, elle dépensait sans compter – et ne lui avait jamais permis de l'oublier. Écoles privées, club de poney, danse classique, tennis : Flo n'excellait en rien. Son beau-père appelait ça « les frais de fonctionnement de Flora ».

— Tu sais quoi, papa ? Je vais prendre ces cartes anciennes, murmure Kat en penchant la tête. J'adore les cartes.

Flora n'avait pas voulu de ces cartes fanées. À présent, elles la tentent.

— L'héritage de papa est plus important. (Je mets la barre plus haut, Kat, pense-t-elle avec fougue.) Même si on modernise le reste de la maison, l'atelier doit être conservé. Les vieux pinceaux. Les tubes de peinture. Le divan de *Jeunes filles à la volière.* (En voyant son père rougir de plaisir, elle se sent moins sûre d'elle, consciente qu'elle n'a fait que flatter sa vanité.) Et la cage aussi, bien sûr.

— Tu veux *immortaliser* des choses, Flora ?

La question de Kat aspire l'air de la pièce.

Et c'est là que survient l'accroc de leur premier matin. Le *flash-back.* Lauren par terre dans la volière, tremblante, les yeux ouverts, aveugles. Le sang au bas de l'escalier, rouge comme la soupe qui bout sur la cuisinière. L'estomac de Flora se soulève. Elle se cramponne à la plaque à pâtisserie, des lumières clignotant dans ses yeux tels des corps flottants.

— Bon. Qui est pour un bain de mer vivifiant après déjeuner ? entend-elle son père lancer.

— Mon cœur…, répond Angie. (*Mon cœur*). Non. Je ne te laisserai pas y aller. Pas par ce temps.

— Bon sang, tu me dorlotes tellement, dit-il, à fois irrité et ravi. Une promenade, alors ? Ou ça risque aussi de m'achever ?

— J'ai fait une liste d'excursions…, commence Flora, un peu nauséeuse.

Personne ne le remarque. Ils supposent qu'elle va bien. Tout le monde pense toujours qu'elle va bien. À juste titre, d'ailleurs. Elle mène une vie de rêve. Rien ne justifiait qu'elle projette le mixeur à travers la cuisine, la semaine dernière, et regarde joyeusement le magma verdâtre – le smoothie de Scott après le gymnase – s'étaler sur les tomettes.

— Bonne idée. J'ai besoin d'un peu d'air. (Du coin de l'œil, Flora voit Angie s'examiner dans un miroir, ébouriffer ses cheveux.) Avant de prendre la route. (Elle jette un regard éloquent à Flora.) Pour vous laisser en paix, bonnes gens.

Flora se ragaillardit. Son père a tenu sa promesse.

— On va au dolmen de Zennor ? (Charlie écarte une mèche du visage d'Angie et la replace sur son épaule, comme s'il perfectionnait une composition.) Pour troubler un peu les morts, chérie ?

Kat lève les yeux de son portable et s'apprête à lancer une pique bien sentie, puis s'abstient sagement.

— Avec plaisir, mon cœur, roucoule Angie.

Ils se regardent si lascivement que Flora s'éloigne et gagne la véranda, où Raff est trop près de la cage. Le perroquet, témoin de ce jour terrible, lui jette un regard noir comme s'il se souvenait d'elle, de tout. Dans la poche de son pantalon en velours crème, son portable sonne, signalant un autre appel manqué. De Scott. Encore. Il veut s'assurer que sa famille ne l'a pas perturbée. Oh que si. Pourtant, elle n'a pas envie de partir.

Bertha imite le bip et baisse la tête, arrachant une plume de sa gorge.

Regardant la plume gris nuage flotter jusqu'au sol de la cage, Flora enroule une boucle de Raff autour de son doigt et, avec elle, ses pensées autour du dolmen : la tombe mégalithique sur la lande. On racontait que les anciens étendaient les cadavres sur des pierres en losange, pour que les oiseaux les décharnent avant l'enterrement. Elles avaient adoré cette histoire sanguinaire, attirées vers le dolmen à cause d'elle. D'habitude, Lauren disparaissait avec Gemma, mais elle et Kat prenaient un bain de soleil, se retournant dans l'herbe tels des poulets rôtis. Pendant qu'elles parlaient à mi-voix de l'éclipse imminente – un événement cosmique certainement orchestré pour leur seul plaisir –, avec le soleil sur leur peau, leurs vies prêtes à se déployer comme des feuilles au printemps, Flora se sentait puissante. Sans complexe. Capable de tout.

Elle a changé.

Et pourtant. Elle est là, de retour à Rock Point. Loin de son mariage, de sa vie d'adulte, consciente d'une sensation nouvelle et déroutante : une petite agitation intérieure, une joute cellulaire, pas dans ses intestins, mais plus près de son cœur. Presque comme si la jeune Flora vivait toujours en elle – et commençait à s'éveiller.

17

Lauren, 2019

Revenant à la hâte du cottage sous la bruine, la tête pleine de Jonah, Lauren passe presque à côté du papier agité par le vent, empalé sur la grille du portail. Elle l'arrache et s'abrite dans l'allée pour le lire : *ALLEZ-VOUS-EN. Laissez-nous tranquilles.*

Ah… d'accord. Rien d'ambigu à *ça*. Même écriture que celle du mot de la veille, mais plus frénétique, aux lettres penchées dans tous les sens. Signe d'une âme troublée : elle en sait quelque chose. Son écriture était presque illisible après la mort de sa mère, et ses lettres à Gemma devenaient des gribouillis décousus, tachés de larmes. Elle éprouve alors une étrange empathie, un élan de compassion envers l'auteur de ce billet. Pourtant, elle n'ignore pas qu'elle doit le prendre au sérieux. Les autres le feront.

Une lettre anonyme peut passer – à la rigueur – pour une farce de mauvais goût. Deux, c'est plus sinistre. Capable d'atteindre son but : *Allez-vous-en.* Mais il est trop tôt pour partir. Revenir à Rock Point lui a demandé trop d'efforts, et elle n'a pas encore accompli sa mission, tenir sa promesse à sa mère. Aura-t-elle à nouveau l'occasion d'être ainsi réunie avec ses sœurs ? Elle en doute. Pas avant des années, en tout cas. Bientôt, elles reprendront leur vie normale, à distance respectable. Elles deviendront peu à peu des étrangères, s'éloignant toujours plus des filles du portrait. Et une part d'elle-même n'est peut-être pas prête à dire adieu à Rock Point.

Contrairement à Kat et Flora, Lauren voit bien pourquoi leur père les a attirées ici. Il a dû savoir qu'une fois à Rock Point, elles auraient plus de mal à se défiler. L'hiver aussi change la donne. Elles peuvent difficilement partir, avec les tempêtes qui sèment le chaos sur les routes. Du coup, elles se retrouvent bloquées dans leur météo intérieure et forcées de se regarder en face – Angie compris. Ou pas. Flora semble souvent lancer un sourire un peu vague à Lauren, comme si elle craignait de croiser son regard. De plus, Lauren sent Kat l'épier du coin de l'œil. Et elle a l'impression qu'on la jauge autant qu'Angie.

Mieux vaut donc pour l'instant ne pas parler du cottage des Heap, ni de sa rencontre étrangement tendue avec Jonah. « Je vous ai prise pour quelqu'un d'autre », a-t-il dit sur le seuil, et elle n'a pas su si elle devait le croire. « Je ne voulais pas vous effrayer. » Surprise, gênée, elle l'a assuré du contraire. Mais sous leur dialogue presque comique, elle a senti un autre échange suspendu entre eux, comme l'ellipse des trois petits points dans un texto. L'a-t-il senti aussi ?

Pan ! Le claquement d'une porte la sort de ses pensées. Suivi d'une odeur de cigarette. Angie. Incapable de l'affronter, Lauren se glisse dans le jardin, embaumé par les aiguilles de pin et un fumet de soupe à la tomate – le déjeuner, espère-t-elle –, qui s'échappe de la cuisine. Se demandant que faire, qui avertir d'abord – si tant est qu'elle le fasse –, Lauren s'adosse à la pierre froide du mur et relit le message. Ses pensées reviennent à Jonah.

Cette lettre est-elle son œuvre ? Cela ne semble pas son style, mais c'est possible. Les gens ne sont jamais vraiment ce qu'ils veulent vous faire croire ; Lauren en sait long sur l'envie de se montrer sous son meilleur jour. De plus, même si ça ne devrait pas entrer en ligne de compte, il a un charme désarmant, une présence troublante. Ce qui fausse son jugement. Et il a très bien pu planter la lettre sur la grille *avant* qu'elle s'en aille, puis la suivre jusqu'à la crique – « Faites attention, hein ? » – et enfin, au cottage. Ce paysage recèle des raccourcis et des cachettes que seul un type du coin peut connaître, et Jonah semble avoir été taillé dans ses roches. Il est pétri de ce rivage.

Assez. Fourrant la lettre dans une poche de son pantalon cargo, elle se trouve confrontée au choix pénible d'entrer dans la maison *via* Bertha ou Angie. Ayant survécu à une nuit passée dans la même maison qu'un oiseau, même en cage, elle s'aperçoit que Bertha ne lui fait pas horreur. Elle déteste sa peur de Bertha, la phobie tapie en elle. Quand elle a remarqué la petite plaque pelée sur sa poitrine – peut-être due au stress, car son gardien lui manque – et les plumes sur le sol de la véranda, elle a cru voir sa peine sous une forme empennée. Pas seulement pour sa mère, mais pour la jeune Lauren, celle qui faisait assez confiance à Bertha pour la laisser flairer son lobe d'oreille. La Lauren qui se serait assise près d'elle et l'aurait consolée, lui aurait donné des cubes de fruit à manger et des pages de journal à déchirer. Même la Lauren adulte qui garde une de ses plumes rouges, tombée ce fameux été, un souvenir qu'elle ne peut ni toucher ni jeter.

Elle opte pour la véranda. Courage. Avant que sa résolution puisse faiblir, elle longe le coin de la maison, mais s'arrête près de la balancelle en entendant Flora parler sur son portable.

— Tu me manques aussi, Scott, roucoule sa sœur. Tu me manques tellement.

Lauren se permet d'imaginer, juste une seconde, l'effet que ça ferait d'être Flora : aimée, installée. Le soulagement que ce serait. Dixie lui a appris à être indépendante, mais de temps en temps, surtout depuis sa mort, quand la vie semble à la fois insupportablement belle et douloureusement fragile, elle rêve d'être dans les bras d'un homme familier, rassurant. D'un homme sur qui elle pourrait compter.

— Scott, tu sais que je fais une pause après les fêtes, dit Flora avec un rire crispé. Non, je ne bois pas ! Je t'assure.

Lauren retient son souffle : hier soir, Flora a picolé plus qu'eux tous réunis. Puis, elle se demande si ce n'est pas elle qui est trop puritaine, si les pieux mensonges ne sont pas le ciment du couple. Flora ne paraît pas s'assumer alors qu'elle est une femme bien casée, avec un mari, un enfant et une vie dont elle-même – et la plupart de ses amis – peut seulement rêver.

— Oui, je sais que j'ai promis. Bien sûr que je t'aime, dit Flora. Je ne pourrais pas t'aimer plus.

Lauren ne peut s'empêcher d'écouter, captivée par cet aperçu du monde enchanté de Flora. Et pourtant, la voix de sa sœur vibre d'une tension qui la fait réfléchir.

— On perd seulement un mois... (La voix de Flora devient de plus en plus poignante, presque larmoyante.) Cela ne veut pas dire... Bien sûr, je garde un œil sur Raff ! Non, je ne te cache *rien*. On passe juste de bons moments en famille. Oui, je sais que tu veilles sur moi... Je t'en prie, Scott.

À présent, Lauren est partagée : elle aimerait s'enquérir du bien-être de Flora ; elle ne veut pas avouer qu'elle l'a écoutée. Plus elle reste, plus elle en entend, plus elle s'empêtre. Elle commence à se ronger les ongles.

Flora risque de ne pas apprécier qu'elle fourre son nez dans ses affaires. Que sait donc Lauren du mariage, de toute façon ? Sa liaison la plus longue – avec Franciszek – avait duré six mois, rompue lorsqu'il était rentré en Pologne, un an plus tôt. Et elle a toujours largement jugé les hommes à l'aune de l'opinion de sa mère, se demandant s'ils aimeraient sa vie de bohème, les pauvres chats de gouttière, s'ils résisteraient à la tournée des galeries d'art. Pas étonnant qu'elle soit célibataire.

La lettre anonyme l'a rendue hypersensible, c'est tout. Et l'enveloppe vide du cottage l'a perturbée, avec l'absence tapie à l'intérieur, en forme de question : où est Viv ? Elle projette, interprète la discussion téléphonique de Flora à travers le prisme de sa propre anxiété. C'est l'esprit troublé de Van Gogh qui lui a inspiré *La Nuit étoilée*, avec ses volutes et ses bleus insensés, se rappelle-t-elle en s'éclipsant par le portail en forme de lune dans l'allée fouettée par le vent. Hélas, Angie est toujours là, obstacle incontournable, main sur la hanche, levant les yeux de sa voiture d'un air soucieux.

— J'étais censée partir à Londres après notre balade, mais regarde... Regarde ça, Lauren ! (Elle montre sa roue avant, sur la jante.) Quelqu'un a crevé le pneu !

Lauren a un frisson.

Angie écrase sa cigarette.

— Sérieusement, qui peut faire une chose pareille ?

Lauren jette un œil autour d'elle, cherchant une trace du coupable. Mais elle ne voit que des rochers et des vagues écumantes, les illusions d'optique de l'air, de l'eau et du ciel. Un brouillard de pluie. Un paysage qui cache les siens.

18

Flora

Pliée en deux sur la cuvette des toilettes, Flora écoute le brouhaha dehors, par la fenêtre. Les voix d'Angie, de Lauren, de son père. Tant de bruit pour un pneu ? Mais la plus forte est encore celle de Scott. Son appel passe en boucle dans sa tête. « Je te veux à la maison ce soir », a-t-il dit d'un ton grave, blessé. « C'est le quatorzième jour. »

Elle sait qu'il est naturel que Scott veuille un autre enfant dès que possible. Et il est assez normal qu'un mari suive le cycle ovulatoire de sa femme, non ? Mais elle se sent sur la sellette et une voix d'adolescente remonte en elle, brûlant de dire à Scott, franchement, d'aller se faire voir. Après la fausse couche, l'été dernier, la tache rouille sur sa culotte qui s'était changée en caillots terrifiants, il l'avait cuisinée sur ce qu'elle mangeait et buvait, cherchant désespérément « une raison », un responsable. Elle est encore hantée par la part de brie qu'elle avait mangée à l'aube, debout devant l'autel de leur frigo bleu pastel. Elle s'était confiée, en larmes, à son généraliste – qui lui avait assuré que ce n'était probablement pas lié –, mais ne l'avait jamais avoué à Scott. Et le reste non plus. Ses désirs profondément enfouis.

Pour l'instant, ne plus jamais avoir de rapports sexuels serait un soulagement, surtout ceux programmés pour « faire un bébé », comme dit Scott. Ce qu'elle veut, c'est un antiacide. Un calmant. Une cuve de vin blanc. Et elle commence à sentir combien elle rêve des petites choses qui semblent évidentes à ses sœurs : s'habiller pour aller travailler, bavarder près de la machine à café, regarder les chaussures des autres femmes dans le métro. Un monde d'adultes loin de chez elle, du portail de l'école et du parc, du rayon étroit où elle broute jour après jour, telle une chèvre attachée au piquet.

Ses sœurs ne la plaindraient pas. Elle n'en a pas envie ! Lauren a perdu Dixie et vit dans un logement minable au-dessus d'un kebab. Kat est une comète sans enfants, qui traîne dans son sillage son génie, des bitcoins et les restes du cœur de Kofi. Elle dirait juste « Je te l'avais bien dit ». Quand Flora avait annoncé ses fiançailles, Kat avait lancé, alors qu'elle aurait dû être heureuse pour elle : « Mais tu n'es pas *toi-même* avec Scott ! » Et Flora avait crié : « Tu ne sais pas qui je suis, de toute façon, parce que tu es une addict au travail ! » Mais une petite voix lui avait soufflé : *Et si Kat n'avait pas tort* ? Kat a toujours raison. C'est une femme qui aborde les questions simples de manière alambiquée, mais trouve quand même la bonne réponse. Flora essuie ses larmes et tente de s'exhorter à se lever, à servir le déjeuner, du moins à s'en soucier, luttant contre une envie de hurler vers le ciel pour appeler ses sœurs, comme une louve qui a perdu sa meute.

— Maman ? chouine une voix inquiète.

— J'arrive dans une seconde, chéri.

L'ombre poupine de Raff bouge dans le rai de lumière de la porte des toilettes. Raff, son cher enfant terrible, qu'elle aime plus que la vie, son rédempteur, son ravisseur. Elle n'est plus du tout sûre d'avoir eu raison de l'amener.

« C'est un peu dingue, non ? » avait pouffé Scott lorsqu'elle lui avait appris l'invitation de son père. Une vraie convocation. (Et le nom de son mari n'était même pas dessus.) « Tu n'emmènes pas Raff, bien sûr ? » avait-il ajouté. Mais c'était une des rares fois où elle s'était obstinée, un défi qu'elle avait osé relever. Moitié parce que son père aime le petit, qu'elle avait senti une inquiétude chez lui et pensé que la compagnie de Raff pourrait l'aider. Mais surtout, elle trouvait injuste que son fils ait couru sur les plages de France, de Floride et du Portugal, mais n'ait jamais barboté dans une flaque parmi les rochers des Cornouailles, battus par les vents et puant les algues. Qu'il n'ait jamais passé de temps hors de chez lui avec ses tantes Finch, ni avec son grand-père.

Scott avait observé que c'était encore elle qui faisait des efforts, comme toujours dans la famille Finch. Que, pour la énième fois, Charlie, Kat et Lauren l'avaient snobée à Noël. « Tu mérites mieux que ça, Flora », avait-il dit gentiment, en lui flattant les fesses. Même si, en un sens, elle est d'accord avec lui, elle pense qu'on n'a le droit de critiquer une famille que si on en fait partie. Et Scott relève d'une autre sphère de sa vie : de la part fonctionnelle, du monde ensoleillé au-dessus de la ligne de flottaison, pas de la vilaine coque sous la surface. Voilà pourquoi elle ne lui a jamais dit la vérité sur l'été de l'éclipse. Elle se demande ce qu'il arriverait si elle le faisait. S'il l'aimerait autant.

Raff frappe à la porte des toilettes.

— Maman est malade ?

En sursautant, Flora se rend compte qu'elle n'a pas pris ses pilules. Rock Point brise sa routine.

— Oh, non ! Pas du tout. Mais tu veux bien aller chercher mon sac à main, chéri ? Sur le lit.

Elle écoute ses pas lourds et résolus. Son fils traîner le sac par terre. Il veut lui faire plaisir, s'aperçoit-elle, les larmes aux yeux. À la maison, il semble très souvent vouloir la dévorer vivante, être furieux d'avoir écopé d'une telle mère. La porte des toilettes s'écarte de quelques centimètres et il pousse le sac par l'ouverture.

— Tu es adorable.

Elle ne le lui dit pas assez. Fouillant dans son sac, elle panique lorsqu'elle ne les trouve pas. Un film bourdonne dans sa tête : la ruée aux urgences, l'appel terrible à Scott. Ouf. Les voilà. La seule vue des pilules calme ses maux de ventre. Elle tend la main vers elles quand la porte des toilettes s'ouvre soudain. Son cœur saute dans sa gorge.

— Oh, mon Dieu, qu'est-ce que tu as…

Elle se baisse, essuie le visage ensanglanté de Raff avec un Kleenex. Oh… c'est juste du rouge à lèvres.

Raff pouffe, ravi de la réaction de sa mère, lui échappe et s'enfuit. Debout sur le palier, penchée au-dessus de la rampe, elle le voit dévaler l'escalier.

— Ne cours pas ! s'écrie-t-elle, le fard à lèvres, les marches raides et tout le reste se mêlant dans son esprit. Ralentis !

Une fois Raff descendu sans encombre, elle se retourne vers le palier, puis hésite, son regard s'accrochant aux portes closes des chambres de ses sœurs. Cela l'émeut d'une manière indéfinissable que, tels des pigeons voyageurs, elles aient gravité vers leurs anciennes chambres. Jadis, la nuit, elles laissaient leur porte entrebâillée, traversaient le palier sur la pointe des pieds et finissaient tête-bêche, serrées dans le même lit en gloussant parce que c'était plus drôle d'être ensemble qu'isolées. Chez elle, dernièrement, les nuits où Scott est absent pour son travail, elle se demande si c'est parce qu'elle a grandi dans une famille nombreuse qu'elle se sent un peu seule dans son cadre privilégié : une maison confortable, une rue calme, un lit immense.

Ne pouvant résister à l'envie de fouiner, Flora entrouvre une porte… et son cœur se serre. Elle espère que cette chambre ne reflète pas la vie intérieure de Kat : un dédale de câbles, des chargeurs fourrés dans chaque prise, un tapis de gymnastique déroulé dans un coin. Pas le moindre livre, note-t-elle avec réprobation, se rappelant que sa sœur dévorait des romans érotiques et lisait à voix haute les passages croustillants (créant chez Flora des attentes un peu trop grandes, rétrospectivement).

Près de sa propre chambre, celle de Lauren, assez impersonnelle, se dit Flora en y jetant un œil. Peu de traces de son occupante, sauf un fourre-tout sur le tapis. Oh, et un bloc de papier à lettres, barré d'un stylo-bille, sur un joli bureau du XVIIIe. Se demandant à qui écrit Lauren – l'amant hypothétique à qui elle parlait ce matin, sur son portable ? –, Flora s'approche avec curiosité, mais un pas dans l'escalier l'arrête net. Elle regagne aussitôt sa chambre, la salle de bains où elle attaque son nez avec de la poudre.

S'examinant dans le miroir, elle a l'impression gênante que son moi d'adolescente la scrute d'un œil critique. Elle imagine une série de reflets cachés, tous ces visages maussades se regardant au fil des ans, des plus jeunes aux plus vieux, comme les cernes d'un arbre.

Le cadre du miroir – le préféré de mamie – est incrusté de coquillages. « Puisque tu es la beauté de la famille, il doit te revenir », avait dit mamie. Maintenant, seulement, elle réalise combien ç'avait dû semer la discorde. Combien ses sœurs avaient dû la haïr pour ça. Et pourtant, le miroir avait semblé lui appartenir de plein droit, presque une récompense. À l'époque, elle n'était pas capable de faire la différence entre son esprit et son corps – ou plutôt, entre son âme et les réactions des autres à sa beauté : les regards et les sifflements qui la suivaient souvent, à la fois preuves d'un pouvoir secret… et gages d'un bonheur futur. La vie lui a ouvert les yeux, bien sûr. Elle craint pourtant que son estime de soi ne reste fondée sur son apparence, son poids, le désir qu'elle éveille – ou non – chez les autres. S'efforçant d'oublier les pores de son nez, elle se demande qui elle verra dans le miroir à cinquante, soixante ou quatre-vingts ans. Ce qu'elle *veut* y voir. En fait, une autre sorte de pouvoir.

Ses doigts glissent dans la poche intérieure de son sac, celle où Scott ne songerait jamais à regarder, et sortent sa plaquette de pilules contraceptives. Elle en avale une avec une gorgée d'eau décisive. Soulagée, elle fonce au rez-de-chaussée verser la soupe à la tomate dans les bols en forme de feuille de chou, déterminée à sauver le déjeuner.

19

Lauren, 1999

La main parcheminée de mamie m'a tendu le bol en feuille de chou garni de crème.

— Tu n'en veux vraiment pas, chérie ?

Bertha a répété la question d'une voix perçante. Une guêpe tournait autour du pot de confiture. Le scone attendait, brillant sur mon assiette. J'étais trop émue pour manger.

— Non ? Tu dois te remplumer un peu. (Mamie a passé le bol à Kat, qui s'est servi de grosses cuillerées sous son regard approbateur.) Tu n'es pas devenue un peu difficile, hein, Lauren ?

— Chez nous, maman a banni les laitages, a bredouillé Kat, la bouche pleine. (Contrairement à Flora, qui grignotait juste le bord des biscuits pour ne pas grossir, Kat mangeait toujours voracement – au moins deux œufs au petit déjeuner, du rab et des desserts – comme si on l'affamait entre chaque été.) Le pain aussi. Et les gâteaux.

— Mon Dieu…, a dit mamie en lui tapotant la main. Pauvre chérie…

D'habitude, j'adorais les scones à la crème autant que Kat. Les serviettes en tissu que j'avais appris à draper sur mes genoux. Le lait dans un pot délicat, pas dans un carton comme à la maison. Le présentoir à gâteaux, au long pied et à la bordure cannelée. Le fait que chaque goûter était une poupée russe contenant tous ceux qu'on avait pris avant. Mais ce mois d'août avait rompu avec les précédents. Rock Point semblait un terrain glissant, déroutant.

Papa n'était pas à table – il préférait travailler l'estomac vide – et je savais qu'Angie était dans l'atelier à ce moment précis, lavant ses pinceaux, nettoyant les palettes, creusant son trou dans la seule pièce de la maison où j'étais à ma place – pas en marge. Flora et Kat s'en fichaient. Moins on voyait Angie, mieux c'était. Elles ne parlaient que de l'éclipse et des rumeurs de fêtes sur la plage. Comme papy, elles avaient la tête dans les nuages. La mienne était tournée vers la lande. Je n'avais pas vu Gemma depuis qu'elle s'était enfuie de la hutte de l'ermite, deux jours auparavant. J'avais tenté de l'appeler du téléphone de l'entrée, mais mamie rôdait et personne n'avait décroché chez Gemma, de toute façon.

— Tu es très pâle, Lauren. (Le regard de mamie m'a vrillée, avant de s'attendrir.) J'espère que tu ne couves pas quelque chose. Ou bien, c'est la lecture ? J'ai vu ta lumière allumée à des heures indues.

— C'est pour ça que Flora n'est jamais malade, a dit Kat.

J'ai tâché de sourire, mais je me sentais au bord des larmes.

— Je n'ai simplement pas faim aujourd'hui.

— Ne t'en fais pas. Ce doit être cette chaleur accablante, a suggéré papy en me tapotant gentiment la main. Un orage se prépare.

En effet, l'air était un peu moite. Berthingham Palace avait dû être déplacé des tropiques de la véranda dans un endroit plus frais, à l'angle de la cuisine. Mais c'était l'atmosphère de la maison qui était électrique.

J'avais commencé à soupçonner Angie d'avoir dit quelque chose à mamie, qui ne cessait de m'interroger sur mes « projets », comme si voir Gemma n'en faisait pas partie.

— Puisque vos mères ne sont pas plus conciliantes, profite de tes sœurs tant que tu peux, Lauren. Je vous accueille ici pour ça, après tout. Et tu sais que le temps passe très vite en août.

Je savais surtout que je ne devais pas lui dire où je comptais aller après ce goûter.

Sur le moment, mamie n'avait même pas paru fâchée par le raid sur son dressing. Quand Flora et Kat étaient rentrées en courant, le bas de leur robe couvert de sable, elle avait porté la main à sa gorge en riant, disant que c'était bien mieux que des shorts en jean. Papa, qui nous attendait dans l'atelier, n'avait pas trouvé ça aussi drôle.

— Ôtez ces robes ridicules. Je ne suis pas un portraitiste à la Reynolds !

La cuisine s'est remplie de bruits de mandibules, de sirotements et de tintements de couverts, jusqu'à ce que Bertha crie super fort, de la voix de mamie :

— J'ai un terrible soupçon, Herbert !

Soit la lumière a changé derrière la fenêtre, soit les joues de mamie ont perdu leurs couleurs.

— Un terrible soupçon ? (Kat était ravie.) Oh-oh… à quel sujet, mamie ?

— Mme Pervenche avec le chandelier dans la bibliothèque ? a glissé Flora.

J'ai commencé à sourire aussi, car mamie semblait très troublée. Je n'osais jamais la taquiner, mais j'adorais quand mes sœurs le faisaient. Puis il m'est venu à l'esprit que ce terrible soupçon pouvait me concerner.

— Ce n'est qu'une bêtise du perroquet, les filles. Tais-toi, Bertha ! a jeté sévèrement mamie, échangeant un lourd regard avec papy.

— Bertha, notre oracle !

Kat s'est tournée sur sa chaise pour applaudir l'oiseau, qui a gonflé ses plumes. Une ride a plissé le visage de mamie. J'ai baissé les yeux sur mon scone.

— Bertha est perturbée par l'éclipse. Elle la sent, comme tous les animaux. (Papy a fini son thé, pressé de changer de sujet.) Kat, d'ici deux jours, les oiseaux voleront à reculons.

Mamie s'est levée brusquement, débarrassant à grand fracas.

— Une éclipse totale peut aussi pousser les gens à se conduire de façon inattendue. (En lissant sa moustache, papy a haussé un sourcil vers Flora et Kat.) Je vous aurai prévenues.

De la vapeur montait de la terre brûlante. Des lapins détalaient. Un faucon tournait au-dessus de ma tête. À l'horizon, deux pierres. J'ai gravi la colline en courant à perdre haleine, sur l'herbe, les pissenlits et les trèfles, humant l'odeur des plantes, de plus en plus légère.

La lande ondulait sous la clôture des Heap, telle une mer de bruyère et d'épines. Rock Point avait ses nuages d'hortensias, le cottage ses ajoncs. Je préférais les ajoncs. Dans le jardin broussailleux, Viv, à plat ventre sur une serviette, portait un bikini au slip minuscule, les fesses luisant d'huile comme un phoque.

— Bonjour. (Je ne savais où poser les yeux.) Gemma est là ?

— Oh, salut ! (Viv a levé la tête et souri, plissant les paupières au soleil. De la sueur perlait dans le sillon entre ses seins. Près d'elle se trouvaient un livre, une canette de Coca.) Gemma est un peu patraque aujourd'hui. Je lui ai dit de retourner au lit.

— Oh…

J'ai vu quelque chose bouger à la fenêtre du rez-de-chaussée. Deux visages, l'espace d'une seconde. Pete, le frère de Gemma et, j'en étais presque sûre, le garçon qui m'avait observée dans la cabane de l'ermite. Ils se sont cachés aussitôt sous le rebord en riant. J'avais très chaud.

— Tout va bien, ma puce ?

Mon regard s'est retourné à l'instant vers elle. J'ai fait oui de la tête et traîné ma sandale dans l'herbe, effrayant un criquet. J'ai failli partir, puis j'ai changé d'avis.

— Je peux vous parler ? ai-je demandé timidement, sans trop savoir ce que je voulais dire.

— À moi ? (Viv a hésité. Un éclair est passé dans ses yeux.) Bien sûr. Je sens la pluie venir. Pas toi ? Tiens.

Elle a tapoté sa serviette.

Je me suis assise le plus loin possible, près du pied de Viv. Un vernis mauve brillant, des ongles en forme de moules. De longues jambes tannées, semées de points noirs là où elle s'était épilée. Un buste mince, des hanches larges, comme l'intersection de deux cercles de différentes tailles. J'ai soudain compris pourquoi papa l'observait du haut de l'atelier, quand elle sortait dans l'allée après son travail. Papa était fasciné par les formes, tel un mathématicien par les nombres.

— Alors, Lauren. (S'appuyant sur les coudes, Viv a regardé autour d'elle pour voir s'il n'y avait personne, puis elle a murmuré :) C'est à cause des robes de bal ?

J'ai retenu mon souffle.

— Comment vous avez su ?

Elle a chassé une fourmi de sa cheville.

— Un copain de Pete vous a aperçues. Il n'a pas tenu sa langue.

Lui. Le garçon sur le chemin. Et maintenant, dans le cottage. Je me suis sentie bizarrement trahie. Comme s'il avait rompu une promesse tacite.

— Viv, ce n'était pas la faute de Gemma, je vous jure. C'est moi qui ai déchiré la robe.

— Tu es une chic fille, Lauren. Ne t'inquiète pas. Je ne l'ai pas punie. (Viv m'a offert un peu de son Coca. J'ai fait non de la tête. Son doigt a pianoté sur le couvercle en métal.) Rien d'autre ?

Là, je n'ai pu m'empêcher de tout déballer : qu'Angie nous avait traitées de petites vicieuses, que mamie disait que je devais passer plus de temps avec mes sœurs, l'ambiance bizarre à la maison.

Viv m'écoutait de tout son être. J'ai parlé, parlé, les bras autour des jambes, le menton sur les genoux, brûlant de rester sur cette serviette avec elle pour toujours. Lorsque j'ai fini de vider mon sac, mon cœur m'a paru moins lourd. Le silence était doux, animé par le vent, quelque chose d'autre aussi.

— Je m'en occupe, Lauren, a dit Viv d'un air étrange, la mâchoire serrée.

Je ne pouvais imaginer comment elle aborderait la question avec mamie, mais j'étais soulagée qu'elle nous soutienne, Gemma et moi. Un moment a passé. Viv a fermé les yeux et levé la tête vers le soleil, le front plissé. J'ai senti que la conversation était finie. Alors, je me suis levée, les jambes collées par la sueur.

— J'espère que Gemma va bientôt se remettre.

— Merci, ma puce. (Elle m'a regardée entre ses cils mi-clos.) Les Finch ont de la chance de t'avoir. Ne l'oublie pas.

J'ai lutté contre une envie folle de lui demander un câlin. Quand je suis arrivée au portail, elle m'a lancé :

— Attends ! Gemma a fait quelque chose pour toi. J'allais l'apporter à Rock Point, mais prends-le, puisque tu es là. Donne-moi une seconde.

J'ai vu sa chair huilée ballotter vers la porte, puis ressortir en hâte avec un sac en papier. Au loin, sur la mer, le tonnerre a grondé. Viv a regardé le ciel.

— Oh-oh… On dirait que l'éclipse est en avance. (Un nuage masquait le soleil, qui brûlait sur les bords.)

— Maintenant, file, Lauren. Je ne veux pas que tu sois sur la lande si la foudre tombe.

J'ai pris mes jambes à mon cou en tâtant l'intérieur du sac. Un oiseau ? Je me suis arrêtée, essoufflée et ravie. Oui, un oiseau en paille tressée. J'ai compris que c'était une perruche, comme celles de la volière que Gemma adorait. La plus belle chose qu'on m'ait jamais offerte avec, au creux de la paille, toutes les lettres qu'on s'était écrites, toutes nos discussions décousues et nos blagues. Je souriais toujours quand je suis arrivée à Rock Point, l'oiseau à la main. Un éclair a frappé la mer et l'a changée en or. *Boum !* Quelques secondes plus tard, un autre, puis un autre. *Boum, boum, boum !* J'ai regardé, fascinée, les éclairs zébrer la voûte du ciel.

20

Kat, 2019

Le soleil bas ricoche sur les miroirs avec lesquels, jadis, son père créait des jeux de lumière dans l'atelier. Kat ne peut s'empêcher de se demander s'il leur jette encore de la poudre aux yeux – les métaux dans ses cheveux, la rénovation de Rock Point, un mariage à Las Vegas – pour les distraire de sujets plus sombres ou, pire, d'autres « annonces » à venir. Cherchant le croquis de nu qui l'a tellement troublé, elle tire sur le tiroir inférieur du classeur. Fermé à clé. Merde. Était-ce un nu de Dixie, un dessin qui l'émeut trop pour qu'il le montre ? Sauf que ça ne collerait pas avec la date – 1980 : Dixie est arrivée cinq ans après – ni avec son geste affolé pour le lui arracher.

Le portable de Kat brise le silence de l'atelier, balayant ses pensées. Est-il toujours aussi bruyant ? Comment peut-elle le supporter ? Ce foutu avocat. Encore. Un samedi, en plus ! Elle bascule l'appel sur la boîte vocale. Sa jambe gauche commence à tressauter, sa tennis raye le plancher en rythme.

Maintenant, elle a pas mal de gens à rappeler. Mais elle n'a pas le courage de les affronter. Même abstraction faite du réseau capricieux – il lui faudrait un téléphone satellite, comme un pêcheur en eau profonde –, Rock Point est un tourbillon qui sème la pagaille dans sa tête, ralentit le flot de ses pensées. Le fracas des vagues est devenu un bruit blanc hypnotique, qui semble vider de sens les courbes de Spring – taux de clics, recettes publicitaires, contrats – alors que, d'habitude, elle les déchiffre en un temps record. Elle doit se reprendre. Se fixer des priorités.

Courir l'aiderait peut-être. Seule contre l'univers, tout en souffle et en propulsion, les jambes comme des pistons. Un autre café noir. Et un garage ouvert, capable de réparer la voiture d'Angie. Oui. Pour qu'ils puissent l'expédier dans un blizzard traître. Papa peut aimer qui bon lui semble – il l'a toujours fait, avec un abandon excessif. Mais se marier ? Pas question. Le mariage soulève d'affreux problèmes d'héritage. Pas seulement de Rock Point. Il y a aussi sa collection d'art, son appartement à Soho et son grand atelier dans l'East End. Avec, peut-être, d'autres trésors de baby-boomer – actions, investissements – cachés et oubliés. S'il se marie et meurt sans modifier son testament, Angie aura le tout. Fine mouche, elle doit le savoir et ne le pressera pas d'aller chez son notaire. Flora croit naïvement que papa s'occupera de sa succession. Elle dit qu'il a marmonné plusieurs fois, ces derniers temps, qu'il « devait mettre à jour » son testament. Mais Kat sait flairer un bazar fiscal, et celui-là pue à des kilomètres. Les affaires de son père ont toujours vacillé au bord du chaos, il a toujours négligé ses papiers. Peut-être ne s'inquiète-t-il même pas de laisser un imbroglio juridique à sa mort. Quand même, il serait trop dangereux d'aborder ce sujet épineux tant qu'Angie reste à Rock Point. Rien que pour ça, Kat pourrait étrangler l'inconnu qui a crevé son pneu, retardant son départ.

Et pourquoi viser Angie ? Kat n'arrive pas à comprendre pourquoi sa Kia branlante a été prise pour cible, plutôt que le SUV tape-à-l'œil de Flora ou la Porsche jaune de papa (la Blonde, comme l'appelle Blythe avec mépris). Quelqu'un de la région – probablement l'auteur de la lettre anonyme – doit nourrir des projets de vengeance contre Angie depuis vingt ans. Avec sa tignasse criarde, elle est immédiatement reconnaissable.

On devrait appeler la police. Mais Angie a refusé : « Je ne veux pas que les flics s'en mêlent ! » a-t-elle crié, horrifiée, comme une poule de gangster. Papa était d'accord avec elle. Feignant la nonchalance d'amis cockneys ayant troqué depuis longtemps la vie criminelle pour la notoriété artistique, il a prétendu que « ces bras cassés » ne se dérangeraient pas en cette période de l'année. Kat le soupçonne de craindre secrètement de raviver la mémoire d'un policier local. De remuer de vieilles histoires.

À ce propos... Se pressant contre la table à tréteaux, elle ouvre un gros carnet de croquis, mais se retourne d'un bond en entendant claquer la porte de l'atelier.

Lauren semble aussi surprise qu'elle. Son regard sombre glisse vers le carnet que tient Kat.

— Tu fais quoi ?

Kat se sent coupable, et un peu ridicule, de chercher un vieux croquis au hasard. De courir après les ombres du passé. Mieux vaut ne pas en parler. Elle ne veut pas que Lauren pense qu'elle fouine – elle pourrait le dire à leur père – ni lester son fardeau psychologique déjà bien assez lourd. Laurie est trop fragile, ces temps-ci. Oui, Kat gardera ça pour elle. Dans le doute, abstiens-toi.

— Je vérifiais juste les fonds de papa pour la réparation du toit.

— Ah, oui…

Gobant ça sans poser de questions, Lauren s'approche en chaussettes, exhalant une bouffée de sel et de terre, des odeurs que Kat se rappelle avoir rapportées autrefois chez sa mère, comme le sable dans ses chaussures et ses cheveux blanchis par le soleil, qui sentaient la cendre et la mer. Lorsqu'elle rentrait à Londres – la ville vrombissant en septembre, nouveaux souliers scolaires, nouveaux départs –, Kat refusait quelque temps de se laver, pour ne pas perdre cette dernière miette d'été et de liberté. Pour ne pas se remettre à grandir.

— Dis-moi, Lauren. (Kat tourne une autre page, d'où détale une mite.) Ce n'est pas imprudent d'avoir laissé tous ces dessins ici ?

— Absolument. La maison est trop humide et il faudrait les archiver.

Lauren ramasse deux pinceaux traînant sur la table et les range dans un pot en métal cabossé, comme elle le faisait petite.

Dans l'atelier, l'équilibre du pouvoir entre sœurs s'est toujours inversé. Lauren jouissait d'une assurance qu'elle n'avait pas dans le reste de la maison. Et c'était son avis que papa recherchait ici, comme si son enfance non conformiste – ou plutôt, l'influence et les gènes de Dixie – lui donnait une perspective précieuse. Kat et Flora lui en avaient voulu pour ça. Et elles avaient tenté de saper ce pouvoir, s'aperçoit Kat avec un tressaillement de honte. En traitant Lauren, derrière son dos, de « souris d'atelier ».

— Qu'en penses-tu ? demande Kat, incertaine, lui montrant des dessins, s'en remettant à elle. Des travaux en cours, peut-être ? Un torse, juste quelques lignes. De vagues gribouillis. À moitié finis ?

— Je ne crois pas. (Lauren penche la tête d'un côté.) Plutôt des croquis d'après nature. Ou des études pour une œuvre plus grande.

— Ah, d'accord. Qu'est-ce que j'en sais ? (Kat songe aux espaces vides, gris boueux, qui entourent souvent les formes dans les portraits paternels, ou se fondent dans les angles. Des espaces négatifs, les appelle leur père, aussi importants que les modèles. *Jeunes filles à la volière* en regorge, comme s'il y avait quelque chose qu'il ne pouvait représenter ou résoudre.) Ses tableaux me semblent toujours un peu inachevés.

— Quand un artiste décide qu'une œuvre est achevée, elle est terminée. (Le sourire, dans les yeux de Lauren, accroche le miroitement bleu pétrole du soleil.) Picasso a dit un jour « Achever une œuvre, c'est la tuer ».

— Ah ! Je ressortirai ça à la réunion des actionnaires.

Lauren se met à rire. Kat trouve son rire merveilleux, très sonore pour un corps aussi frêle.

Un autre carnet de croquis : Kat tourne soigneusement les pages.

— J'ai un peu l'impression de fouiller dans la tête de papa. Ou son lit. Oh, pardon... Je ne voulais pas faire allusion à Dixie. Enfin, tu vois... Alors, ce truc est bon ?

— Oui, répond Lauren sans hésiter.

— Il vaut quelque chose ?

Elle aimerait pouvoir mettre un chiffre dessus.

— Tout à fait, répond distraitement Lauren, plus intéressée par les dessins.

— Tiens. Prends-le. (Kat ferme le carnet de croquis et le lui tend.) Avant qu'Angie l'emporte.

— Oh, non... Je ne peux pas.

Lauren semble perplexe.

— Papa nous a dit de prendre ce qu'on voulait.

Lauren replace le carnet sur la table.

— Pas ces choses-là.

— De nous trois, c'est bien toi qui le mérites, dit Kat d'un ton peut-être un peu trop vif, comme si les dettes affectives de l'enfance pouvaient être remboursées par des choses matérielles, les failles comblées par des croquis et des billets de banque. Tu sais, personne ne t'en voudrait si tu partais plus tôt, ajoute-t-elle, tâchant d'être gentille mais aggravant les choses. Ça doit être un cauchemar pour toi. Angie. Le perroquet...

— Je ne bouge pas d'ici, répond doucement Lauren. Maman m'a fait promettre de renouer avec ma famille Finch après sa mort. (Sa voix tremble, débordant de peine.) L'invitation de papa m'a paru être un signe.

— Ok, murmure Kat, s'efforçant de cacher son scepticisme. (Mais la vie est faite d'effets et de causes, d'actions et de réactions ; sans analyse, les mystères semblent des événements bizarres. Une de ses boutades préférées est qu'en définitive, tout est code. Savoir qu'il serait insensible de dire une telle chose à un moment pareil pousse une cruelle part d'elle-même à vouloir le faire. À tout anéantir. Pour sortir du tour délicat, intime de la conversation, elle prend son portable et lève les yeux au ciel.) Un appel de Spring, souffle-t-elle en guise d'excuse.

Lauren reste immobile, refusant de comprendre l'allusion. Un lourd silence pèse entre elles. Kat devine ce qui va suivre.

— Kat, l'été de l'éclipse..., dit Lauren en baissant la voix, comme si les mots pouvaient se fendre au contact de l'air.

Une robe de bal déchirée ; la culotte de Gemma dévoilée ; la déflagration d'un soleil noir.

— Oui ? souffle distraitement Kat, son cœur commençant à cogner.

— Personne n'en parle jamais.

— C'est typique de la famille Finch.

Grattant un reste de colle sur la table, Lauren explique que, peu avant sa mort, Dixie avait tenté de lui dire quelque chose d'important – un secret, semblait-il – sur cet été funeste. Derrière la fenêtre, des mouettes crient et virevoltent. Kat a l'impression qu'elles tournoient dans son crâne.

— Mais maman a perdu le fil et elle a dérivé, poursuit Lauren. Et je n'ai jamais trouvé ce qu'était ce secret. Tu en as une idée ?

— Je n'en sais pas plus que toi, désolée. (Kat cherche à garder un ton neutre, mais sa voix part dans les aigus.) Et ce qu'il y a eu dans la presse.

Dans les années suivantes, dès qu'un journaliste osait interroger papa là-dessus, il coupait court à l'interview. Finalement, l'histoire s'était essoufflée – non, bien sûr, comprend à présent Kat. Elle est toujours vivante et, maintenant, elle traîne les pieds dans l'atelier.

— Kat ? lance Flora au bas de l'escalier. Lauren ? Vous êtes là-haut ?

— Oui ! répond Kat, ravie de cette échappatoire.

— Attends. Vite, je dois te montrer quelque chose. (Lauren fouille dans la poche de son pantalon treillis.) J'aurais dû en parler plus tôt, mais je ne voulais pas affoler Flora et…

Des pas résonnent.

— Où est Raff ? (Flora déboule, toute rouge, dans l'atelier.) S'il vous plaît, dites-moi qu'il est là avec vous…

21

Lauren, 2019

Lauren recule d'un bond lorsque Angie ouvre brutalement la porte de la chambre principale.

— C'est quoi, ce vacarme ?

— Tu as vu Raff ? (Lauren jette un œil derrière Angie, avise les draps froissés du lit et détourne aussitôt la tête.) Il se cache quelque part. (Comme la lettre qu'elle a failli montrer à Kat, mais gardée dans sa poche. Elle regrette de n'en avoir pas parlé à ses sœurs dès qu'elle l'a découverte, au lieu d'hésiter, craignant de les effrayer, que sa menace soit aggravée par le pneu crevé.) Flora est inquiète.

— Il est où ?

Flora s'approche et saisit la manche d'Angie, comme si c'était sa faute.

— Hé…, dit doucement Angie, les yeux sur l'étau de ses doigts. Il n'a pas dû aller bien loin.

— On va le retrouver ! lance Lauren, tâchant de rassurer sa sœur qui, aveuglée par la panique, file sur le palier. Il doit fouiller les placards pour chercher des trésors à rapporter chez lui.

Flora s'arrête.

— Oui. Oui, sûrement. Mais… oh, mon Dieu…

— C'est quoi, cette histoire avec Raff ? (Charlie s'encadre sur le seuil de sa chambre, les mains sur les épaules d'Angie.) Ne t'en fais pas, Flora. C'est une petite fripouille. Vous trois disparaissiez pendant des heures – des heures ! – certains jours.

Flora cligne des yeux, incrédule. Son père lui presse la main.

Lauren tente de penser aux recoins qui les attiraient petites, aux cachettes capables de se changer en pièges. Rock Point n'est pas le genre d'endroit où perdre un gamin de quatre ans. Pas un seul instant.

— Bon, où l'as-tu vu pour la dernière fois ? demande Angie en mettant ses bottines argentées.

— Je... je l'ai laissé jouer avec les coquillages, le bocal dans le salon, pour monter dans ma chambre prendre un appel de Scott. On s'est parlé, je ne sais pas, vingt minutes ? Quand je suis descendue, les... les coquillages étaient par terre et Raff avait disparu... (La voix de Flora se brise. Elle essuie ses larmes.) Oh, mon Dieu...

— Dans le dressing ? suggère Lauren.

Flora court ouvrir la garde-robe de mamie, révélant son ventre mou moisi. Les cintres crissent sur la tringle tandis qu'elles fouillent dans la forêt des toilettes qu'elles ont un jour pillées et portées, en s'ébattant sur les falaises. Pas de Raff.

À mesure qu'elles inspectent chaque pièce – l'arrière-cuisine glaciale, le placard chaud de la buanderie, des armoires vides dans des chambres désertes –, il semble de moins en moins probable que Raff soit dans la maison, absorbé par un jeu interminable.

Rock Point commence à résonner de voix insistantes, « Raff, Raff, tu es là ? » et à vibrer de pas, comme si les parquets étaient des tambours où des pieds couraient par centaines, assiégeant la maison et la taillant en pièces. Lauren remonte dans l'atelier, juste pour s'assurer que Raff ne s'y est pas glissé pendant qu'ils regardaient ailleurs. Elle force des placards sous les avant-toits, libérant une odeur d'objets confinés. Écartant un panier d'osier, elle voit une boîte marquée « Photos ». À un autre moment, elle se jetterait dessus pour compléter la trame perdue de ce dernier été. Mais il faut d'abord trouver Raff. C'est la seule chose qui compte.

— Ses bottes en caoutchouc ! Elles ne sont plus là ! crie Flora du rez-de-chaussée. (Raff déteste le froid et l'humidité.) Il ne partirait pas seul en vadrouille, sanglote-t-elle. Jamais, jamais…

Lauren traverse la véranda le cœur battant – Bertha, nerveuse, pousse des cris perçants – et débouche dans le jardin, morne en cette saison.

La volière. La cage semble répandre le froid comme un bloc de glace. Un instant, Lauren voit une forme gisant à l'intérieur, en boule, mains sur la tête. Mais c'est une illusion d'optique, créée par la lumière basse, l'air humide, et elle se retourne vers la maison.

Bertha lance un cri aigu. Elle parle. Lauren s'arrête, tend l'oreille. Oui, Bertha répète : « Requin ! » en imitant la voix de Raff.

Lauren file à travers l'allée, sous le lierre dégouttant de pluie, vers l'étendue sauvage de la mer, des rochers et du ciel. Une fois dans le chemin, elle se tourne et scrute la lande sinistre. Si Raff a traîné là-haut, ça pourrait être dangereux, il n'y a pas de temps à perdre. Mais si on veut voir des requins, on ne s'éloigne pas de la mer, non ? Jugeant que le tuyau de Bertha vaut la peine qu'on le suive, elle se rue vers la crique, s'écarte du sentier comme le ferait un gamin, sillonne les crêtes et les corniches.

À mi-pente, elle aperçoit Jonah, capuche rabattue, marchant avec sa chienne au loin sur la falaise. Elle tente d'attirer son attention par des gestes frénétiques – il a peut-être vu Raff. Mais il s'éloigne, tête baissée. Lauren sent son moral s'effondrer. Elle se demande s'il l'ignore après leur rencontre dans le cottage, puis s'en veut de penser à elle en un moment pareil.

La brume commence à monter de la mer, en fins nuages qui s'enroulent autour de ses bottes, s'accrochent à la falaise. Des mouettes, soudain, explosent dans le ciel, prêtes à la bombarder de leurs becs acérés, à l'attaquer comme elles fondraient sur un filet de pêche fraîchement halé. Son cœur bat la chamade, ses paumes deviennent moites. Elle a laissé bêtement son portable à Rock Point. Par deux fois, elle a l'impression d'être observée. Elle entend un pas, un crissement de cailloux, invisibles derrière un rocher. Lorsqu'elle s'arrête, le bruit cesse.

— Raff ! hurle-t-elle dans le vent torrentiel.

Rien.

Où *est*-il ? Elle imagine la grotte au bas de la falaise, la gorge sombre et humide où la marée s'infiltre, d'abord avec une lenteur espiègle, puis dans un afflux mortel.

— Raff ! répète-t-elle, les mains autour de la bouche.

Le nom semble tenir une seconde dans cette conque avant que le vent l'emporte.

Il y a un endroit qu'elle n'a pas exploré. Quelques mètres plus bas.

La corniche. Avec sa vue panoramique parfaite. Et son à-pic vertigineux. Soudain, un souvenir se ranime – la même corniche, un jour d'été torride, le monde à l'envers. Elle trébuche, s'entaille les mains en s'agrippant à une paroi de granite. D'autres mouettes s'envolent dans un courant d'air. C'est alors qu'elle voit Raff.

En contrebas, formant une bosse sur la corniche, comme un macareux courbé. Elle s'apprête à l'appeler, puis se retient, n'osant pas le faire sursauter, comprenant avec terreur pourquoi les jambes de Raff sont invisibles.

22

Lauren, 1999

La corniche était l'un des dangers qu'auraient dû signaler les adultes. Mais aucun ne l'avait fait. Nous n'aurions pas écouté, de toute façon. Pour y arriver, il fallait descendre tant bien que mal face à la paroi, vérifier que les rochers tenaient bon avant de lâcher tout son poids, en s'agrippant à des touffes d'herbe, espérant que le casse-cou au-dessus de nous ne fasse pas tomber une pierre sur notre tête. À l'époque, je n'étais pas aussi intrépide que mes sœurs, mais pas vraiment peureuse – bêtement confiante. C'étaient les « estivants » qui avaient des accidents, en partant vers le large sur des canots gonflables. Les surfeurs débutants. Oh, et les chiens des touristes, qui couraient après les lapins au bord de la corniche. Pourtant, mieux valait ne pas regarder en bas avant d'avoir atteint la roche longue et plate qui saillait de la falaise comme un lit de camp. Alors, c'était le plus beau point de vue qui soit.

Nos pieds, caressés par la brise, pendaient dans le néant. L'éclipse du jour suivant semblait une plaisanterie. Le ciel du matin était encore d'un bleu cristallin, le soleil en fusion. Nous repérions des dauphins près de la côte et regardions, en retenant notre souffle, leurs ombres disparaître dans les profondeurs. Et, quand la marée descendait, les flaques entre les rochers luisaient comme des petits miroirs et l'entrée de la grotte s'élargissait. Ce soir-là, nous allions allumer un feu sur son sol sablonneux avec du bois flotté. Les étincelles brilleraient sur les parois humides, nous ferions griller des marshmallows cendrés, pâteux et sucrés, et nous ferions des tresses en parlant à mi-voix.

Mais pour l'instant, nous étions encore en maillot de bain, glanant un moment de détente entre les baignades et une séance de pose, hors de portée d'Angie. Une fois les dauphins partis, Kat nous a fait mourir de rire en imitant Bertha et mamie : « Un *terrible* soupçon ! » Toutes les cinq secondes, Flora tendait la jambe pour voir l'avancée de son bronzage. Et l'oiseau en paille de Gemma chantait en silence dans ma main. J'étais au milieu pour une fois, pas comme sur le divan de l'atelier, et j'avais plaisir à être serrée, protégée par mes sœurs. Je commençais à croire que ce mois d'août finirait bien, après tout, que les torts seraient redressés.

J'ai porté l'oiseau à mon nez : des balles de foin cuites au soleil. Son bec pointu m'émerveillait, le léger renflement de sa poitrine. Les doigts habiles de Gemma lui avaient donné vie, et le pouls de ma paume était son battement de cœur. Mais je n'avais pas encore vu Gemma pour la remercier, lui demander si elle allait mieux, où elle verrait l'éclipse le lendemain. Les projets de mes sœurs – s'incruster à une fête sur la plage – semblaient tomber à l'eau, et en partie pour ça, je voulais qu'elle soit avec moi.

— Gemma a vraiment fait ce truc ? a dit soudain Kat en me coinçant contre elle, ses cheveux salés flottant dans ma bouche. (Elle l'a poussé du doigt, méfiante.) Elle ne l'a pas trouvé chez un de ces brocanteurs qui disent avoir forgé eux-mêmes les fers à cheval qu'ils vendent ?

— Elle ne ferait jamais ça. (J'ai levé le menton.) Elle n'en a pas besoin. Gemma peut fabriquer n'importe quoi.

J'ai senti mes sœurs échanger un regard complice.

— Alors, c'est pire. (Kat s'est penchée vers moi, son appareil dentaire brillant au soleil.) On dirait un truc de sorcière. Je t'assure, Lauren ! Est-ce que Gemma serait une sorte de... (Elle a levé les mains en mimant un cri muet.) Hier, c'est elle aussi qui a envoyé la foudre ?

Elles ont ri et j'ai pouffé, déloyale, étourdie par la chaleur et l'altitude.

— D'abord, elle cherche à nous électrocuter. Et maintenant, elle veut nous faire rôtir vivantes, a dit Flora en soulevant ses cheveux. Quelqu'un a un chouchou ?

Kat en a tiré un de son poignet et le lui a lancé, mais une rafale l'a emporté par-dessus la corniche. J'ai regardé en bas avec curiosité : des rochers escarpés, échelonnés comme des marches ; des sillons de sable. Quand j'ai levé les yeux, mes sœurs fixaient avidement l'oiseau dans mes mains, et l'atmosphère avait changé.

— Jette cette poupée de sorcière, si t'es cap, a raillé Kat. Pour voir si elle vole.

J'ai serré l'oiseau plus fort.

— Bien sûr qu'elle va voler, a dit Flora. C'est Gemma qui l'a fabriquée !

J'ai ri, juste pour prouver que je ne les prenais pas au sérieux, puis je me suis penchée en arrière, entamant une manœuvre délicate pour me lever. Leur échapper.

— Ne t'en va pas ! (Kat m'a rabattue par terre. Sa force m'a choquée.) Jette l'oiseau de la falaise, Lauren. Allez !

J'ai crié trop farouchement :

— Non ! Gemma l'a fait spécialement pour moi !

Kat a agité les mains dans un geste théâtral.

— Je vous présente l'incroyable Gemma Heap !

— La parfaite Gemma, a renchéri Flora en lui faisant un clin d'œil. Je t'avais dit qu'elles étaient amoureuses, Kat.

Rien qu'à voir le sourire de Kat, j'ai compris que c'était une blague qu'elles faisaient depuis un bon moment dans mon dos. Et plus je défendais l'oiseau, plus elles me poussaient à le jeter. J'ai pensé que c'était une épreuve de loyauté, mais je sentais aussi une friction latente – comme celle d'une chaussure étroite dans la chaleur – qui s'envenimait parfois, qui était toujours là, et ce depuis mon premier séjour à Rock Point.

— Tu préfères la fille de la femme de ménage à tes *sœurs* ? s'est exclamée Flora.

— Je me le demandais aussi, a dit Kat d'un ton étrangement affectueux et froid.

Et c'est là qu'elle a vacillé, en voulant me l'arracher.

— Bas les pattes ! ai-je crié en riant à moitié.

On s'est lancées dans une mêlée sauvage, violente et taquine, pour rire et aussi pour de vrai, jusqu'à ce que je me penche, perde l'équilibre et que l'oiseau glisse de mes mains moites.

— Il vole ! a gloussé Flora.

D'instinct, j'ai plongé pour le rattraper… et tout a basculé. L'air chaud du mois d'août a inondé ma gorge lorsque j'ai hurlé.

À travers mes cheveux, à quelques centimètres de mon nez, j'ai vu un œillet marin sur la falaise et, tout en bas, un tourbillon kaléidoscopique de plage et de rochers. Mon sang affluait vers ma tête. Mon poids aussi. Je pouvais encore toucher la corniche, mais pas assez pour m'y raccrocher. La seule chose qui m'y rattachait était la prise de mes sœurs sur mes jambes. J'ai tenté de repousser la paroi, mais je n'en avais pas la force.

— Remontez-moi !

Flora a lâché un rire nerveux, sidéré, comme si elle ne pouvait pas tout à fait croire ce qui se passait.

— Est-ce que ça en vaut la peine ? a dit Kat.

Elles n'avaient pas peur pour moi car la vie était un jeu pour mes sœurs. Les choses graves n'arrivaient pas à des filles comme elles.

— S'il vous plaît…

Je haletais, me tortillant pour tâcher de trouver le muscle abdominal qui me redresserait, me sauverait.

À la place, j'ai dégringolé en frôlant la fleur.

— Kat, je perds prise ! a crié Flora au-dessus de moi, paniquée.

Kat n'a pas répondu. Elles n'ont pas tiré non plus. Et j'ai compris combien elles m'en voulaient d'avoir débarqué dans leurs vies à l'âge de neuf ans. D'exister. Je les sentais portées par un élan cruel, incontrôlable, s'autoriser à faire des choses qu'elles ne feraient jamais seules.

— Je vous en prie…, ai-je dit dans un sanglot.

— Hé ! a tonné une voix de la crique. (Là, je l'ai aperçu, le garçon que j'avais vu près de la hutte de l'ermite et, plus tard, dans le cottage de Gemma.) Espèces d'idiotes ! Remontez-la.

— De quoi je me mêle ? a hurlé Kat mais, lentement, elles se sont mises à me tirer vers le haut.

Mon T-shirt s'est rabattu sur mon ventre. Je haletais, échauffée par la colère et la position à l'envers.

— Je n'arrive pas à croire que vous… n'ayez pas…

— Attends, on t'a sauvée. (Mais Kat aussi avait l'air choquée.) N'est-ce pas, Flo ?

— Tu tombais et on t'a remontée, a dit Flora, tremblante, tentant de réécrire l'histoire.

J'ai frotté mes mollets où les mains de mes sœurs avaient laissé des bracelets ardents. J'avais déjà vaguement conscience qu'ils ne disparaîtraient jamais, que ce qui venait d'arriver m'avait marquée. Un frisson, malgré la chaleur, a parcouru ma peau, comme si l'éclipse avait déjà commencé. Une ombre. Un premier contact. Personne n'a rien dit.

Puis Kat m'a touché le bras.

— Tu sais qu'on ne t'aurait jamais vraiment lâchée, n'est-ce pas, Laurie ?

J'en doutais.

— N'en fais pas tout un plat, a murmuré Flora. (Sous-entendu, ne cafte pas.) Papy devait avoir raison quand il disait que l'éclipse rend un peu fou. Et c'est demain. Ça approche…

Craignant de fondre en larmes si je répondais, j'ai attrapé ma serviette et mes tongs. Puis j'ai filé pour aller retrouver l'oiseau sur la plage, pendant que mes sœurs me rappelaient en criant : « Pardon ! » La légèreté de la paille l'avait sauvé. Essuyant soigneusement le sable, sentant qu'il était tombé à ma place, j'ai regardé autour de moi pour chercher mon sauveur. Je ne voulais pas vraiment le remercier. J'étais humiliée parce qu'il avait été témoin de la scène. Je ne savais pas ce que je voulais. Mais il était parti. Je suis revenue en tremblant à Rock Point, m'efforçant d'oublier tout ça. Je ne savais pas encore que j'allais revivre en boucle ma chute de la corniche.

En approchant de la maison, j'ai aperçu Viv et papa au bord de l'À-Pic. Parlant avec animation. Ou plutôt, Viv parlait. Papa, une main sur la bouche, l'écoutait en hochant la tête. Elle, dans sa blouse tachée d'eau de Javel, mettait les choses au clair – *Je m'en occupe* –, lui révélant tout ce que je lui avais confié, assise sur sa serviette. J'ai respiré : Viv était de mon côté. Mais Kat et Flora ? J'avais envie de le croire, je le voulais vraiment. Mais tandis que je me faufilais par le portail en forme de lune, une peur nouvelle de mes sœurs avait commencé à couver en moi.

23

Flora

Personne n'est mort. Tout va parfaitement bien. Regardez. Raff se pavane dans la cuisine en combinaison d'ours, dévorant un toast brûlé au croustillant cancérigène, œuvre de son grand-père. Flora s'est lovée sur le divan de la cuisine avec un paquet de gâteaux. Maintenant que Rock Point est à nouveau habité, il n'y fait plus froid. Ses yeux caressent l'éclat des casseroles en cuivre qu'elle rapportera bientôt dans le Surrey. Les torchons vichy qui sèchent devant la cuisinière. Les pots de cuillers en bois. Le frigo bien rempli : c'est si réconfortant, un frigo plein, comme les doux accents de la météo marine : « Avis de tempête dans le Sud à Viking, North Utsire... »

Oh, mais la vie de famille et la normalité ne font que renforcer l'horreur.

On peut vivre avec insouciance un instant, dans un monde où les calories des raisins secs ont une importance. Elle peut épousseter avec amour les bocaux de mamie, et disparaître l'instant suivant. Guettant innocemment dans le calendrier, au fil des ans jusqu'à ce que les années manquent : le dernier souffle, la fin des « et si » et des « peut-être », des lendemains et des choses à faire. Et ça lui arrivera aussi. Pire, bien pire, ça arrivera à Raff. Elle n'y pourra rien. La fin est inévitable. C'est trop affreux. Elle reprend un gâteau.

Papa entre nonchalamment dans la cuisine en chaussons marocains, Angie drapée sur les épaules comme un châle.

— Comment va mon petit sauvage ?

Raff se bat la poitrine en se prenant pour Tarzan… et Charlie l'imite.

— Papa, s'il te plaît, ne l'encourage pas…

Mais elle est touchée par son plaisir à jouer les grands-pères, l'adoration démesurée, le manque de responsabilité. Et surtout, de le voir accepter son enfant tel qu'il est, au lieu de vouloir le modeler comme le font Scott et ses parents.

— Je dois dire à Flora ce qu'il y a sur la vitre ? chuchote Angie, trop fort.

— Je n'allais pas le…, souffle Charlie en lui jetant un regard appuyé.

— Quoi ? (Encore cette terreur béante.) Dites-moi. Dites-moi immédiatement !

— Angie a remarqué une petite trace graisseuse sur la fenêtre du salon, explique-t-il, balayant ce détail d'un revers de main. Ce n'est sûrement rien.

— Un front en sueur. Ou le bout d'un grand nez, ajoute Angie.

— Mon Dieu… (Flora attrape son fils et le berce sur ses genoux. Raff sent le fauve. Il lui faut un bain chaud. Un décrassage et un shampoing. Il a toujours une tache de rouge à lèvres derrière l'oreille. En temps normal, elle l'aurait nettoyée dans la seconde. Mais elle se sent épuisée par un poids écrasant, et la propreté de son fils ne semble plus terriblement urgente.) Je ferais peut-être mieux de le ramener à la maison, papa, dit-elle en s'excusant.

— Raff ne rentre *pas* à la maison. (Il tente de se dégager.) Raff reste avec l'oiseau qui parle.

Charlie s'affale sur le divan et noue ses mains sur son ventre, qui monte et descend sous sa chemise cobalt, tirant sur ses boutons.

— Écoute, Flora, il faut toujours un peu de temps pour s'habituer aux Cornouailles. Suis l'exemple de Raff : tu étais pareille enfant, tu t'adaptais. Là, tu n'es pas dans le Surrey.

— Clairement pas.

Ses espoirs pour ces retrouvailles – bonnes randonnées sur les falaises, confidences entre sœurs, jeux de cartes au coin du feu – semblent maintenant absurdes. Au fond de la véranda, Bertha déchiquette un journal – un de ses jeux préférés – comme si elle déchirait les plans minutieux de Flora.

— Et toi, jeune homme ? (Charlie cueille un chardon dans les cheveux de Raff.) Tu as dit à ta mère ce qui s'était passé ?

— Non papa, il ne l'a pas encore fait.

Elle sait juste qu'alertée par le cri de Bertha – « Requin ! » avec la voix de Raff – et suivant la logique d'un enfant de quatre ans, Lauren l'a trouvé et l'a amadoué pour qu'il remonte de la corniche. Quand Flora a entendu ça, elle a eu les jambes coupées à l'idée que sa sœur aurait pu se venger de ce qu'elle et Kat lui avaient fait jadis, sur la corniche. Des garces qu'elles étaient alors. Puis, elle s'est détestée d'avoir eu une telle pensée, au lieu d'éprouver une franche gratitude, comme le ferait une sœur normale.

— On meurt d'envie de tout savoir sur ton expédition, Raff, dit Angie.

— Je t'en prie, n'en rajoute pas. (Flora frissonne, tâchant de mettre le doigt sur le moment précis où elle a failli à ses devoirs de mère. Où elle n'a pas senti, eu la moindre intuition, que son petit garçon était en danger. C'était après la partie de Scrabble avortée. Avant que Scott lui raccroche au nez.) Bon, Raff, essaye de te souvenir. Maman est allée à l'étage prendre un appel de papa. Toi, tu jouais avec les coquillages dans le salon. Mais ensuite, tu as mis tes bottes en caoutchouc. (Ce simple fait lui brise le cœur.) Et ouvert la porte de la maison ? (Elle se tourne vers son père, excédée.) Tu devrais installer une serrure solide. On n'est plus dans les années cinquante !

— Promis, Flo. Mais ne te fâche pas contre moi. Ni contre lui. Parfois, on a tous besoin d'aller vagabonder, dit Charlie, qui en sait long sur la question. On a tous soif d'aventure.

— Pas Raff ! Avant de venir ici, il avait le vertige.

Elle refoule des larmes de colère. Angie lui tend une serviette en lin de mamie – dont quelqu'un s'est servi à midi. Flora l'empoigne et s'essuie les yeux, humiliée qu'Angie la voie pleurer alors qu'elle a tant cherché à sauver les apparences pour le bien de tous.

— Flora, tu ferais quoi si tu n'avais pas peur ? (Angie s'adosse au mur jaune en la regardant curieusement.) C'est la question qui tue. Tout le monde devrait se la poser.

— Quoi ? Qu'est-ce que tu veux dire ? (Et pourtant, la réponse à cette question commence à la tarauder : elle sait qu'elle la connaît, ce qui la rend d'autant plus effrayante.) Raff aurait pu *mourir*, Angie, réplique-t-elle, revenant à l'essentiel.

— Mais il est bien vivant. (Charlie lui caresse la main d'un pouce noueux de peintre, tâchant de faire son numéro : elle est la seule personne qui compte dans l'univers ; il peut tout arranger.) Aie un peu confiance en lui. C'est juste un gamin en quête d'aventure.

— Il n'a pas l'air d'en vivre beaucoup chez lui, marmonne Angie, accrochant le regard de Charlie.

Flora ouvre la bouche, puis la ferme. Quel toupet ! Quand elle pense à la liberté qu'on leur laissait ici jadis. Avec une douce insouciance, disait mamie, comme si c'était une bonne chose. Comme si les prédateurs et les accidents n'existaient pas. Tout le monde les croyait en sécurité. Et c'était vrai… jusqu'à un certain point ! Elle *sait* ce qui peut arriver. La vitesse à laquelle les choses peuvent mal tourner. Et son père et Angie le savent très bien aussi.

— Je voulais caresser le gentil chien dehors, dit soudain Raff.

Tous les yeux se braquent sur lui.

— Un chien ? répète-t-elle. (Raff adore les chiens. Scott, lui, n'en est pas fou. En plus, ils ont des tapis beiges.) Je vois…

— Ce chien avait un maître ? reprend Angie.

Raff tripote un bouton sur la chemise de Charlie.

— Grand monsieur…

L'estomac de Flora remonte dans sa gorge, comme si elle descendait à toute vitesse dans un ascenseur.

— Tu sais, j'ai vu un homme avec un chien de ma chambre hier soir. Qui regardait la maison. Je lui ai fait un signe et il ne m'a pas répondu.

— Un grand type ? (Angie s'assied à califourchon sur une chaise de cuisine.) Avec un labrador noir ? Il était dans le chemin ce matin. Je lui ai demandé du feu pour ma clope.

Flora empoigne le bras de Charlie.

— Bon, ça suffit. Il faut appeler la police.

— Tèr-neuv, tèr-neuv ! chantonne Raff.

— Flora, c'est le pays des labradors. (Son père hausse les épaules. Il ne se rend pas compte...) Le clebs a peut-être couru jusqu'à la maison. On ne peut pas arrêter quelqu'un pour avoir laissé un môme caresser son chien.

— Mais, mais...

Sa tête tourne, incapable de démêler tout ça. Comment le dira-t-elle à Scott ? Il va péter un câble. Elle ne lui dira rien.

— Perroquet... (Raff glisse de ses genoux et tire son grand-père par la main.) Viens...

Charlie se lève dans un craquement de rotule, attrape Raff et le fait tourner tête en bas, si vite qu'ils risquent tous deux de se cogner le crâne.

— Allons donner ces petits doigts à manger à Bertha !

Flora sent le regard d'Angie se poser sur elle. C'est le type de regard gênant, impoli, qui précède un commentaire qu'elle préférerait ne pas entendre. Regrettant que Kat soit partie courir – « à l'aventure », comme dirait son père –, elle marmonne qu'elle ferait mieux de monter.

— Attends, je dois te montrer un truc. (Angie sort un papier plié de la poche de sa chemise.) Je pense qu'il vaut mieux ne pas te le cacher.

Flora lit le message – *ALLEZ-VOUS-EN* – et se sent défaillir.

— Mon Dieu… Où as-tu trouvé ça ?

— C'est tombé de la poche de Lauren. Oui, de Lauren. Je l'ai vu de mes yeux pendant qu'elle rentrait avec Raff. Et quand je l'ai questionnée là-dessus, elle a dit… (Angie hausse un sourcil, incrédule.)… qu'il était planté sur la grille du jardin. Qu'elle allait le montrer à Kat quand vous étiez dans l'atelier, mais que tu l'as interrompue parce que Raff avait disparu.

— Mince…, dit Flora, gênée par la confidence, se demandant si c'est une vulgaire tentative pour créer une intimité entre elles, ou pour la brouiller avec ses sœurs.

— Écoute, je n'ai pas l'intention de m'en mêler, assure Angie d'un ton peu convaincant, mais j'estime que, maintenant, tu es une grande fille. J'ai dit à Charlie que j'allais vous avertir, toi et Kat. Si nous voulons tous avancer, former une famille…

Flora recule devant cette expression.

— Je ne vois pas pourquoi Lauren n'en a pas parlé tout de suite.

— Moi non plus. Après, je suis passée devant sa chambre et je l'ai vue penchée sur le bureau, en train de griffonner – une vraie petite Jane Austen, glisse Angie d'une voix sourde. (Soudain, la cuisine devient plus petite, plus brillante, d'un jaune plus vif et écœurant, comme si Flora avait la gueule de bois.) Enfin, je ne veux rien insinuer, mais Lauren écrit quoi ? Et à qui ?

24

Kat

À l'ouest, le ciel s'embrase d'un rose de boisson protéinée. Mais Kat ne peut courir plus vite que la tombée de la nuit. L'inclinaison de la terre. Dopée par l'excès d'oxygène dans l'air, le clapotis des vagues, elle s'élance dans les côtes et dévale les pentes dans une grêle de petites pierres. Elle accélère en passant devant la fameuse corniche qui lui rappelle toujours *la* scène : sa forte envie adolescente de lâcher prise et de laisser tomber Lauren. De l'immoler. De provoquer sa perte. En s'abstenant, en retenant cet élan destructeur, l'avait-elle juste repoussé jusqu'au jour de l'éclipse ? Là, pendant un instant, elle peut toutes les voir – Gemma, Lauren, Flora et elle –, pressant leurs lunettes noires sur l'arête de leur nez, levant leurs visages vers le ciel, émerveillées.

Quelques minutes plus tard, Dieu merci, Kat les a distancées et halète au bord d'un promontoire –, long, mince, pointant comme un doigt brisé vers la mer – avec un à-pic vertigineux d'un côté, la gueule avide de l'Atlantique à ses pieds. Elle imagine ses poumons gonflés, rouges et juteux, telle une belle pièce de bœuf. Ici, elle n'a besoin de personne.

Personne n'a besoin d'elle. Elle a un moment d'euphorie pure en ayant l'impression de voler, de laisser derrière elle toutes les merdes. Papa lui arrachant le croquis du nu au fusain. La suggestion d'Angie que les lettres venimeuses soient l'œuvre de Lauren. Prêchant le faux pour savoir le vrai ? Les appels de Spring : « Kat, tu n'as pas reçu mon dernier message ? Rappelle-moi fissa ! » Elle le fera après ce jogging. Dès qu'elle aura remis ses idées en place.

Dès que... Elle grimace. Un point de côté – putain ! Ça ne lui arrive jamais ! – comme une lame se tordant sous sa côte. Ses pieds pèsent des tonnes. Elle éponge la sueur de ses yeux, s'arrête et ouvre avec ses dents un gel énergétique. Renversant la tête en arrière, suçant la pâte sucrée, elle voit le ciel s'assombrir, strié de mauve. Mais elle continue à courir, dépassant sa peur de rester immobile – et le rythme auquel sa vie se consume. Et pourtant, elle ne va jamais assez loin. N'atteint jamais le point où il semble qu'on ne lui arrachera rien. Et elle est renvoyée à son point de départ.

Kat avait onze ans lorsque, en rentrant de l'école, elle avait trouvé Blythe morte sur le sol. La tête ensanglantée, cognée à l'angle de la table basse, serrant d'une main une bouteille vide, de l'autre son foulard Dior froissé. Et puis, le corps avait bougé. Kat avait posé une couverture sur lui pour le réchauffer, pressé du papier toilette sur la blessure, avant d'appeler le « numéro d'urgence » : celui d'une amie proche de sa mère, Xanthe, qui vivait dans la même rue, avait grandi dans un château et sentait toujours le cannabis. Xanthe avait fourré Blythe à l'arrière d'une vieille bagnole en sommant Kat de ne pas souffler mot de l'histoire. Elle ne voulait pas que la carrière de sa mère parte en fumée, non ? qu'elle soit éclaboussée dans les tabloïdes ? que les services sociaux s'en mêlent ? « Appelle une de tes sœurs et va passer quelques jours chez elle. Dis que Blythe a eu un tournage de dernière minute à l'étranger, un truc comme ça, ok ? Et préviens-moi s'il y a un problème. »

Kat n'en avait rien fait. La maison de Flora était trop saine et frénétique, pleine de blondinets poussant des cris perçants, et Annabelle détestait toujours Blythe pour sa liaison avec leur père. Lauren habitait Oxford – Kat ne savait même pas où se trouvait cette ville – et Dixie se douterait que quelque chose clochait. Papa était à New York. Et Kat ne pouvait en parler à aucun de ses grands-parents.

Alors, elle n'avait pas bougé, dormant avec le foulard Dior sous son oreiller parce qu'il sentait 24 Faubourg d'Hermès, le parfum de sa mère. Elle avait appris à survivre – et à garder un secret. À contenir sa honte, au point de l'intérioriser, car, pour Blythe, elle passait en second, après l'alcool. Ça n'était pas assez. Et elle avait beau aimer sa mère – et Blythe clamer son amour pour elle –, Kat n'avait pu l'empêcher de boire. Sa mère avait fait un choix et ne l'avait pas choisie, elle.

Blythe n'était revenue qu'au bout de quatre jours. Personne, à l'école, ne s'était douté que sa fille rentrait dans une maison vide, qu'elle se nourrissait de corn flakes et de grattons de porc, achetés dans un pub avec des pièces trouvées entre les coussins du canapé. Ses voisins, à Portobello, n'avaient même pas tiqué. Le quartier regorgeait de familles chics dysfonctionnelles ; le seul péché était d'être ennuyeux. Et Kat avait grandi vite, en tirant des leçons que certains n'apprenaient jamais. Qu'il valait mieux ne dépendre de personne. Pourquoi les femmes doivent gagner et gouverner leur vie. Exercer un contrôle. Ne pas baisser leur garde.

Cet été-là, l'été où tout avait changé, Blythe avait disparu pour une cuite. Ce devait être la dernière – un cocktail grisant de cocaïne et d'alcool –, mais Kat l'ignorait à l'époque. Sa mère était revenue squelettique, les yeux injectés de sang, masqués par des lunettes noires. Puis, dès le lendemain, elle avait pris la route de Rock Point – « Tu vas voir l'éclipse totale, chérie ! » – et, filant sur un coup de klaxon, l'avait laissée dans l'allée en short, portant sa tristesse et sa colère comme un sac de ciment.

Kat a vidé ce sac il y a bien longtemps, en le sublimant. Et Blythe est sobre depuis vingt ans. À Londres, les pieds de Kat ne touchent pas terre. L'énergie engendre l'énergie. Et quand son esprit part en vrille, brassant des micro-doutes sur ses choix, les comparaisons inévitables avec ses sœurs, elle se souvient que Lauren est plus à la dérive que libre. Que pour elle, la vie de Flora serait un cauchemar : la banlieue sécurisée ; les dates de péremption sur le frigo ; le mari insipide. La vie de Kat est sur mesure. Elle lui va comme un gant.

Alors, pourquoi ses muscles semblent-ils raidis par la catatonie ? Chose encore plus curieuse : pourquoi rêve-t-elle de manger un foutu *scone* ? La crème d'abord. Puis la confiture de fraise de mamie, si sucrée qu'elle fondait dans la bouche. Et Kofi. Oh, mon Dieu, Kofi…

Kofi lui avait caressé les cheveux en murmurant, « Je suis navré » quand l'histoire de son enfance chaotique, de l'alcoolisme de Blythe, avait déferlé après un coït bouleversant – le genre qui fend tout votre être, le laisse transformé, trop vivant. Elle avait sangloté en jouissant. Avant, elle n'avait jamais confié à personne les bribes sordides de son passé. Et elle n'avait pu supporter la tendresse de Kofi, proche d'une opération à cœur ouvert. Elle l'avait quitté une semaine après.

Kat se penche, haletante, les mains sur les genoux, et s'effondre sur un coussinet de bruyère. Il semble qu'elle s'assoie pour la première fois depuis des années. Mise à nu par les éléments – l'absence de Wi-Fi, de bruit, des choses qui la maintiennent à flot –, elle est comme un bateau échoué sur le sable à marée basse. C'est trop dur de se battre. Elle a mal partout. Aux genoux. Aux mâchoires.

Elle se languit de Kofi. De la femme qu'elle était avec lui. Mais elle a détruit leur couple. Elle est à nouveau seule. Et Kat a beau savoir que c'est plus honnête – on naît et on quitte ce monde seul, petit faisceau d'atomes –, le désir n'est pas rationnel. Il est en elle. Même dans le ciel, où le crépuscule tournoie, constellé d'étoiles. Dans le fracas de la mer, comme frappée à la fois par cent queues de baleine, battant le mot Kofi. Elle ferme les yeux.

Lorsqu'elle relève la tête, la nuit s'étend à l'horizon. Les feux des chalutiers dansent sur une mer pourpre. La brume du clair-obscur brouille les falaises. Une part d'elle-même est coincée dans les étés de son enfance, comprend-elle. Si loin à l'ouest, les nuits n'étaient jamais très longues. Dormir semblait toujours une perte de temps, des moments volés au plaisir. Maintenant, c'est différent. Elle consulte son portable. Plus de batterie. Merde. Elle l'a chargé trop tard. Erreur fondamentale. Il faut toujours avoir de l'énergie pour les deux voyages – l'aller et le retour ; le crime, le châtiment.

Mais ses jambes renâclent. Kat tente le vieux truc de visualisation : projeter d'abord son esprit, le meilleur des pigeons voyageurs. Or, il tombe du ciel. Son cerveau, simplement, refuse d'avancer. Il s'obstine à revenir aux chaudes journées d'été où elle pouvait être encore une enfant à Rock Point, sans s'inquiéter de sa mère. Puis il se pose sur le secret lové dans leur dernier mois d'août ici, telle une larve dans une pomme verte. Et c'est à ça, réalise Kat lorsqu'elle se lève en chancelant, qu'elle ne pourra jamais échapper, même si elle court comme une flèche.

25

Lauren, 2019

Franchissant la porte vert pomme au crépuscule, Lauren presse les interrupteurs de l'atelier. Les lampes bourdonnent, puis s'allument en tremblotant. Elle est enfin seule là-haut. Ce matin, elle avait recherché la même communion calme, un retour à la patrie perdue des sensations et des odeurs. Peut-être voulu jeter un coup d'œil dans la pièce, voir s'il y avait un crâne de lapin ou un vieux pinceau qu'elle pouvait rapporter à Londres. La dernière chose qu'elle s'attendait à trouver, c'était Kat fouillant dans les carnets de croquis de leur père. Son excuse sur les fonds pour la réparation du toit ne l'avait pas convaincue. Lauren est presque sûre qu'avec Flora, Kat se serait expliquée plus franchement. Dans l'archipel des sœurs, elle reste une île à part.

Lauren surprend son reflet fragmenté dans les miroirs, l'éclat noir et huileux des vitres. Vu de l'extérieur, l'atelier doit être aussi éclairé qu'une scène. Si quelqu'un observe la maison – possible, d'après la marque graisseuse sur la fenêtre du salon –, il doit se rincer l'œil. Ça va-t-il décupler sa colère ? leur valoir une nouvelle lettre hostile ? Elle l'espère un peu.

Pour que son auteur fasse un faux pas et révèle son identité. Ou dégaine une autre pièce du puzzle, le jour d'août que sa famille ne peut pas évoquer – « Je n'en sais pas plus que toi, désolée », avait dit Kat. Pourtant, chaque changement de marée semble le rapprocher un peu plus.

Elles partent dans deux jours, ce qui ne laisse plus beaucoup de temps au corbeau. Et depuis l'apparition de sa deuxième lettre – « Tu as dû laisser tomber quelque chose », avait dit Angie, tendant le papier froissé à Lauren en la faisant rougir –, l'ambiance a changé dans la maison. Papa comprend qu'elle n'en ait pas parlé tout de suite. « Laisser un idiot nous traquer ? Pas question. Tu aurais dû jeter ce mot stupide au feu ! » avait-il lancé, assurant qu'il l'aurait fait, lui. Pourtant, ses sœurs ont l'air troublées par cette explication. Lauren a senti le regard interrogateur de Kat lorsqu'elle laçait ses chaussures de jogging. Le doute dans le sourire un peu hésitant de Flora, même si elle l'a copieusement remerciée d'avoir sauvé Raff. Au lieu de les rapprocher toutes à nouveau, elle commence à craindre que Rock Point, telle une enclume, les éloigne une fois de plus.

Mais, comme elle vient de l'écrire dans sa lettre à Gemma, l'éclipse n'avait mis que deux minutes et vingt-trois secondes à tout changer. Bien des choses peuvent arriver en quelques jours. Et le temps est versatile à Rock Point. Il recule en un clin d'œil. Elle se pose sur le divan… et se retrouve pressée contre la cuisse soyeuse de Flora, avec « Changes » de Bowie fusant de la hi-fi. Des bouts de verre de mer, doux et brillants comme des berlingots, planqués dans la poche de son short. La sueur perlant sur sa nuque tandis qu'elle absorbe tous les coups de pinceau, les crissements de crayon et les coups de chiffon. Qu'elle respire la peinture, la térébenthine et l'odeur salée, hormonale de ses sœurs, et que leur père explique que le « bleu de Prusse » s'obtient par l'oxydation de sels de ferrocyanure ferreux. Ah, le geste vif, patte de chat, de sa main lorsqu'il croque un motif, son regard gris lancé comme une ligne de pêche.

Lauren s'aperçoit que ces heures d'été, insignifiantes alors – et si vite écoulées –, ont dû en quelque sorte se conjuguer, former chacune un point de bascule. Avant qu'elles ne tombent dans l'oubli, elle doit les examiner une à une. Revenir en arrière et creuser. L'eau la plus froide, la plus profonde de la mer, est toujours attirée vers la surface ensoleillée, essentielle pour son équilibre nutritionnel, la vie même, a expliqué une fois Gemma. Et elle doit faire pareil.

S'accroupissant près d'un placard, elle écarte le panier d'osier qui en barre l'accès, le pousse contre le mur et tend une main vers la boîte marquée « Photos ».

Assise en tailleur sur le sol, l'entrejambe de son legging en guise de table, elle ouvre un paquet : un aperçu poignant de Rock Point avant son arrivée. Âgées de neuf ans à peine, Flora et Kat – angéliques, avec des nattes – dans le jardin éclairé par des taches de lumière. Kat a un bras posé sur les épaules de Flora. Elles étaient déjà ensemble. Riches d'un langage secret. Elles n'avaient pas besoin d'une autre sœur. C'est sans doute encore vrai.

Rapidement, sachant qu'elle peut être dérangée à tout moment, Lauren trie d'autres paquets : des perruches, un chien (mort depuis longtemps), un dîner guindé, son père punk dans la vingtaine, avec une copine devant Rock Point, papa sautant d'un rocher dans la mer... Ah, *voilà* ce qu'elle cherche. Des photos de l'atelier. Les trois sœurs vautrées sur le divan près de la cage à oiseaux, dans des lumières et des positions diverses, floues tellement elles bougeaient. Elle peut presque entendre Charlie dire avec lassitude : « Pour l'amour du ciel, restez immobiles au moins une *seconde*... »

Lauren ouvre son portable, s'aperçoit qu'elle doit le recharger : les batteries s'épuisent très vite dans cette maison – comme elle qui, sans cesse, cherche des signes, tente de cerner ce qu'elle était ici avant, qui elle est à présent. Avidement, elle affiche une image de *Jeunes filles à la volière,* achevé à Londres des mois après l'éclipse. Quand il avait retrouvé le courage de peindre, à partir de photos comme celles-ci, qu'elle n'avait encore jamais vues.

Son regard passe des photos au portrait, tâchant de voir ce qui est resté en creux sur la toile. Bien sûr, le tableau est d'abord un autoportrait. L'œuvre d'un peintre au sommet de son art – et d'un père bourré de fierté. Mon ADN. Mon sang. Ma peinture. Il a immortalisé ses filles en devenir, vacillant au seuil de la féminité, ignorant totalement ce qui allait se produire. Ne sachant qu'elles auraient pu l'empêcher.

Contrairement au désordre des photos, il a imposé là un contrôle, les plaçant de façon presque protectrice dans une composition pyramidale classique, avec

Flora au centre en robe bain de soleil, au lapis-lazuli d'un manteau de Madone. À gauche, les jambes de Kat dépassent, fermes, dans une diagonale parfaite, et à droite du sofa se trouve la jeune Lauren. Ses yeux, d'un noir profond – le pigment imprégnant la toile comme l'encre la peau – se tournent vers le côté, semblant regarder quelqu'un approcher. Le portrait est indéniablement raffiné, tel un papillon épinglé. Mais il contient une tension qui devient plus palpable lorsqu'on le compare aux clichés. Peut-être est-ce l'un des « défauts » brièvement évoqués par son père. Le front plissé à la lueur du portable, elle a toujours l'impression frustrante qu'un détail lui échappe, comme lorsqu'on tente de discerner une image mal encodée.

Elle sait toutefois qu'il n'est jamais trop tard pour voir d'un œil neuf un tableau familier. À la National Gallery, elle retourne souvent vers ses œuvres préférées après le départ du public. Plus on regarde, plus on voit. Un observateur dans la foule. Un souvenir caché dans l'ombre d'une étagère. Semé de facéties, de repentirs et d'indices, un tableau est rarement ce qu'il semble être à première vue. Mais le symbole le plus évident du portrait, la cage à oiseaux, domine toujours. À l'égal d'un artiste, ou d'une toile, elle encadre et renferme, tient la vie captive pour le regard de l'admirateur…

— Quelqu'un a vu Lauren ?

La voix d'Angie, au rez-de-chaussée.

Ne voulant pas avoir à s'expliquer, elle s'empresse de ranger le paquet lorsqu'une photo surgit, tel un joker. Elle retient son souffle. Le voilà, le moment après lequel tout avait changé. À leur insu, tout était prêt à se dévider, comme une bobine de film glissant hors de sa boîte.

Il fait jour, l'éclipse vient juste de s'achever. Tous – sauf papa, le photographe : « mes filles cosmiques » – posent devant l'À-Pic, radieux, battus par le vent, tenant encore leurs lunettes noires. Flora, les pommettes striées de paillettes, en jupe à sequins – Lauren n'oubliera jamais l'éclat de cette jupe – et Kat, les yeux ourlés de khôl, se fixent, ignorant l'appareil. Leur regard brille d'une force complice qui fait frémir Lauren. Gemma se tient à ses côtés dans la robe constellée d'étoiles, une fossette, un sourire. Lauren caresse l'image, rongée par le désir de remonter le temps, de le suspendre à cet instant. D'effacer ce matin comme l'ombre de la lune avait masqué le soleil, glissant sur lui tels les rideaux d'un obturateur. Pars, pars, parti.

26

Flora

Sournois, mais nécessaire vu les circonstances. Pour se rassurer, Flora doit discréditer l'insinuation d'Angie – affreuse, mais pas totalement absurde –, selon laquelle Lauren serait l'auteur des messages terrifiants. Elle aurait été déstabilisée par le retour à Rock Point, cette fouille chaotique des vestiges de leur enfance initiée par leur père, et que Flora cherche à neutraliser en prenant les devants. Comme tous les autres s'en moquent.

Lauren écrit sans doute des lettres à un amant secret. Oui, ce doit être ça. Un type infréquentable. Marié. Après tout, Flora l'a encore entendue parler dans sa chambre sur son portable. Elle ne peut s'empêcher d'être vexée que Lauren lui cache des détails aussi croustillants. Même si elle n'oserait jamais dévoiler ses propres secrets d'alcôve – c'est différent quand on a la bague au doigt –, l'intérêt des frasques de célibataire, c'est d'en parler en riant autour d'un verre. Les nuits épiques, décevantes ; les hommes qui n'envoient jamais de textos, ou le font trop souvent : tout ce qu'une sœur mariée pourrait savourer par procuration.

Mais si Lauren a *vraiment* écrit les deux lettres – et les gens bien peuvent mal agir, elle en sait quelque chose – au moins, cela veut dire qu'il n'y a pas de type vindicatif prêt à surgir à tout moment à Rock Point, comme Jack Nicholson dans *Shining*.

Vérifiant que la voie est libre, Flora entrouvre la porte de la chambre de Lauren, assez pour voir le bureau dans l'angle. Pas de papier à lettres. Ni de stylo. Peut-être Lauren, se sentant soupçonnée, a-t-elle couvert ses traces ?

— Tu me cherches ?

Flora prépare son sourire avant de se retourner.

— Oui, Lauren ! ment-elle. C'est à cause de Kat. Enfin, elle va bien, ne t'en fais pas. Elle est partie courir sur un chemin côtier, et il semble qu'elle soit allée trop loin… (Une pointe de joie maligne.) En tout cas, elle s'est sagement réfugiée dans un pub. Je vais la chercher. Tu veux m'accompagner ? Je n'aime pas rouler seule dans le noir.

Lauren semble si contente d'être sollicitée que ça lui fend le cœur.

— Bien sûr !

Le portable de Flora sonne.

— Ah, un autre texto de Kat. Attends. (Elle fronce les sourcils, étonnée.) Elle veut qu'on apporte le foulard qu'elle a fourré sous son oreiller.

Comme Raff refuse obstinément de bouger, Flora le laisse regarder *Toy Story* avec son père, à qui elle donne une liste d'instructions strictes : pas de sucre, pas de doigts près de la cage, fermer la porte à clé, garder l'enfant à l'œil. Elle leur fait un signe de l'allée, émue par le tableau idyllique de l'intérieur de

Rock Point, encadré par une vitre : la lumière du feu, le bambin avec son grand-père. Puis, dans un contraste frappant, elle marche anxieusement vers le SUV et lève la lampe de son portable pour vérifier ses pneus.

— On peut y aller.

L'habitacle sent la vie normale de Flora, le cuir de luxe et un diffuseur de parfum pour voiture, qui semble ici artificiel et écœurant. Elle fait marche arrière, heureuse d'avoir Lauren, pas Scott, à côté d'elle – « Flora, cette manœuvre n'est pas ton fort. Laisse-moi conduire » –, mais imagine pourtant son pied déraper, heurter l'accélérateur, le véhicule foncer dans la mer. À sa grande surprise, elle se débrouille très bien, malgré l'averse que les essuie-glaces ne dégagent pas assez vite.

En roulant dans le chemin, avec la pluie ruisselant sur le pare-brise, Ed Sheeran à plein tube – « Ne me juge pas, Lauren » –, Flora est portée par une euphorie soudaine, une bouffée de dopamine, comme si elle était soulagée à retardement que Raff soit rentré indemne. En plus, chose gratifiante, Kat lui a demandé son aide – elle a besoin de sa grande sœur, après tout –, et elles vont la sauver. Voilà quel devrait être l'objet de ces retrouvailles à Rock Point. Les sœurs. Le temps qu'il fait. Des expériences de survie qui rapprochent et s'achèvent dans un pub. Enfin, une bulle de lumière.

L'enseigne du pub claque au vent. Dedans, c'est douillet et bondé, avec des poutres basses, vermoulues, une odeur de chien mouillé et de bière renversée. Les clients ont les traits burinés des Cornouailles

– pas de parka chic en vue. Des têtes se tournent lorsqu'elles se frayent un passage vers une forme en Lycra tassée dans un coin.

— Tu as trouvé ton maître ?

Flora n'aime pas voir sa sœur ainsi. Cela perturbe l'ordre des choses.

— Jamais de la vie. J'ai juste été battue par le crépuscule.

Pourtant, elle semble exténuée, un peu hantée, comme si, dehors, elle n'avait pas seulement été confrontée à l'obscurité.

— Ton foulard, Kat.

Lauren lui tend le truc sordide, en loques, que Flora ne peut imaginer dans la garde-robe de Kat, encore moins sous son oreiller.

Kat le presse contre sa joue et ferme un peu les yeux, exactement comme Raff lorsqu'il retrouve sa chère poupée.

— Tu es blessée ?

Lauren s'agenouille près d'elle, déployant la douceur qui doit la rendre précieuse au centre de soins palliatifs.

— Juste si une ampoule peut compter.

Mais Kat détourne la tête. Et, chose encore plus extraordinaire, des larmes, telles des cloques, perlent dans ses yeux.

Flora n'a pas vu Kat pleurer depuis l'enfance. Ni à l'enterrement de mamie l'an dernier ni à celui de Dixie à l'automne, pas même quand Lauren s'était levée pour faire son discours – « J'espère que tu nages à présent, maman, dans les mers des tropiques que tu aimais, légère, au soleil, libérée de la douleur » –, alors que les autres étaient effondrés. Pourtant, ici, Kat est brisée par un jogging, un foulard sale pressé sur sa joue. Peut-être Flora imagine-t-elle ses sœurs très différemment de ce qu'elles sont vraiment, après tout. Peut-être n'est-elle pas non plus telle qu'on la voit, et tous les membres de la famille Finch sont-ils des imposteurs. Ou pire, des comédiens.

— Tiens. (Lauren enlève sa doudoune et la pose sur les genoux de Kat.) Tu as les lèvres bleues. Montre tes doigts. (Elle lui frotte les mains, puis les place soigneusement sous le tissu matelassé, comme si elle était un bébé dans un landau.) Il te faut des calories. Qu'est-ce qui te ferait plaisir ?

— Je tuerais pour un Coca. Sucré. Et des grattons de porc.

— Des grattons ? répète Flora, pas sûre d'avoir bien entendu.

— Oui, avec des chips. (Incroyable. Quand elles se tournent vers le bar, Kat ajoute :) Ne bois pas, Flo. Pas avec ces routes.

Flora sent ses joues brûler : elle allait commander un petit blanc. À quoi bon être dans un pub de campagne si on n'a pas un verre à la main ?

Chose curieuse, un soda au citron ne gâche pas la soirée. Assises autour d'une table branlante, grignotant des grattons – délicieux, qui l'eût cru ? –, elles ne parlent ni des lettres anonymes ni d'Angie. Lauren ne pose pas de questions gênantes sur l'été de l'éclipse. Kat ne regarde même pas son portable, alors qu'il bourdonne sans cesse.

À mesure qu'elles se détendent, de vieilles anecdotes resurgissent. Des fous rires, provoqués par des histoires qu'elles avaient oubliées, les rapprochent. Les apparitions de leur père à la grille de l'école, vrombissant dans sa Porsche m'as-tu-vu devant les autres parents, bouche bée. Le jour où la nouvelle principale de Kat avait invité papa à faire un « speech motivant » : « Séchez les cours dès que possible, voilà mon conseil. On ne m'a rien appris de valable avant que j'aille dans une école d'art. » La manière dont il avait pris Scott à part au mariage de Flora, plantant un doigt dans sa poitrine avec un sourire de mafieux : « Traitez ma fille comme une déesse ou je ferai frire vos fesses pour le dîner, ok ? » (Flora avait secrètement *adoré*.) L'année où une amie de leur père – qui s'appelait Jemima, ou peut-être Jane ou Jessie ; il en avait eu une série au prénom commençant par J – avait mis une fontaine à chocolat dans sa cuisine, qui avait giclé sur un tableau pointilliste de Damien Hirst ; le lourd silence après – elles s'attendaient à ce que papa explose – jusqu'à ce qu'il lâche d'un ton acerbe que ça l'améliorait. Son appartement à Soho, incommode pour un père, où des potes sonnaient à l'interphone à quatre heures du matin. La chambre d'amis, grande comme un placard à balais, qu'elles partageaient avec une haute sculpture en fer, pareille à un détraqueur d'Harry Potter. Flora savoure cette intimité rare, la part Finch de sa vie pour laquelle elle s'est toujours sentie bien différente de ses demi-frères, issus d'un autre père, d'un autre monde. Elle retrouve leur fraternité, un peu de ce qu'elle avait perdu.

Puis, Scott envoie un texto – *Pourquoi ne réponds-tu pas à mes messages ? Où es-tu ? J'aimerais dire bonsoir à*

Raff – qui fait l'effet d'une douche froide. Elle n'ose pas lui dire qu'elle est au pub. Scott risque d'appeler son père qui, le croyant au courant de l'escapade de Raff sur la falaise, vendra la mèche.

— Je ferais mieux de rentrer, dit-elle soudain en mettant son manteau.

Lauren et Kat la regardent, surprises, puis se lèvent à leur tour et s'écartent, se rappelant leurs différences.

En prenant la route non éclairée, Flora a l'impression de laisser les sœurs qu'elles pourraient devenir assises à la table du pub. Elle aimerait le leur dire, mais ne sait trop comment, sûrement pas en exhumant les raisons qui les ont éloignées et qui remontent à l'indicible. Peut-être même au-delà, à leurs mères, s'aperçoit-elle, aux graines de rancœur et de jalousie qu'avait plantées la sienne, en marmonnant des apartés et en prenant un air peiné à la seule mention de Dixie. C'est le problème quand on creuse : il y a toujours une autre couche et, plus on fouille, plus le sol est froid, rocailleux, dur à percer. Et on ne sait jamais vraiment ce qu'on pourrait y trouver.

La nuit pluvieuse glisse le long de la voiture comme sur un poisson. Un véhicule sort du parking du pub derrière elles, et Flora se réjouit de sa compagnie sur les routes désertes. Allumant la radio, elle sursaute quand le riff caractéristique de « Changes » jaillit des haut-parleurs. Elle triture en hâte les réglages, tâche de trouver un programme moins chargé, et tient à préciser que c'est juste la radio : qu'elles n'aillent pas penser qu'elle a mis ça exprès.

— Laisse, Flora, dit Kat, blottie sous la doudoune de Lauren à côté d'elle. Ce n'est qu'une chanson.

Elles savent toutes que c'est faux. Kat, en prétendant le contraire, ne fait que le prouver. Mais Flora tente de prendre elle-même un air détaché, pianote des doigts sur le volant alors que la voix de Bowie – et les séances de pose dans l'atelier – la fait frissonner. Jetant un œil dans le rétroviseur, elle est soulagée de voir que Lauren n'a pas planté ses doigts dans ses oreilles et, lorsque le chœur enfle, va jusqu'à fredonner les paroles. Elles sont devenues plus fortes, vraiment.

Flora tâche d'oublier la chanson en se concentrant sur la route étroite, les hautes parois rocheuses qui l'encadrent. Dans le rétroviseur se profile la même voiture que celle du pub, trop près. Ne sachant si c'est à cause de l'auto ou de « Changes », elle aborde trop brusquement un tournant.

— Vas-y mollo, grommelle Kat.

— Désolée.

Le chauffeur, derrière, prend le même virage. Pourquoi se rapproche-t-il si vite ? La route est sinueuse, pas assez large pour laisser passer une voiture venant d'en face, encore moins pour doubler. Maintenant, il les talonne. Des feux de brouillard l'éblouissent.

— Merde, lâche-t-elle à voix basse. Un cascadeur nous colle au train.

Les phares de l'auto clignotent.

— Il veut peut-être nous prévenir que ma voiture a un problème ? (Flora sent son estomac se serrer. Elle éteint la musique.) Je ferais mieux de me ranger.

— Non. Ne t'arrête pas ! lance Lauren du siège arrière, avec une autorité surprenante.

— Tiens bon, ajoute Kat en agrippant la poignée de sa portière.

— Euh… Ah oui !

Comprenant l'allusion, elle imagine un tournevis percer les pneus d'Angie. Leur voiture heurter le talus, basculer par-dessus la falaise et se renverser dans sa chute. Raff se retrouver sans mère. Ses mains transpirent, glissent légèrement sur le volant.

— Quel con ! (Kat se retourne, cherche à voir le chauffeur.) Il doit être bourré.

— Qui est-ce ? demande Flora d'une voix tremblante.

— Je ne peux pas le voir…

— Mon Dieu. Il veut nous faire verser dans le fossé ? (Flora frappe sur le klaxon.) Reculez !

Un grondement s'élève, puis l'auto couvre la distance qui les sépare, ses feux avant formant des soleils aveuglants.

27

Lauren, 1999

L'ombre, sur le cadran solaire, continuait sa progression. Mais en fin d'après-midi, le jardin était calme, silencieux, l'air voilé par la chaleur et la poussière de plume flottant de la volière dès qu'une perruche battait des ailes.

Assises en tailleur à l'ombre poudreuse des pins, suçant des sorbets au cola, Gemma et moi nous demandions ce qui arriverait si une perruche bleue s'accouplait avec une jaune. Leur petit serait-il vert ? Leurs teintes se mêleraient-elles comme celles de la peinture ? Et puis, même si ça semblait déloyal, je lui ai parlé de ma chute de la corniche ce matin-là, tâchant de la présenter sous un jour amusant, d'en faire une de ces histoires dingues, incroyables de Rock Point, genre la journée des robes de bal.

Gemma a paru choquée.

— Mais si ce garçon n'avait pas crié ? Qu'est-ce qu'elles auraient fait, Lauren ? Tu dois en parler à ton père, a-t-elle murmuré. Moi, je l'aurais prévenu. Papa leur aurait passé un savon. (Elle m'observait, les yeux plissés, tâchant de cerner la vérité.) Pete, lui, ne m'aurait jamais fait ça.

— Oh, elles déconnaient, c'est tout, ai-je répondu très vite, pour qu'elle ne déteste pas mes sœurs. (Mes mollets gardaient quand même de légères traces de doigts ; et l'idée qu'elles allaient rentrer de St Ives – elles avaient convaincu Angie de les emmener faire du shopping – me mettait un peu mal à l'aise.) J'ai retrouvé l'oiseau, en tout cas. C'est le principal. (J'ai fini mon sorbet.) C'est le truc le plus cool qu'on m'ait jamais offert, Gemma !

Elle était si contente que je n'ai pas osé lui dire ce qui s'était passé juste avant son arrivée.

Je ne le ferais jamais.

Une fois mes sœurs parties avec Angie, je m'étais lovée dans un fauteuil en rotin dans la véranda moite, glissant des cacahuètes à Bertha entre les barreaux de sa cage. Puis mamie était entrée avec son vaporisateur, balayant le sol de sa longue robe fluide, celle au col orné de coquillages qui me donnait la frousse.

— Tiens, chérie. Tu es… (Elle s'était arrêtée, les yeux brillants.) Ça alors ! Je peux ?

Posant le vaporisateur sur le sol en brique, elle avait pris l'oiseau de paille et l'avait fait tourner dans ses mains. Petite, elle collectionnait les poupées en paille, avait-elle murmuré d'une voix étrange, distante. C'était son passe-temps préféré. Elles avaient toutes disparu dans l'incendie où ses chiens adorés avaient été brûlés vifs.

— Brûlés vifs ! avait crié Bertha, qui détestait les chiens.

Sans l'écouter, mamie m'avait expliqué qu'on devait faire tremper les tiges creuses toute une nuit pour qu'elles ne se brisent pas pendant le tressage, la patience et l'habileté incroyables de l'artisan. Quelque chose m'avait empêchée de lui dire que l'oiseau était l'œuvre de Gemma.

Elle s'était extasiée :

— Il ressemble tellement à une perruche ! Ça ne te dérange pas que je le garde, n'est-ce pas ? Juste pour le montrer à Herb quand il rentrera de sa promenade ornithologique, avait-elle lancé par-dessus son épaule, déjà dans la cuisine.

Puis elle avait posé l'oiseau sur l'étagère du buffet, très haut, parmi les faïences. Et il était resté là, me laissant avec une impression de manque.

La toux de Gemma m'a tirée de mes pensées.

— Tu es toujours malade ? ai-je dit en lui touchant le bras. Ta mère…

— Ça va. (Elle avait pourtant l'air de contenir sa toux.) Hier aussi, ça allait. J'arrive pas à croire que maman ne m'ait pas réveillée quand tu es passée. Elle est tellement surprotectrice. Ça m'énerve.

Ayant grandi sur la lande, Gemma paraissait plus libre que tous les gens que je connaissais. Et Viv presque parfaite. On est restées un moment sans rien dire en écoutant, derrière les murs du jardin, le brouhaha des touristes qui venaient voir l'éclipse. Mon estomac grondait : je n'avais rien pu avaler depuis ma chute de la corniche.

— Les oiseaux se conduisent bizarrement, hein ? m'a glissé Gemma, qui les connaissait bien.

J'ai hoché la tête.

— Les perruches sentent venir l'éclipse. (Elles étaient chamailleuses et fébriles, ne tenaient pas en place.) C'est l'avis de papy, en tout cas.

— Hé ! Ça va aller ! a dit Gemma en faisant des petits bruits avec sa langue.

Les perruches ont répondu. J'avais l'impression d'écouter une discussion intime. Curieusement, Gemma ne voulait jamais parler à Bertha. Elle détestait qu'il y ait un perroquet dans une maison. Tout n'était pas logique, chez elle. Et chaque été, une nouvelle part d'elle-même se révélait. Pour l'instant, aucune ne me déplaisait.

— C'est drôle, non ? (Gemma a tiré un brin d'herbe par le creux entre ses dents de devant.) Toute cette agitation pour un truc qui sera fini en…

Elle a claqué des doigts.

— Deux minutes. (Je me suis penchée pour sortir une araignée de ses cheveux.) Regarde. (Je la lui ai montrée.) Elle te portera chance !

— C'est toi qui as besoin de chance. Avec des sœurs comme les tiennes ! a plaisanté Gemma, même si je savais qu'elle aussi était sous leur charme.

C'était la magie de Kat et Flora. Elles avaient beau être parfois horribles, elles nous attiraient. Parce qu'elles étaient drôles, belles, audacieuses, et qu'on ne pouvait s'empêcher de rester dans leur orbite ou dans leur sillage.

J'ai posé l'araignée dans l'herbe.

— Tu viendras voir l'éclipse avec nous, demain ?

Gemma n'a pas dit oui.

— Flora et Kat veulent que tu viennes. (Peut-être pas. En plus, je devais obtenir l'accord de mamie. Mais comme j'avais vu Viv parler à papa, j'avais bon espoir.) Allez, Gem, on pourra porter nos robes étoilées !

Elle a cédé en souriant. Le soleil jouait dans ses cheveux et faisait pétiller ses yeux. On ne voyait plus que ses dents de travers, ses taches de rousseur, ses ongles salis par la terre sèche de la lande.

— Si tu es sûre que…, a-t-elle commencé.

— Oui !

Quelle que soit la question. *Oui, oui, oui.*

À l'ouest, le soleil baissait. J'ai eu une idée.

— Tu veux entrer dans la volière ? (Je voulais lui offrir quelque chose en échange de l'oiseau de paille, lui faire sentir le précieux tic-tac du cœur d'une perruche.) Je peux les faire se poser sur ton bras.

— *Là-dedans ?* Après avoir déchiré la robe de ta mamie ? (Elle s'est levée en riant, prenant son sac à dos.) Pas question !

— Tout le monde est sorti. Sauf papa, qui peint dans l'atelier, ce qui revient au même.

Le plus grand risque était que les perruches s'échappent. Grégaires, elles se suivraient. La liberté les tuerait, disait toujours mamie. Elles finiraient sous les coups de bec des mouettes, ou gelées par les bourrasques de l'Atlantique, et tomberaient du ciel comme des poissons panés.

— Franchement, c'est…

La voix de papa a flotté vers nous.

— Lauren ? J'ai besoin de toi.

Gemma a écarquillé les yeux. Papa l'avait toujours impressionnée. Elle s'est remise à tousser.

— Ça va, petite ? (Papa s'est approché dans son jean éclaboussé de peinture, torse nu, avec un crayon derrière l'oreille. Un instant, je l'ai vu tel que Gemma pouvait le voir, un peintre célèbre, hâlé, royalement débraillé.) Tu veux que je t'apporte un peu d'eau ?

Sa gentillesse m'a soulagée. Contrairement à mamie, il n'allait pas se plaindre que je traînais trop avec Gemma. Ce que lui avait dit Viv avait clairement fait son effet.

— Je vais rentrer pour goûter, a répondu timidement Gemma. Merci, monsieur Finch.

— Hé, appelle-moi Charlie !

Il l'a balayée de son regard gris. Là, quelque chose est passé derrière ses yeux, comme une lumière sous la surface de l'eau. Il a plissé le front et un onze s'est creusé entre ses sourcils – ce qu'il faisait toujours quand il examinait quelqu'un, le réduisant à des formes et des lignes. Ce n'était pas inamical, mais inconfortable, comme la lampe d'un opticien. Et Gemma était mal à l'aise. Je voyais bien que les paroles d'Angie près de la hutte de l'ermite – « Tu es là pour passer du temps avec tes sœurs » – lui traversaient l'esprit, avec toutes les piques de Kat et Flora sur le fait que sa mère était femme de ménage. Pour la mettre un peu en valeur, j'ai lancé :

— Gemma m'a fabriqué un oiseau en paille ! (Elle avait soudain l'air petite et maigrichonne. Rock Point la rapetissait.) Il est sur le buffet. Je te le montrerai, papa.

Il a souri, étonné.

— Alors, tu es un bien meilleur artisan que moi, Gemma. J'aimerais beaucoup le voir.

Honteusement, j'ai ressenti une pointe de jalousie. Gemma a traîné sa sandale en plastique dans l'herbe avec un sourire ravi.

— Je ferais mieux d'y aller.

Nous l'avons regardée partir en sautillant. Papa est resté le regard fixe même après qu'elle a disparu.

— Papa ?

Il a blêmi, surpris, tiré d'un sortilège.

— Pardon.

J'ai dit avec espoir :

— Tu as besoin que je t'aide à l'atelier ?

— Non, non. Angie s'en occupera plus tard. Je veux juste faire une brève étude de ta main gauche, Lauren. Comme ça. (Il s'est accroupi sur un siège invisible pour montrer comment je devais m'asseoir sur le divan, sa main gauche sur sa cuisse.) Tes sœurs ne sont pas encore rentrées, n'est-ce pas ? Ce sera sympa. Rien que nous deux.

J'ai pensé aux doigts d'Angie touchant tous les objets de l'atelier, les souillant, et je n'ai pas pu le regarder. Sa trahison me blessait.

— J'ai des chips, a-t-il ajouté en souriant.

Pendant que papa préparait du café dans la cuisine, j'ai fait le tour de l'atelier en les picorant, et inspecté les étagères. Angie avait tout tripoté. Les crânes et le verre de mer étaient mal rangés, les vernis au-dessus du gesso. J'ai remis quelques trucs à leur place, furieuse, les doigts tremblants, laissant des traces graisseuses sur les bocaux. Papa a mis un temps fou à monter.

— Pardon, a-t-il dit en revenant, passant une main dans ses cheveux. Je me suis fait piéger par ta grand-mère, elle voulait parler. (Rouge, agité comme si un truc l'avait énervé, il a allumé une cigarette devant son chevalet et s'est campé devant notre portrait en plissant les yeux. Il m'a fait signe d'approcher, puis a posé un coude sur mon épaule tout en fumant.) Il n'y a pas grand-chose à voir pour l'instant, je sais. La peinture est si longue à sécher…

Les couches d'huile devaient être appliquées graduellement, les plus épaisses sur les plus fines – gras sur maigre, clair sur sombre. Mais nous commencions à nous profiler sur le canapé, tels des fantômes revenant à la vie. Moi, la tête inclinée. Flora, drapée, les contours estompés, souple comme un chat. Kat, droite et puissante, jambes tendues. J'ai penché la tête d'un côté. Non, nous n'avions toujours pas l'air d'être sœurs, même dans le tableau. Flora ressemblait à sa mère, moi à la mienne. Kat un peu plus à papa, avec le nez de papy. Et, bien qu'il nous ait croquées séparément, j'avais le sentiment qu'il aurait pu effacer l'une d'entre nous sans qu'on s'en aperçoive. Ou c'était peut-être autre chose.

— Je savais que tu le regarderais comme ça, Laurie. (Il m'a dévisagée, sentant mes impressions sur le tableau.) Tu vois ces choses-là, n'est-ce pas ? Je ne peux pas le réussir, a-t-il juré à voix basse. Je n'y arrive pas… Ça me déprime. Je n'aurais jamais dû entreprendre ce portrait. Je suis vraiment désolé. Je devrais juste nager avec vous dans la crique, comme un papa normal.

Il était un peu tard pour ça.

— Mais tu détestes laisser tomber un tableau, ai-je dit, ne voulant pas d'un père normal.

— Je sais, je sais… (Les gens pensaient qu'être un artiste était facile. Mais c'était difficile, physique.)

C'est juste que… (Il a fermé les yeux. Les muscles de ses paupières palpitaient.) Les os, tu vois.

Je savais que certains peintres commençaient par un nu, même si le modèle allait finir tout habillé, pour bien saisir les détails anatomiques. Et j'espérais que, là, ce n'était pas le problème car j'en mourrais de gêne. Mais je ne pouvais pas non plus supporter l'idée que les séances de pose prennent fin.

— C'est peut-être juste l'éclipse, papa. Je veux dire, tout le monde se sent bizarre. Ça ira mieux quand elle sera finie.

Il m'a fixée un moment, songeur, puis a passé un bras autour de mes épaules et les a serrées.

— Tu es pleine de sagesse, Lauren Molloy. Comme ta mère. (Là, il s'est arrêté et a paru si triste que je lui ai pris la main. Il a caressé mes articulations du bout de son doigt rêche.) Je suis très fier de toi, tu sais ? Je suis très heureux que tu sois revenu dans ma vie, Laurie. Et je suis vraiment désolé de n'avoir pas toujours été là. Pour toi et ta maman. J'ai tout fichu en l'air.

Ne sachant pas quoi dire, j'ai fixé une goutte de peinture bleue par terre. Mes yeux se sont brouillés. J'avais tellement d'émotions qu'aucun mot ne pouvait les exprimer.

— Bon, a-t-il dit finalement, en lâchant ma main. On s'y met. (Il a pris le crayon derrière son oreille, tiré un tabouret et son carnet de croquis.) Canapé.

Le bruit doux du crayon courant sur le papier m'a fait penser aux doigts de Gemma tressant, tirant résolument les tiges de blé pour créer quelque chose, comme papa. Ma main frémissait, furieuse, avide de ravoir cet oiseau.

— Ça devrait aller.

Il a jaugé son esquisse en fronçant les sourcils avec mécontentement. Puis il s'est levé en posant le carnet de croquis sur le chevalet.

— Je peux rester un peu ?

— Non, file.

Il a allumé une autre cigarette et regardé par la fenêtre, se dérobant, déjà ailleurs.

Quand je suis entrée dans la cuisine, Bertha a battu des ailes. Voyant qu'elle n'attirait pas mon attention et n'obtenait pas de fruits secs, elle a crié : « Ne pose pas la question, Pam ! » de la voix de papy. Je me suis arrêtée, me demandant ce que ça voulait dire. Par les vitres de la véranda, j'ai vu mes grands-parents de dos, sur leurs transats au tissu creusé par leurs fesses. Mamie tendait la main vers son cocktail. Je n'avais pas beaucoup de temps.

J'ai traîné une chaise de cuisine jusqu'au buffet, grimpé sur le rebord et ratissé les étagères pour chercher l'oiseau de paille, au cas où il serait tombé derrière un plat. Mais tout ce que j'ai pu trouver, c'était une plume rouge sang de la queue de Bertha. Alors, je l'ai empochée à la place.

28

Flora

Du verglas. Un carambolage sur l'A 34. Avis de fortes neiges. *Tu pars quand ?* redemande Scott par texto. Ne pouvant lui donner la réponse qu'il veut – *Maintenant, chéri ! Tu me manques aussi* –, Flora se pelotonne sur le divan de l'atelier, dans sa robe de chambre rose tendre, et regarde son fils piocher dans un panier minable qu'il a trouvé contre le mur de l'atelier. Ses opinions sur tout – et tout le monde, notamment Kat, dont la cuirasse a montré des fêlures – sont suspendues. D'habitude, elle dispose ses idées tel un décor de table. Mais elle ne sait plus quoi penser, toutes ses émotions sont en désordre.

Après le retour effrayant du pub la nuit dernière, elle avait fait ses valises comme une folle, jurant de partir à l'aube et de ne jamais revenir à Rock Point, s'imaginant, non un homme rancunier, mais un groupe de justiciers – « *nous* n'avons pas oublié » –, une troupe d'ombres armées de fourches, s'approchant de la maison dans l'obscurité. Mais à un moment donné, l'énergie lui avait manqué. Elle s'était aperçue qu'elle ne pouvait supporter de partir sans avoir au moins tenté de caser l'horloge suédoise dans le coffre, avec le service feuille de chou de mamie et quelques bocaux de pickles. Ou peut-être ne pouvait-elle supporter un départ si… définitif. De conclure sur une note aussi aigre. Alors, elle s'était glissée sous la couette en patchwork de mamie en étreignant son fils, sa chère digue sans défense. Et, bercée par l'odeur du garçon endormi, elle s'était réveillée contente, avec la lumière de la mer dansant entre les rideaux, argentée comme une boule à facettes. Le soulagement était venu ensuite : elle aurait pu être renversée dans un fossé et elle ne l'était pas. Elle avait mis quelques secondes à se rappeler le danger de la veille.

Avec une pointe d'angoisse, Flora marche vers la fenêtre en serrant la ceinture de sa robe de chambre. Aucun signe de la malveillance de la nuit dernière. Le ciel hivernal est ouaté, clair et frais, la mer d'un bleu profond. Elle s'en veut, du moins un peu, d'avoir convaincu papa de ne pas aller nager avec ses sœurs. Peut-être aurait-elle dû se baigner, elle aussi. Au lieu de reculer devant le froid et l'idée de montrer son gros ventre en maillot, elle aurait pu saisir l'occasion de faire un geste audacieux, un acte qui effarerait Scott, dont il saurait les risques avec une précision statistique. De même, il aurait sûrement appelé la police pour la voiture qui l'avait serrée de près, chose qu'elle n'arrive pas à lui dire tant qu'elle n'est pas rentrée chez elle saine et sauve.

Les feux de brouillard du véhicule percent encore ses pensées. Même le visage de Kat luisait de sueur lorsqu'il avait enfin tourné, pas sur la route qui menait à Rock Point, mais vers l'intérieur des terres, rugissant dans la nuit. Après, lorsqu'elles avaient débarqué dans l'allée, ses sœurs l'avaient enlacée, la remerciant de les avoir ramenées indemnes. Kat avait déclaré que, si jamais elle avait besoin d'un conducteur pour s'enfuir après un braquage, elle ferait appel à elle.

Ce n'était qu'un jeune chauffard ivre, affirme son père. Elle aimerait le croire. Vraiment. Mais elle avait eu l'impression que le passé la talonnait, cherchait à la faire dévier de sa route.

Bizarrement, ça avait marché. Car maintenant, elle doit affronter la raison pour laquelle, malgré ces horreurs, elle n'est pas revenue dans sa charmante vie sécurisée ; sa maison connectée, hermétiquement fermée ; aux aires de jeux au sol en caoutchouc et au club de tennis ; aux exercices pelviens biquotidiens car Scott prétend ne plus la sentir comme avant. C'est-à-dire, avant qu'il ne lui fasse un bébé de *quatre kilos et demi.* Ici, dans cette maison chaotique où l'on remonte le temps, elle peut voir à nouveau le monde, son monde, avec ses yeux d'adolescente. À côté, sa vie conjugale semble aussi confinée qu'un placard, même joliment aménagé.

Et puis, bien sûr, il y a Raff.

Son cher fils difficile s'est un peu calmé à Rock Point : elle peut presque le sentir à son odeur. Ce n'est plus le même Raff, celui qui s'effondrait en hurlant si elle avait oublié son casse-croûte. Celui qui a surpris Scott à siffler : « Qu'est-ce qui cloche chez ce gosse, Flora ? Pourquoi ne peux-tu pas le faire obéir ? » Dont il discute avec sa mère en termes de psychologues scolaires et de problèmes d'empathie – qu'elle doit sans cesse défendre. Il n'y a rien qui « cloche » chez son fils. Il a un côté Finch, c'est tout. Ça lui passera. (« Espérons », dit Scott.)

Elle lui jette un œil attendri pendant qu'il fouille toujours dans le panier… et le soulagement l'envahit parce qu'il n'a pas changé. Elle s'émerveille du tourbillon formé par un garçon de quatre ans, qui ressent tout intensément, physiquement, et de la vie pittoresque, débordante, qui l'attend. Je t'en prie, laisse-le vivre comme il veut, pense-t-elle. Je t'en prie.

— Maman, lance Raff, les yeux brillants. Regarde !

Il lève un petit crâne.

Flora recule. De lapin ? De lièvre ? Lauren ramassait des crânes sur la lande, parsemés de bribes de fourrure. Mamie disait : « Tu es une gamine macabre. » Mais papa les trouvait beaux, vantait l'œil de Lauren et les exposait à côté de ses autres trouvailles : du verre de mer, des cailloux insolites, des solens, petits triomphes de sa fille. « Beurk. »

Raff sort un trophée en plastique, ressemblant étrangement à un cendrier fauché dans un restaurant, et une poignée de jetons de poker.

— Oiseau ! s'écrie-t-il en regardant dans le panier.

— Quoi ?

Mais déjà, instinctivement, elle sait. Il volette dans sa poitrine. Elle a l'impression de se dissoudre, presque de disparaître. Et elle regarde, le cœur au bord des lèvres, Raff ouvrir ses mains en coupe. Mon Dieu…

Ce… Ce truc. L'oiseau de paille ! Ainsi, voilà ce qui lui est arrivé.

Projetée dans le passé, Flora, dans la cuisine, les pieds couverts de sable, entend mamie dire à Lauren que ce n'est pas bien de donner quelque chose et de le reprendre, et Lauren se défendre avec véhémence. Personne ne l'avait crue. Encore moins Flora. Mais il était resté là tout ce temps. Mamie avait dû le trouver et le ranger après qu'ils étaient tous partis. Il aurait mieux valu qu'elle le jette.

Il ne peut pas avoir un pouvoir maléfique, non ? C'est juste un vieux truc en paille desséché. Si elle le jetait au feu, il serait détruit en quelques secondes.

— Remets-le dans le panier, Raff.

Il le serre contre lui dans un geste possessif.

— À moi.

Flora se sent un peu nauséeuse.

— Mais tu pourrais prendre autre chose à la place. Même quelque chose de mieux ! Pourquoi pas ce beau petit crâne ?

Raff l'enfouit sous son haut de pyjama.

— Oiseau.

Oh, la paille de sorcière sur sa peau douce de bébé…

— Non, Raff. Tu vois… Il est à tatie Lauren, dit Flora, recourant à la vérité malgré elle.

Raff fronce les sourcils, perplexe.

— Tatie Lauren déteste les oiseaux.

— Je ne suis pas sûre que « détester » soit le mot juste, avance-t-elle prudemment, se demandant comment entrer dans les détails. La plupart du temps, quand on grandit, nos soucis deviennent plus petits, non ? Mais parfois, pas très souvent, ils sont plus gros.

Raff hoche solennellement la tête, l'air de comprendre au moins ça.

— Ou bien on en a d'autres. Et c'est ce qui est arrivé à tatie Lauren. (Sa voix se brise dangereusement.) Avant, elle aimait les oiseaux.

Il réfléchit en tenant toujours son butin.

— O… k. (Elle le voit commencer à céder.) Dis-moi, si on le mettait dans ton sac à dos Spider-Man ? Bien rangé ? Tu pourras le ressortir quand on sera à la maison.

— Veux pas aller à la maison, marmonne Raff.

Et l'atmosphère vire à nouveau. Même dehors, la lumière s'assombrit.

Flora hésite. Une part d'elle-même répugne à poser la question, à connaître la réponse.

— Pourquoi ça, Raff ?

Il détourne les yeux, troublés par une lutte intérieure.

— Papa crie.

— Tous les papas crient par moments. Papa t'aime beaucoup.

— Mais papy, y crie pas. Pas après maman. Papa crie après maman tout le temps.

La honte dégouline sur Flora comme un lait chaud gluant.

— Tu sais, tous les adultes se disputent. Ça ne veut pas dire qu'ils ne s'aiment pas. (Qu'a-t-il entendu – vu – d'autre ? Elle est soudain certaine qu'elle ne rentrera pas chez elle aujourd'hui. Elle invoquera la météo. Vraiment, elle s'en veut.) Alors, comment maman aime Raff ?

Son petit sourire la gagne.

— Plus que tout au monde !

— Voilà, Raff.

Elle avait entendu l'expression pour la première fois cet été-là : Dixie l'avait dite à Lauren lorsqu'elles étaient arrivées main dans la main à Rock Point. À l'époque, Flora s'était presque étranglée de jalousie. L'attention de sa mère était toujours tournée vers ses plus jeunes enfants et son deuxième mari, et Flora avait l'impression qu'elle voulait se débarrasser d'elle. Du coup, elle s'était changée en ado rebelle, claquant les portes, faisant des scènes, refusant de parler à son beau-père qui la traitait de « royale emmerdeuse ». Et elle s'était secrètement juré que, si elle devenait mère, elle serait plutôt comme Dixie. Après, elle s'était fait d'autres promesses : ne pas divorcer ; ne pas se remarier ; ne pas avoir trop d'enfants ; surtout, ne pas reproduire les erreurs de ses parents.

— Viens, Raff. Partons et rangeons cet oiseau.

Avant que Lauren ne revienne de la crique. Elle ne peut pas courir le risque que sa sœur le voie, imaginer sa réaction, les conséquences.

À l'étage inférieur, une sonnerie l'arrête, venant de la chambre de Kat. Kat n'a sûrement pas oublié son portable. D'habitude, il est greffé sur sa main. La sonnerie cesse, puis reprend, et Flora voit l'appareil clignoter par la porte entrouverte. Ce doit être important, suppose-t-elle, lui permettre d'entrer dans la chambre de Kat. Lorsqu'elle lit le nom du correspondant, son cœur bondit dans sa poitrine. Bien qu'elle sache qu'elle ne devrait pas, elle colle le portable à son oreille et murmure :

— *Toi.*

29

Lauren, 2019

Qui est-ce ? Reculant pour mieux voir, Lauren enfonce un pied dans le sable soyeux, glacé. Elle lève la tête, suit des yeux le chien noir sur les crêtes rocheuses jusqu'à ce qu'il disparaisse. Son cœur s'accélère. Elle ne peut pas voir le maître. Mais debout, dans la crique, elle sent son regard : un picotement chatouille sa joue comme s'il braquait un pointeur laser du haut des falaises. Comment peut-on être dans un lieu si désert et se sentir autant observé ?

À Londres, les rues animées et les immeubles forment son filet de sécurité. Un carcan qui la protège. Ici, elle est exposée, à fleur de peau. Cette nuit, le chauffard de la veille fonçait dans ses rêves. Avec des lettres anonymes voltigeant et tombant, telles des feuilles gelées, pendant que Gemma riait, courait, tendait des mains de porcelaine pour les saisir. Elle s'était réveillée dans des couvertures enchevêtrées et, un instant, encore ensommeillée, avait aperçu Jonah sur le seuil de sa chambre, immobile comme un monolithe sur la lande. Ce n'était pas lui, bien sûr. Elle n'est pas certaine qu'il y ait eu quelqu'un. Ni d'avoir rêvé le déclic du loquet de la porte. Et puis, au petit-déjeuner, elle l'avait à nouveau senti, un sombre courant sous le confort du chintz, un secret enfermé à Rock Point, chez les Finch, comme le poil d'un pinceau dans un tableau, une petite strie sous le vernis.

— Allez, viens !

Lauren se tourne vers la mer et fait un signe à Kat, qui flotte dans l'Atlantique d'un bleu de grotte comme dans une eau thermale.

— Vas-y ! hurle Kat.

Jetant un œil craintif au cormoran perché sur un rocher – pas de signes d'embuscade –, Lauren ôte sa doudoune, révélant un maillot triste et son corps blanc, frissonnant, qu'elle n'a pas soigné depuis des semaines. En marchant vers le bord de l'eau, les rouleaux telles des catacombes, elle n'arrive pas à croire qu'elle songe à y entrer.

Un noyé est décharné en quatre jours, d'après Gemma, fille de pêcheur. Le corps est rongé de l'intérieur par les crevettes, puis les os rebondissent au fond des mers et se réduisent en miettes qui viennent s'intégrer à la plage. Ce n'est pas une pensée agréable. Mais quand aura-t-elle une nouvelle chance de nager – ou de renouer – avec Kat ? D'autant que Kat veut attraper un vol ce soir. Ce qui repose sous cet endroit craque, ils le sentent tous. Elle comprend pourquoi ses sœurs n'ont peut-être pas envie de s'attarder. Et pourquoi elle va rester.

Avec un cri de guerre, Lauren fonce vers l'océan qui se fracasse sur ses jambes à l'instar du verre. Elle hurle. Le froid est insupportable, comme une brûlure, balayant toute autre sensation et lui coupant le souffle.

Kat a un sourire immense, le sourire débridé d'autrefois.

— Respect, Lauren !

Lauren éclate de rire, pleine d'une joie sauvage, douloureuse. Après le premier choc, le halètement, elle s'abandonne et nage vers un rocher. Soudain, ses pieds ne peuvent trouver le fond, le courant les prend en lasso et la panique la mord comme le froid. Elle retourne vers la côte et sort de l'eau tant bien que mal, gelée mais triomphante, bourdonnante, se sentant dépouillée d'une couche de peau.

— Reviens ! Reviens !

Kat jaillit des vagues et serre Lauren dans ses bras mouillés. Elles tombent sur le sable, partent d'un rire bête d'adolescente. C'est drôle… l'espace d'un instant, et puis le temps explose tel un bouchon de bouteille, Lauren se dérobe et bascule d'une corniche. Elle est dans la volière, secoue la porte, essaie de respirer. Le soleil est noir, nimbé d'un diamant blanc. Beau et cruel, il veut l'obliger à regarder, mais si elle cède, il va l'aveugler, et elle s'efforce de ne pas voir, de ne pas se souvenir.

— Merde. (Kat la relève.) Je suis désolée. (Elle attrape la doudoune de Lauren et la drape sur ses épaules tremblantes.) Tiens.

— Merci, parvient à dire Lauren en claquant des dents, incapable d'expliquer que le matin de l'éclipse semble parfois retomber sur elle, comme une cloche. Ça va-a…, ajoute-t-elle, au bord de l'hyperventilation.

Mais elle n'arrive pas à sourire, les lèvres collées à ses gencives.

— Pas du tout. Merde, Lauren. Assieds-toi. (Kat se pose près d'elle, soulève un pan de la doudoune et elles se blottissent sous son aile, le bras de Kat sur les épaules de Lauren. Elles n'ont jamais été aussi proches depuis des décennies. Le temps que le souffle de Lauren s'apaise et que ses tremblements cessent, elles regardent l'ombre d'un nuage fendre la mer ondulante, comme un banc de poissons. Au bout d'un moment, Kat dit à voix basse :) Tu dois te faire aider. Je paierai. Pour la thérapie du deuil. C'est le moins que je puisse faire, Laurie.

— C'est très gentil à toi, mais pas nécessaire. Vraiment.

Elle protège sa peine, veut la garder près d'elle, l'envelopper dans ses mains et lui tenir chaud. C'est tout ce qui lui reste. Kat ne comprendrait pas.

Le chagrin l'a peut-être privée d'une couche protectrice, mais le problème, c'est cet endroit. Dans le train de Londres, son angoisse était centrée sur la volière. Si elle pouvait l'affronter, ça irait, pensait-elle, sans réaliser que le paysage rocheux éveillerait des souvenirs, des images vaporeuses, changeantes comme la fumée d'un feu de camp ; que leur père traverserait les décennies et, telle une main fouillant dans une caisse d'explosifs, en tirerait Angie.

— Ce n'est pas grand-chose, dit Kat. Tous les gens ont un psy, aujourd'hui.

Dans son monde, peut-être. Il y a des années que Lauren n'a pas vu Janet. Leurs séances avaient été utiles mais pénibles, épuisantes. Elle n'a pas envie de les reprendre.

— Je parie que le tien est un gourou célèbre ?

— Oh, je suis trop occupée pour ces trucs-là, répond Kat avec un rire sec. (Elle tend une jambe musclée, creuse une tranchée dans le sable.) Le travail est ma thérapie. Et c'est lui qui me paye, pas le contraire. Bien plus pratique.

Avant cette semaine, Lauren l'aurait crue. Mais hier soir, Kat semblait si vulnérable au pub, un peu perdue. Elle a beau s'être remise aujourd'hui, avoir retrouvé sa Kat-itude fougueuse, elle paraît moins sûre d'elle.

— Et Flora ? demande Lauren.

— Que veux-tu dire ? Flora a une vie parfaite ! Et les vies parfaites risquent de craquer si on les examine de trop près, ajoute-t-elle avec ironie, mais sans fiel. Et puis papa, bien sûr. Lui préférerait courir à poil dans les rues plutôt que s'épancher sur le divan d'un psy.

— Si on ne se coupe pas l'oreille pour l'offrir à une amie, on est au poil.

— Ah ! (Le rire de Kat vibre le long de son bras.) Tout sauf la vérité, hein ?

Une brèche s'ouvre dans leur échange. Lauren sait qu'elle doit tenter de s'y engouffrer.

— Kat, dit-elle prudemment, faisant courir son doigt sur le fil d'un solen, personne ne parle de ce qui s'est passé. C'est un peu étrange, non ?

— C'est comme ça que marche la famille Finch. (Lauren sent Kat se crisper.) D'ailleurs, toutes les familles sont dysfonctionnelles, Lauren. Elles ont des parts d'ombre, tu sais. (Kat réfléchit, puis s'empresse d'ajouter :) Nous étions toutes terriblement jeunes, pas vrai ? Tout est si nébuleux !

— Oui. Ma mémoire de ce jour est flinguée. (Les pieds de Lauren passent du rouge échaudé au bleu de veine. Elle frissonne.) C'est pour ça…

— Écoute, si je pouvais remettre en place chaque partie disloquée, je le ferais, franchement. (Kat se lève, l'éclaboussant de sable.) Bon. Je dois voir pour les vols. Tu as regardé la météo ? Ils appellent ça la Bête de l'Est. Toute cette neige… Le reste du pays est bloqué. (Elle sourit.) Et, non, je ne fuis pas. Je serai juste dans une sacrée merde si je ne peux pas rentrer pour la réunion.

— Tu as réservé des choses ? Dans la maison, je veux dire.

Flora a conçu un système de Post-it, marqués à l'initiale de leurs prénoms. « C'est comme jouer à la Queue de l'âne », a-t-elle dit joyeusement en collant un F sur la pendule. Les L et les K sont rares. Ce n'est pas que Lauren n'aime pas le télescope de papy, ses jumelles, ou le baromètre sur le mur, mais ces objets appartiennent à Rock Point. Chacun d'eux est chargé, poignant. Elle a un peu l'impression de piller une tombe. Et elle n'a pas de place dans le deux-pièces qu'elle loue.

— Pas trop. Les cartes anciennes. J'aime les cartes parce qu'elles montrent les issues, précise Kat avec humour. Je pense aussi que je devrais sauver l'affreux Humphrey. Enfin, peut-être pas. C'est juste un hideux poisson empaillé, non ? Pas vraiment un membre de la famille. Même si tout est possible chez les Finch. Merde ! jure-t-elle en tapotant les poches de sa veste. J'ai laissé mon portable à la maison. D'abord, mon portable, et puis ma tête, hein ? La vache, ce pays !

Qu'est-ce qu'ils mettent dans l'eau du robinet ? Bon, n'allons pas par là. (Elle ôte sans gêne un maillot noir luisant, dévoilant un aérodrome de poils pubiens. Elle lève les yeux en s'essuyant.) C'est à cause de ce qu'a dit Dixie ? Quand elle était… malade ?

— Mourante. (Lauren déteste les euphémismes. « Décédé » notamment. Comme si les morts s'en allaient tranquillement sur un chemin ensoleillé, alors que l'agonie est épuisante, physique – et binaire. Lauren avait vu son visage reflété dans les yeux de sa mère, avec qui elle avait toujours formé un duo fusionnel. Et puis ces yeux s'étaient fermés, et ne s'étaient jamais rouverts. Elle n'avait pas l'air de dormir, comme disent les gens. Elle avait l'air morte, définitivement. Et le monde avait paru plus vide et plus effrayant. Elle l'avait quitté.) Oui, c'est en partie ça.

Lauren se bat avec ses vêtements, tentant de cacher son pubis.

— Peut-être qu'elle délirait à cause de la morphine, suggère doucement Kat, comme si elle parlait à un enfant.

— Peut-être. (Lauren songe à un oisillon tâchant de briser sa coquille, piégé dans ce qui le protège.) Tu te rappelles que mamie ne voulait plus que je traîne avec Gemma ? demande-t-elle en changeant de tactique. J'y pensais tout à l'heure. C'était bizarre, non ? Je n'ai jamais réussi à le comprendre. Tous ces trucs qui n'étaient pas très clairs, cet été-là, je les avais oubliés jusqu'ici.

Kat fourre une jambe dans son pantalon de jogging.

— Alors, tu n'as pas la moindre idée de ce que ça voulait dire ? insiste Lauren.

— Aucune. Désolée.

Kat referme sa veste, la discussion avec. Vêtues de pied en cap, elles se frayent un passage sur les monticules d'algues, parmi les puces de mer, et remontent le sentier. Les coups de vent dressent leurs cheveux sur leur crâne. Près de la hutte de l'ermite, Kat s'arrête soudain et répond à une question que Lauren n'a pas posée :

— Je n'ai vraiment pas la réponse, Laurie.

Elle ment, se dit Lauren.

30

Lauren, 1999

La question a chassé tout l'air du salon. Angie, balayant mollement du sable près du divan, s'est arrêtée pour fixer mamie de ses yeux vert bonbon, attendant sa réponse. Voyant mamie se taire, papy a posé la main sur ses reins, les plis de sa robe à fleurs, libérant l'odeur familière du dressing.

— Je pense que ce serait épatant si Gemma venait voir l'éclipse avec nous demain, hein, Pam chérie ? Plus on est de fous, plus on rit.

Mamie a pincé les lèvres, comme s'il demandait autre chose. *Quoi ?* avais-je envie de hurler. *Quoi ?* J'ai compris que c'était bête de ma part d'avoir demandé la permission. Essayé de prouver que ma mère m'avait aussi bien élevée que les riches mamans de mes sœurs. *Et* que je n'avais pas volé sournoisement l'oiseau de paille sur le buffet, contrairement à ce que suggérait mamie : « Il ne s'est sûrement pas envolé tout seul, n'est-ce pas, Lauren ? » Mais j'avais vu le regard avide qu'elle avait porté sur lui. Comme si elle avait retrouvé une chose qui était à *elle*, pas à moi.

J'avais cherché partout, passé le manche d'une épuisette sous le buffet, au cas où il serait tombé derrière.

Je soupçonnais une de mes sœurs de l'avoir pris et jeté de l'À-Pic, pour qu'il rejoigne la foule des canards en plastique faisant le tour des mers du monde.

— Bien sûr que c'est d'accord, Lauren, a enfin répondu mamie, avec un effort visible.

J'ai senti mes orteils se relâcher sur le tapis. Papa avait dû lui parler, la détromper sur ce qu'Angie avait dit sur Gemma et moi dans la hutte de l'ermite. Et pourtant, l'ambiance restait tendue, le sourire de mamie crispé.

— Merci.

Mamie a levé la branche tannée de son bras, ses bracelets tintant dans un bruit sourd.

— Ici, Bertha.

Perchée sur la vitrine de l'Affreux Humphrey, Bertha a fusé dans un bruyant battement d'ailes. Se posant habilement sur la main de mamie, elle a percé la pièce de ses yeux d'ambre. J'ai senti qu'elle s'apprêtait à parler, et je ne me suis pas trompée :

— Un horrible dilemme, Herbert !

— Quelles bêtises…, a dit mamie avec un petit rire.

Papy a tiré sur son lobe d'oreille.

Il y a eu un grésillement dans l'air. Nous savions tous que Bertha n'inventait pas les choses, mais les répétait. Une conversation secrète avait lieu dans la maison – et je n'en faisais pas partie.

— Peut-être que Viv aimerait venir aussi, Laurie ? a dit gaiement papy.

J'ai lancé un coup d'œil triomphant à Angie, qui a secoué la tête, clairement irritée. Du sable est tombé de la pelle à poussière. J'avais envie de lui glisser : *Tu vois ? Les Heap sont les bienvenus ici. Tu as été vache avec Gemma pour rien.*

— Et le frère de Gemma ? (Papy a réglé l'antenne de la télé, qu'il avait prolongée avec deux cintres en fer.) Comment s'appelle-t-il ?

— Pete.

Il ne viendrait jamais.

— Vous joindrez-vous à nous, Angie ? a demandé papy, remuant à nouveau l'antenne.

— J'irai la voir avec mes copains à St Ives, a-t-elle répondu.

Dieu merci.

— Il y aura une sacrée atmosphère ! s'est exclamé papy. Vous savez qu'il ne faut pas regarder directement…

— Oh, Herbert, je t'en prie. (Mamie a pivoté sur ses talons pour quitter la pièce.) Laisse donc Angie continuer à balayer. La maison est sens dessus dessous.

— Hum, c'est à Viv de le faire, non ? a marmonné Angie.

Mamie, qui avait l'ouïe fine quand on s'y attendait le moins, s'est retournée brusquement. Du coup, Bertha a déployé ses plumes.

— Pardon ?

— Désolée, a dit Angie, qui n'en avait pas l'air. Je n'aurais pas dû dire ça. Ce n'est pas à moi de faire des commentaires sur votre femme de ménage. (Elle vibrait d'une énergie furieuse qui semblait avoir jailli de nulle part, pour retomber, injustement, sur Viv.) Je sais que ce n'est pas pareil ici. Il y a moins de choix et tout ça.

— C'est à vous de nettoyer la saleté des filles, Angie, a lâché mamie d'un ton sec. C'est pour ça que je vous paye. (Elle a haussé un sourcil.) Pas pour mettre en ordre l'atelier de Charles, même si, indéniablement, cela paraît plus séduisant.

Angie a levé les yeux au ciel. Il y a eu un flottement. Mamie aurait pu la renvoyer sur-le-champ, ou Angie aurait pu dire « Je démissionne », et tout aurait été différent.

— Oh, et n'oubliez pas leur linge et leurs chambres, voulez-vous ? Ça cocotte sur le palier.

Ayant eu le dernier mot, mamie a quitté la pièce.

Angie a fait la moue. Elle détestait les travaux ménagers.

— J'ai l'impression d'être la servante de Marie-Antoinette, râlait-elle en charriant les paniers de linge sale de mes sœurs dans l'escalier, laissant derrière elle une piste de chaussettes.

Je faisais tout ce que je pouvais. Comme ma mère me le demandait à la maison. Mes sœurs, elles, prenaient Rock Point pour un hôtel. Flora était de loin la pire : les slips, les bikinis mouillés et les serviettes de plage se battaient sur le sol de sa chambre. Mes sœurs ne voyaient jamais le désordre qu'elles créaient.

— N'oublie pas la séance, Lauren, a dit Angie en regagnant le hall, traînant sa rancœur derrière elle.

J'ai cherché à comprendre ce qui venait de se passer, pourquoi Angie en voulait à Viv, pourquoi…

— Ne réfléchis pas trop, Lauren. C'est l'énergie de l'éclipse qui doit te chambouler. (Papy a marché vers la fenêtre, les mains derrière le dos. Il a replié un volet, dévoilant la mer et le ciel embrasé, comme par un feu lointain.) Tu ne la sens donc pas ? Elle est dans l'air. *La perturbation*, a-t-il ajouté avec délice, absorbé par la vue. La température va chuter et, avec de la chance, on verra l'ombre de la lune *courir* vers nous de l'ouest, à neuf cents mètres par seconde. Une sorte d'explosion à l'envers. (Il s'est tourné vers moi, les yeux brillants, comme papa quand il était content d'un tableau.) La vitesse de l'ombre, Lauren. J'attends ça depuis toujours, tu n'en as pas idée.

En montant pour la séance de pose, je me suis arrêtée devant la porte de l'atelier, surprise d'entendre la voix d'Angie, un murmure insistant et confus, puis Flora dire « *Pas question...* ».

— Oh, salut, Lauren ! a crié Kat, comme pour alerter les deux autres de mon arrivée.

Elles se tenaient près des étagères. Derrière elles, les bocaux clignotaient.

Angie semblait toujours méfiante. Kat et Flora souriaient, un peu trop. Je ne comprenais pas. Pourquoi étaient-elles là, toutes les trois ? Et pourquoi s'étaient-elles tues brusquement ?

— Bon, je ferais mieux d'y aller.

Juste avant de partir, Angie a hésité, regardé un instant mes sœurs, et une drôle d'expression – de doute ou de regret – est passée sur son visage – comme si elle voulait ajouter quelque chose. La porte s'est fermée dans un déclic.

— Qu'est-ce qu'elle venait faire ici ?

Mon cœur cognait dans ma poitrine, l'air de connaître une chose que j'ignorais.

— Oh, elle cherchait juste papa. (Flora a lorgné un miroir sur le mur, et j'ai senti qu'elle m'observait dans son reflet.) Il l'obsède. Tu sais comment elle est, Lauren.

Pour une raison obscure, je ne la croyais pas.

— Où est papa ?

— Sorti acheter des clopes. (Kat a pris une voix grave et virile.) Ne fumez jamais, les filles. Une sale habitude. Bon, où sont mes Camel ?

— Mais il va revenir, non ?

J'avais besoin de savoir. Tout à l'heure, quand il avait dessiné ma main, il avait paru sur le point de laisser tomber *Jeunes filles à la volière.* Quelque chose avait ébranlé sa confiance dans le portrait. J'étais inquiète.

— Pourquoi il ne reviendrait pas ?

Kat s'est jetée sur le canapé. Repliant une jambe, elle a gratté le vernis bleu de ses orteils.

Je n'avais pas envie d'expliquer. Depuis la corniche, un malaise s'était installé. Je ne pouvais m'empêcher d'aimer Kat et Flora, de tenir à leur plaire et de vouloir terriblement qu'elles m'aiment aussi, mais je ne leur faisais pas confiance. Je n'avais qu'un désir : que l'éclipse soit passée, que tout se remette en place et que l'été reprenne.

— Berk… des fourches, a dit Flora, inspectant ses cheveux presque blanchis par le soleil. (Elle a pris des ciseaux et les a pointés vers Kat, feignant malicieusement de lui piquer le ventre.) Rafraîchis-les, Kat.

— Tes belles boucles d'enfant star ? Ça oui ! (Kat a taillé avec enthousiasme, à tort et à travers.) Emballée par l'éclipse, Lauren ? a-t-elle demandé sans me regarder, continuant à cisailler.

J'ai acquiescé et dit, craignant leur réaction :

— Gemma va venir aussi.

Kat a cessé de couper et jeté un regard à Flora. Une étincelle a jailli, bleue comme l'éclat des ciseaux, là où leurs yeux se sont croisés. Et l'espace d'une seconde, j'ai eu l'impression d'être à nouveau sur la corniche, juste avant de basculer.

— Eh bien, j'espère qu'elle est prête à faire la fête, a dit Flora, puis elle a sursauté devant son reflet. Argh… Kat, arrête ! Edward aux mains d'argent !

Papa est arrivé, une cigarette aux lèvres.

— Bon sang, ne vous coupez pas les tifs ! a-t-il lancé en jetant ses clés de voiture sur la table. Le portrait est déjà assez difficile. Allez, en place. Je sais, je sais… Ça ne sera pas long. Et vous n'aurez pas à poser demain. Ce n'est pas tous les jours que je peux assister à une éclipse avec les êtres que je préfère sur la planète, hein ?

Il a pris son briquet sur le couvercle d'un vernis hautement inflammable et l'a ouvert avec son pouce. L'étincelle a éclairé son visage, ce nouveau froncement de sourcils qui ne le quittait pas. Il n'a pas mis de musique, cette fois. Et l'ambiance était différente, lourde, comme si quelque chose pesait sur nous tous, attendait d'être libéré.

Au bout de quelques minutes, Kat et Flora ont partagé le lecteur de CD, un écouteur chacune, fredonnant les paroles. Moi, je suivais le bruit des vagues et le frottement des baskets de papa sur le plancher. Il a fait un pas en arrière, puis en avant, tel un boxeur sur un ring. Ses yeux se sont plissés en fentes gris requin, passant de nous à la toile, et vice versa. Il marmonnait tout bas, oubliant que nous étions là, disparaissant lentement dans le tableau.

Par-dessus son épaule, j'ai vu s'entrouvrir la porte de l'atelier. Une mèche de cheveux roux. Mon cœur s'est serré.

— Ce n'est que moi. (Sur le seuil, Angie, encore. Transformée. Ses yeux brillaient, comme si approcher papa les changeait en émeraudes.) Pardon de vous interrompre.

— Tiens, Angie…

Le pinceau s'est figé dans l'air. Papa avait un drôle de regard.

— Je voulais juste vous dire, Charlie, que je peux rester un peu plus longtemps aujourd'hui, a-t-elle soufflé d'une voix de velours. (Elle a jeté un coup d'œil à l'évier, aux pinceaux en désordre, aux tortillons de peinture, et elle a souri.) Je pourrais même ranger un peu. Alors, nous sommes d'accord, vous savez ? Pour notre séance demain, Charlie.

Quelle séance ? Mais de quoi parlait-elle ? J'ai retenu mon souffle, attendant que papa la reprenne. Que cette intrusion cesse. Mes sœurs continuaient à fredonner les paroles de la chanson, ignorant que quelque chose clochait.

— Super…

Il a posé son pinceau sur la toile.

J'ai regardé par la fenêtre en me mordant la joue, tâchant de ne pas penser aux mains d'Angie partout dans l'atelier, et de ne pas pleurer. À l'ouest, le ciel virait au rouge. Les nuages le frangeaient comme des flammes. Les paroles de papy au sujet de l'éclipse – « une explosion à l'envers » – m'ont traversé l'esprit. Alors, j'ai su ce que j'avais à faire.

31

Kat

La porte du dressing est entrebâillée. Jetant un œil à l'intérieur, Kat est surprise d'y trouver Flora et Angie, se regardant avec colère. L'atmosphère est lourde, électrique.

— Vous avez raté une super baignade, déclare-t-elle. (Aucune ne répond. L'odeur humide du shampoing flotte sur le palier après la douche de Lauren.) Vous n'avez pas vu mon…

— Angie porte, non, elle *fauche* les vêtements de notre grand-mère ! s'écrie Flora.

Une main sur la hanche, Angie se tourne avec défi devant le miroir de la coiffeuse, drapée dans un caftan turquoise, au col orné de coquillages brodés. Lorsqu'elle le reconnaît, un courant d'impressions douces-amères fait frissonner Kat.

— Ce n'est pas le casse du siècle, dit Angie.

Un feutre vole à travers le dressing, et Kat voit Raff fouiller dans la garde-robe.

— On débarrasse la maison.

La bague de fiançailles d'Angie diffracte la lumière sur la coiffeuse, où des mains en céramique, tels des membres amputés, portent encore les colliers et les bracelets de mamie.

— Pas toi, nous. Mes sœurs et moi ! lance Flora d'une voix tremblante.

Raff s'écroule par terre et fouille allègrement dans un tas d'accessoires.

— Les affaires de mamie sont très personnelles, Angie, tente d'expliquer Kat, mais il semble que ça dépasse le caftan, qu'elle ait surpris autre chose.

Prenant appui sur la jambe de Kat, Raff se lève, glisse un pied, puis l'autre dans une paire de talons aiguilles. Sur ce, il clopine à travers la pièce en traînant une étole de renard, tel un chien en laisse. L'atmosphère ne se réchauffe pas.

— Votre mamie est morte depuis un an. Personne n'a rien voulu jusqu'à aujourd'hui, rétorque Angie sans comprendre. J'avais juste envie de choisir des bricoles pour ma lune de miel. Je pensais que ça serait une bonne idée, vous voyez. Pour faire une surprise à Charlie.

— Mon Dieu…, murmure Flora.

Kat grimace elle aussi, puis repense à son portable perdu. Elle a l'impression de vivre sur deux plans parallèles – le bourbier de Rock Point et l'urgence de sa vraie vie –, un pied coincé dans chaque.

— Tu veux tout, même ton père, seulement pour toi, Flora. (La voix d'Angie vibre à présent.) Comme tu ne voulais pas le partager avec Lauren quand tu étais ado. (Ses mots ricochent autour de la pièce.) Je n'ai pas non plus oublié ça.

Ce « non plus » fait sauter le pouls de Kat.

— On en *parlera* à papa, jette farouchement Flora.

Jusqu'ici, Flora avait gardé une politesse tendue avec Angie, mais là, elle ne prend plus de gants. Fascinant. Son agressivité n'a pas été entièrement gommée par des années de vie conjugale, contrairement à ce qu'avait craint Kat. Au fond d'elle-même, elle est toujours Flora, sa sœur, sa complice, avec qui elle avait ri aux larmes, s'était querellée et liguée.

— Mais bien sûr, vous lui avez déjà parlé, toutes les deux, non ? fulmine Angie. (La chaîne en or à son nom tremble sur sa gorge.) Hier, dans l'atelier.

— Vaguement.

Kat peut seulement penser à l'expression de son père quand le croquis de nu avait plané vers le plancher. À la manière dont il l'avait saisi, caché.

— Vous devez bien savoir que quelques mots de vous ne suffiront pas à foutre en l'air ce mariage. Ni des messages malveillants, d'ailleurs, ajoute Angie.

— Euh… qu'est-ce que les lettres anonymes ont à voir avec ton mariage ? demande Kat, stupéfaite, regardant son neveu refaire gaiement le tour de la pièce.

— Elles sont là pour me signifier que je ne suis pas la bienvenue, non ? (Angie ôte des clips dorés, en forme de faisans, et les plaque sur la coiffeuse.) T'inquiète, toi et tes sœurs vous débrouillez parfaitement sans ça.

— Oh, je t'en prie…, lance Flora.

— Nous n'avons pas écrit ces lettres, Angie, dit posément Kat, tâchant de calmer le jeu, se retrouvant dans la position du conciliateur, pour une fois.

— Vraiment ? Et le type au chien noir, celui que Raff est sorti caresser ? qui semble toujours dans les parages dès que je sors de la maison pour fumer ?

(Angie croise les bras.) Eh bien, vous pouvez lui dire que j'ai tenu tête à des gangsters de Londres, que j'en ai repoussé toutes sortes aux portes des boîtes de nuit, et que s'il cherche à m'intimider…

— Des *gangsters* ? murmure Flora, horrifiée.

L'esprit de Kat se met à carburer, flairant une nouvelle piste.

— Attends… Est-ce que tu traînes des casseroles de Londres ici, Angie ? Ce type, ton pneu…

— N'essaie pas de faire de moi la méchante de l'histoire, réplique Angie, peut-être un peu trop vite. Comme ta sœur.

La revoilà. La discussion plus épineuse que Kat a sûrement interrompue.

— À propos, je savais aussi que vous me surnommiez le Monstre, à l'époque. (Angie passe le caftan de mamie par-dessus sa tête, dévoilant une combinaison en satin retroussée, un ventre rond puis, quand elle se retourne, un gecko tatoué au-dessus de ses hanches, à l'encre verdie par l'âge.) Je vous détestais toutes pour ça.

— Mais tu t'es quand même dit que ce serait une bonne idée de revenir dans nos vies ? s'étonne Flora.

— Ce n'était pas… une idée. (Angie s'essuie les yeux, laissant une trace de mascara. Une odeur de sueur monte de ses aisselles. Elle semble plus petite et vulnérable dans cette tenue.) J'aime Charlie.

— Tu le connais à peine.

Flora attrape Raff. Ses hauts talons pendillent, puis tombent avec fracas. Il s'accroche à l'étole de renard.

Même Kat n'oserait jamais penser qu'elle connaît vraiment son père, pas dans le labyrinthe de son cœur. Un maquis de passions, où il se perd autant que les autres. L'art est son seul chemin, sa façon de comprendre le monde, son impasse, son issue.

— Si, Flora. Je le connais bien. Nous sommes deux pièces bizarroïdes qui s'emboîtent. (Angie repose le caftan sur un cintre, puis se tourne vers elles avec un air plus doux en parlant de Charlie.) Le nord et le sud. Le jour et la nuit. Des âmes sœurs.

Kat a presque pitié d'elle. Son père a aimé de nombreuses femmes qui, toutes, probablement, se croyaient son âme sœur. Et il pleurait Dixie lorsqu'il avait entamé sa liaison avec Angie. Kat s'apprête à dire qu'elle lui a juste servi à rebondir, mais s'aperçoit qu'elle ne peut pas.

— J'aime tout en lui, depuis toujours. (Un sanglot se brise dans la gorge d'Angie.) Et je me battrai pour lui, ok ?

Elles écoutent avec gravité ses pas décroître dans l'escalier, et Kat prend soudain conscience qu'elle ne s'est jamais battue pour un homme. Qu'elle n'a jamais eu le courage de s'exposer à un échec. Elle se demande en quoi sa vie serait différente si elle l'avait fait.

— Juste avant que tu n'arrives, chuchote Flora par-dessus la tête de Raff, elle a mentionné l'éclipse, Kat. Devant mon fils ! Elle m'a renvoyé ça à la figure.

— Ah, je pensais bien que j'avais interrompu quelque chose.

Kat se cuirasse, attendant que Flora en dise plus. Une mouette file devant la fenêtre, un poisson argenté frétillant dans son bec.

— Ce qu'on lui avait dit sur Lauren et Gemma. (Flora devient cramoisie. Elle pose les mains sur les oreilles de Raff.) Cette plaisanterie stupide.

Kat tressaille, se rappelant qu'elles avaient joué les commères, racontant à Angie que Gemma et Lauren « en pinçaient » l'une pour l'autre. Idiot. Méchant. Elles n'imaginaient pas qu'Angie puisse le répéter à mamie. Mais peut-être que si ? Était-ce ce qu'elles voulaient secrètement ? Elle n'en est plus certaine. Mais ça paraît à nouveau très proche. Comme si ça pouvait encore compter. Moins d'une heure plus tôt, quand Lauren lui a demandé pourquoi mamie ne voulait pas de Gemma à Rock Point, Kat a réussi à mentir – juste un pieux mensonge, pour protéger Laurie d'une nouvelle blessure –, mais cette bassesse lui a coûté. Kat a soudain l'impression qu'il y a trop de choses à déballer. Elle se sent ruer, refuser de les affronter, écouter l'appel du travail.

— Tu n'as pas vu mon portable ?

— Je l'ai entendu sonner derrière ta porte, dit Flora en se détournant.

Dans sa chambre, Kat tombe sur l'appareil – sa vie d'adulte, la vraie, sa légitimité – et fait défiler fébrilement les appels manqués : l'avocat encore, Blythe, son assistante, Scarlett… *Kofi.* Qu'est-ce que… ? Un message. Qui dure onze minutes et trente-trois secondes.

32

Lauren, 2019

Lauren entend une lame du plancher grincer devant sa chambre. Une seconde plus tard, Flora surgit dans la pièce, puis s'arrête, voyant sa sœur ouvrir le tiroir du bureau.

— Oh, Laurie, je ne voulais pas te déranger…

— Pas du tout ! (Lauren le referme aussitôt. Elle écrira à Gemma plus tard.) Je viens de sortir de la douche. (Mais le froid de la mer pétille encore sous sa peau, logé dans ses os. Cela lui plaît assez.) Entre, entre…

Flora pénètre dans la chambre, la parcourant d'un regard indiscret. Elle a une énergie électrique, un peu folle. Ses cheveux ébouriffés la rajeunissent.

— Demain, j'irai nager avec toi et Kat. Un ultime tour de piste pour notre dernier jour, dit-elle d'une voix ferme, semblant chercher à s'en convaincre. Avant qu'on prenne la route. Ce sera…

— Comme au bon vieux temps, achève Lauren en souriant.

— Oui, acquiesce Flora, moins sûre d'elle. Peut-être.

Lauren ôte la serviette enroulée autour de sa tête, passe un pull shetland et lui jette un sourire perplexe.

— Ça va ?

— J'ai eu juste une prise de bec avec Angie. (Flora s'écroule sur le lit et relève les pieds. Le dessous de ses chaussettes est sale, une vision improbable.) J'ai dit le fond de ma pensée, Lauren. Je doute qu'elle me le pardonne un jour.

— Je pense qu'Angie peut l'encaisser, juge Lauren, intriguée.

Elle plante un doigt dans son pot de vaseline et s'hydrate les lèvres, s'apercevant que le vernis à ongles qu'elle a posé à Londres s'est écaillé, d'autres parts d'elle-même aussi.

— J'en ai marre, Laurie. (Flora s'appuie sur un coude, la tête dans sa main. Son regard est direct, hardi.) Je ne peux plus être gentille et polie. Je ne suis peut-être pas quelqu'un de bien. (Un temps.) Je ne l'ai sans doute jamais été.

Lauren s'assied au bord du lit, désarmée, ne sachant trop quoi dire. Une brise agite le rideau sur sa tringle, un bruit familier de tissu, d'air et d'anneaux, d'éléments qui s'insinuent dans la maison.

— Je suis désolée, Lauren, ajoute doucement Flora. Je n'ai pas été la meilleure des sœurs.

— Je n'avais pas de sœur, et puis je vous ai eues, toi et Kat. (Lauren s'assied près de Flora sur la couette, comme si le temps n'avait pas passé depuis les étés de leur adolescence. Elle doit résister à l'envie de lui tresser les cheveux.) Vous n'étiez pas les sœurs que j'avais imaginées, mais je n'étais plus fille unique. Ça a été, et c'est encore, sensationnel pour moi. Franchement.

— Lauren, cela me rend très heureuse et malheureuse en même temps.

La voix de baryton de leur père gronde vers elles :

— Flora !

— Argh… Tu l'entends. Il *fulmine.* Ces retrouvailles ont très mal tourné. Et elles vont encore s'aggraver. (Elle triture un bouton de la couette, puis lève les yeux d'un air contrit.) Écoute, j'ai répondu au portable de Kat pendant que vous étiez toutes les deux dans la crique. C'était Kofi.

— Pardon ?

Lauren croit avoir mal entendu.

— Son nom s'est affiché… Je n'ai pas pu m'en empêcher. Je sais, je sais…, lance-t-elle en voyant tressaillir Lauren. (Kat va piquer une crise. On ne peut même pas citer le nom de Kofi.) Et il m'a dit… (Flora se colle à Lauren, l'odeur du vin de la veille dans son haleine)… Kat cache quelque chose, elle…

— Flora ! crie à nouveau Charlie.

— On parlera plus tard. (Flora passe dans la chambre voisine, et dit à Raff de ne pas bouger pendant qu'elle discute en bas avec les grands. En revenant, elle tend la main à Lauren.) Tu viens avec moi ? J'aurais besoin que tu sois à mes côtés.

— Je l'ai toujours été, dit simplement Lauren en laissant sa sœur la tirer du lit.

La cuisine ressemble à une scène d'intérieur flamande, riche, gorgée d'ombres. Derrière les fenêtres, le ciel est blanc et bas, comme s'il tenait un ventre de neige. Les mains nouées d'Angie et de Charlie forment un socle sur la table, une déclaration d'intention. Il y a aussi du pain. Un pot de confiture rubis. Une motte de beurre. Les couverts en argent ternis de mamie.

— Asseyez-vous, lance Charlie d'un ton bourru.

Lauren s'installe dans le fauteuil en cuir de papy, au siège poli par ses pantalons en velours côtelé, et glisse les mains sur les accoudoirs, comme il le faisait jadis.

— Cette discorde doit cesser. Tout de suite.

Charlie est effondré, sa chemise boutonnée à la va-vite. Mais ils ont tous été défaits par ces derniers jours à Rock Point, leurs bords effilochés par le sel et l'humidité. Lauren n'est pas tombée d'aussi haut.

— Si vous cherchez mes défauts, vous les trouverez, les filles. Soyez tranquilles, je n'en manque pas. (Il marque une pause théâtrale.) Mais si vous cherchez un terrain d'entente avec Angie, vous le trouverez aussi.

Kat râle, s'adosse au plan de travail, les doigts posés sur son portable, comme sur une arme qu'elle pourrait dégainer à tout moment. L'euphorie de la baignade semble avoir fait place à une humeur cassante, méfiante. Elle jette souvent des regards noirs à Flora, assise anxieusement au bord du sofa. Lauren s'agite dans son fauteuil, prise d'une envie soudaine d'être dehors, d'aller marcher sur les falaises.

— On sait tous que le problème n'est pas qui rapportera chez elle les robes de ma mère, juste pour pouvoir les refiler à une boutique de charité. (Charlie fait couler la confiture sur une tartine et l'étale avec sa cuiller.) Il s'agit du passé, grommelle-t-il, qu'on ne peut pas défaire.

Et dont on ne va pas parler, pense Lauren.

— Je dois dire que ces lettres stupides n'ont pas non plus détendu l'atmosphère, ajoute-t-il pendant qu'Angie se penche vers lui pour ôter une miette de sa chemise.

— Ni le pneu crevé. Ni, bizarrement, le chauffeur psychopathe, ajoute Kat.

Dans le silence qui suit, Lauren écoute le *scouic-scouic* de la balançoire de Bertha. Ses pensées vont et viennent, avec gêne, ardemment, vers Jonah, l'inconnu familier du train qu'elle ne cesse d'apercevoir çà et là, tête baissée, capuche relevée. Elle ne comprend pas pourquoi elle a si vite dans la peau un homme qu'elle vient de rencontrer. Chaque fois qu'elle regarde par la fenêtre, elle ne peut s'empêcher de guetter sa silhouette. Le point noir de sa chienne. Dès demain, chose frustrante, elle n'aura plus l'occasion de chercher à quoi il joue. S'il a écrit les lettres anonymes, et pourquoi.

— Quel qu'il soit, je pense que c'est quelqu'un qui refuse de tourner la page. (Charlie ôte ses lunettes et se presse l'arête du nez, laissant des traces de doigt. Il regarde directement Lauren. Elle est choquée de le voir au bord des larmes.) La mort de ta mère m'a donné une leçon, Laurie. Pendant une trentaine d'années, il ne s'est pas passé un jour sans que j'aie regretté… (il s'arrête ; Angie le fixe avec circonspection, comme s'il ne lui avait peut-être pas avoué ça) eh bien, d'avoir tout fait foirer. Mais Dix est morte.

(Il claque des doigts.) Et voilà. Stade terminal. Partie. Impossible de me racheter. De ranimer la flamme.

Lauren cligne des yeux, stupéfaite. Au fil du temps, le couple improbable de ses parents n'avait fait que devenir encore moins concevable. Avait-il vraiment imaginé qu'ils se remettraient ensemble au bout de trente ans ? Impensable. Et pourtant, une lueur s'allumait toujours dans les yeux de Dixie à la mention de Charlie, une lueur qui ne brillait que pour lui. Et elle ne s'était jamais rangée, s'accrochant à son indépendance, craignant d'être à nouveau blessée et déçue. Lauren est consternée par ce gâchis : l'union de ses parents, qu'elle avait tant rêvée petite, avait été possible mais ne s'était jamais réalisée.

— Je ne referai pas cette erreur.

Son père se tourne et pose doucement une main sur la joue d'Angie.

— C'est bon de savoir que tu as aimé nos mères aussi, dit Kat d'un ton glacial.

Flora fixe le sol en se mordant les lèvres.

Les vieilles rivalités reviennent au galop. Si grand ait été le désir de Dixie que Lauren renoue avec ses sœurs, une part d'elles-mêmes reculera probablement toujours : une rancœur profonde, trop solide pour être extirpée.

— Oh, je les aimées, bien sûr, dit Charlie tendrement, sincèrement. Vous avez été conçues dans l'amour. C'est tout ce qui compte.

Kat hausse un sourcil.

— Vraiment ? Tu te dédouanes facilement.

— Oh, arrête ! lance-t-il en perdant patience. Vous ne vous mêleriez jamais des affaires de cœur de vos sœurs.

— Je n'en suis pas si *sûre.*

Kat jette un regard appuyé à Flora, montrant qu'elle sait qu'elle a répondu sur son portable et parlé à Kofi. Flora rougit. Lauren sent le courant d'animosité qui passe entre ses sœurs. Bertha aussi. Elle pousse un cri perçant.

— Hourrah ! (Kat sourit à son portable en lisant un message entrant.) C'est confirmé. J'ai une place sur un vol, ce soir.

— Mais… mais…, bégaye Flora, atterrée. Tu vas manquer notre dernière soirée.

— Quoi ? (La déception froisse le visage de leur père.) Quand l'as-tu réservée ?

— À l'instant. Via Scarlett, mon assistante.

Kat fusille du regard Flora.

Charlie se penche en avant, les mains étalées sur la table, l'image du patriarche offensé.

— Ce n'est pas bien de partir avant tout le monde, Kat, gronde-t-il.

— Papa, dit Kat, plus affectueusement. Souvent, toi, tu ne viens pas du tout.

— Bon, parfait. Comme tu veux. (Charlie s'adosse à sa chaise et croise les bras, offusqué.) Vous vous êtes chamaillées pour savoir qui prend quoi ?

— On a créé un système de Post-it, répond Flora en reniflant. Et il nous faudra un homme avec une camionnette pour tout prendre. Je ne peux pas caser une grande horloge dans mon coffre.

Un instant, Charlie a l'air perturbé. Presque indécis. Lauren se demande s'il vient de réaliser que les affaires de ses parents vont partir à tout vent.

— Je connais des gens, assure Flora. Ne t'inquiète pas, je vais m'en occuper. (Elle jette un coup d'œil au buffet, vérifiant quelque chose.) Mais j'emballerai la vaisselle ce soir. Je l'emporterai demain. Tu n'en veux pas, n'est-ce pas, Laurie ?

Lauren hésite, partagée.

— Non. Prends-la, Flora.

Des petits pas martèlent le sol. Raff déboule dans la cuisine, les mains derrière le dos, l'air content de lui.

— Hé salut, Indiana Jones ! (Charlie s'illumine.) *Tu* as trouvé des trucs sympas à rapporter chez toi ?

Raff hoche la tête. Lauren note qu'elle doit dire à Flora qu'elle a un fils merveilleux. Exceptionnel. Quelle que soit l'issue de ces retrouvailles, qu'elles les rapprochent ou les séparent, ou bien s'achèvent par une bagarre à Las Vegas, elle est contente d'être venue et d'avoir passé du temps avec Raff, un tonique après avoir macéré des semaines dans la maladie et la peine.

— Raff a trouvé un cadeau, lance-t-il fièrement, en bombant le torse. Pour tatie Lauren.

— Pour moi ? dit Lauren surprise, en riant. (Son cœur fond. Elle entend Flora murmurer :) Oh, Raff. *Non…*

Le temps ralentit. Vacille. Amortit le choc. La nappe à fleurs, le buffet vert pomme, les visages blêmes comme des phalènes, tout se mêle dans sa vision brouillée, se réduisant à l'oiseau tressé par Gemma dans la main de Raff. Puis tout devient noir.

33

Lauren, 1999

Plus que trente-deux minutes. L'éclipse commençait à ressembler à une de ces choses qui sont peut-être plus drôles une fois passées, comme Halloween, quand on peut en rire, en parler, et que c'est tranquillement derrière nous.

Même dans le jardin fleurant le chèvrefeuille, j'étais à cran, réveillée depuis l'aube quand j'avais senti quelqu'un m'observer sur le seuil de ma chambre. Encore ensommeillée, j'avais aperçu la porte se refermer, lentement, doucement, mais pas qui était derrière. Alors, je m'étais levée pour m'asseoir au bureau près de la fenêtre, regarder la première file de curieux qui gagnaient le sommet des falaises telles des fourmis, avec des trépieds, des caméras vidéo, des tabourets de camping et des sacs à dos. « L'invasion », l'appelait mamie. « L'heure de faire la fête », disait Kat.

J'étais prête pour ce qui allait venir. J'avais démêlé mes cheveux collés par le sel, débarrassé mon crâne du sable qui me grattait, et mis la robe à étoiles pour aller avec celle de Gemma. Mais elle n'était toujours pas arrivée. Et mes sœurs avaient filé à l'étage après le petit-déjeuner pour chercher dans leurs valises la tenue parfaite, comme si tout le monde allait les regarder, elles, pas le ciel. Elles ne m'avaient pas invitée à les rejoindre. Ce n'est pas que j'en avais envie. Je ne leur avais pas pardonné pour la corniche. Et elles le savaient. Elles devaient se sentir coupables et m'en vouloir pour ça. Un truc du genre, en tout cas.

Sautant de la balancelle, j'ai atterri sur la pointe des pieds et fait demi-tour vers la volière. J'étais déjà dehors depuis un bon moment. Rester dans la maison me semblait dangereux comme s'il allait y avoir non une éclipse, mais un séisme, et qu'il valait mieux éviter les plafonds. Mais j'avais gardé un œil sur les portes de la véranda, attendant que papa sorte, fendant les feuilles de palmier et les hautes herbes. C'était ce que j'espérais, juste une chance de lui dire qu'Angie volait mon rôle dans l'atelier, le monde que j'aimais tant ; et je craignais que, si je ne lui étais plus nécessaire, il disparaisse de ma vie aussi vite qu'il y était réapparu, tel un génie dans sa lampe. Mais puisqu'il n'était pas venu me trouver, je commençais à comprendre qu'il n'avait même pas remarqué ce que j'avais fait dans l'atelier la veille, et que les choses qui me semblaient énormes pouvaient lui paraître minuscules. Ou peut-être était-ce juste que les adultes voyaient seulement ce qu'ils voulaient voir. Ils n'étaient pas de bons observateurs.

De l'autre côté du mur du jardin, quelqu'un a crié :

— Elle est sympa, cette maison blanche !

Puis une musique rythmée a éclaté, vibrant, hoquetant dans le vent. Les perruches filaient à travers la volière. Avec leurs plumes gonflées par le stress, les jaunes ressemblaient encore plus à l'oiseau de paille que je désespérais toujours de trouver.

— Chut…

J'ai posé un doigt sur mes lèvres. Elles n'ont pas écouté. Ma présence les rendait plus nerveuses parce qu'au fond, je n'étais pas calme. Les oiseaux le sentaient.

Finalement, j'ai décidé d'attendre Gemma à l'intérieur et je me suis glissée dans la maison. Bertha a levé une patte pour m'accueillir. J'ai chuchoté « Salut » et lancé des pensées entre les barreaux de sa cage, comme des avions en papier, des promesses que la deuxième aube de la journée ne durerait pas longtemps.

— Je ne sais pas si je viens ou si je pars ! a-t-elle crié de la voix de mamie, ce qui m'a fait sourire.

— Lauren, tu es prête ? Le compte à rebours commence !

Papy a déboulé dans la cuisine, les cheveux vesse-de-loup tel un professeur fou. Lui-même était levé depuis des heures, réglant son appareil photo, passant des infos de la télé à celles de la radio, puis à un flux d'astronomes en direct sur le Net, qui se bloquait toujours à un moment crucial. Même les prévisions nuageuses n'avaient pas assombri son humeur.

— À l'À-Pic !

— Mais Gemma n'est pas encore là ! ai-je lancé comme s'il pouvait retarder l'éclipse jusqu'à son arrivée.

— Oh, mais si ! Elle est en haut, avec Kat et Flo. Depuis déjà longtemps. Va les chercher. (Mon air hésitant a dû l'arrêter, car il m'a caressé la joue.) Tu te rappelleras toujours cette journée, a-t-il dit gentiment. C'est comme un souvenir que tu n'as pas encore.

— Je suis sûre que Lauren n'a pas la moindre idée de ce que tu racontes, Herb, a jeté mamie en nous dépassant à grands pas. (Agitant ses lunettes d'éclipse, elle a maugréé :) J'ai du mal à me fier à ces trucs !

Mais je savais exactement ce que papy voulait dire. Je le savais toujours. C'étaient mes sœurs que je ne comprenais pas. Et maintenant, Gemma. Pourquoi n'était-elle pas venue me trouver ?

Sur le palier du premier étage, un rire a jailli de l'atelier. Mon estomac s'est noué. J'ai crié :

— Papy dit qu'il faut se dépêcher !

J'ai entendu une cavalcade quand Flora, Kat et, enfin, Gemma, ont dévalé les marches, s'entassant sur le palier, s'arrêtant à ma vue. J'ai retenu mon souffle.

Elles étaient transformées. Des nattes sinueuses couronnaient leur tête ou pendaient, mêlées de fils de couleur. Des paillettes barraient leurs pommettes. Des étoiles et des fleurs. La jupe à sequins de Flora projetait des diamants sur le mur.

Même si Gemma portait la même robe que moi, elle n'était plus la fille de Viv et de Mike le pêcheur, maigre, aux yeux de maquereau. Ni l'amie sur qui je pouvais compter. Elle ressemblait beaucoup plus à mes sœurs. Elle avait changé de style, de camp. Flora et Kat l'avaient harponnée et marquée avec leurs paillettes, qui tombaient de ses paupières quand elle cillait, comme des écailles de poisson.

Je les ai fixées longuement, bouche bée, puis je n'ai plus pu les regarder. J'avais la gorge serrée.

— Pourquoi vous étiez dans l'atelier ?

— La lumière était meilleure.

Flora tapotait les paillettes sur ses joues, vérifiant qu'elles étaient en place. Alors, j'ai compris que, quoi qu'il puisse arriver dans sa vie, elle brillerait toujours : elle était une de ces filles-là, pas moi.

En bas de l'escalier, papy a lancé :

— Dépêchez-vous ! Le spectacle va commencer.

Flora et Kat ont filé au rez-de-chaussée. Seule Gemma est restée et m'a chuchoté :

— Ne sois pas fâchée. Je voulais venir te chercher, mais Kat m'a arrêtée. Elles ont dit que je devais me préparer. Elles m'ont fait…

— Pourquoi tu ne leur tiens jamais tête ? Pourquoi tu les laisses te… *rabaisser* autant ? (Ces trucs moches sont sortis avec tant de force que Gemma a reculé. Dès que je les ai lâchés, j'ai compris qu'ils étaient adressés, non pas à elle, mais à moi. Que c'était moi qui devais résister à mes sœurs, cesser de faire comme si j'étais une invitée, comme si je n'avais pas le droit d'être à Rock Point. Je brûlais de ravaler mes paroles.) Ce n'est pas ce que j'ai voulu dire…

Gemma a fixé les marches que mes sœurs venaient de quitter, l'air encore troublé par leur présence.

— Non. Tu as raison.

Papy nous a rappelées. J'ai dit :

— Pardon.

Gemma a vacillé, hésitant à partir, à faire basculer cette journée, et nos vies, dans une autre direction. À la place, elle a cherché ma main, noué ses doigts avec les miens et, sans ajouter un mot, on a descendu l'escalier ensemble, prêtes à voir l'ombre de la lune engloutir le soleil. Une belle nuit tomber.

34

Flora

Lauren tombe gracieusement, sans bruit, comme un danseur ou un poulain. Il y a un moment de silence – le saisissement du choc –, puis chacun se démène pour l'aider en écartant les chaises. Kat aboie quelque chose sur la position latérale de sécurité ; Bertha crie. Raff fond en larmes. C'est arrivé très vite : Raff montrait l'oiseau de paille dans sa main en coupe ; Lauren, en voulant s'asseoir, a raté son fauteuil, l'air complètement perdue dans le temps et l'espace.

— Ici, Laurie. (Son père la pose doucement sur une chaise, prend son visage dans ses mains.) Ça va, ma puce ?

Lauren acquiesce vaillamment. Elle n'a pas l'air bien. Ses joues sont blafardes, comme si elle avait mis un fond de teint trop pâle, et ses pupilles dilatées, pareilles à des trous noirs.

Angie pose une main sur ses épaules.

— Oh, chérie…

Charlie secoue légèrement la tête.

— Pas toi, Angie. Pas « chérie », pas maintenant.

Elles n'ont pas le temps de savourer ça.

Un sanglot se brise dans la gorge de Raff. Flora le prend dans ses bras et lui masse le dos, comme pendant ses coliques de bébé.

— Raff a fait une bêtise, gémit-il.

Mais c'est sa faute à elle.

À quoi donc songeait-elle en le laissant prendre cet oiseau ? À vrai dire, elle n'aurait jamais pensé qu'il le rendrait à Lauren : à l'école, Raff est le garçon qui ne veut pas partager. Elle semble avoir sous-estimé la gentillesse de son fils, son grand cœur.

— Laisse-moi t'examiner. (Charlie écarte avec tendresse la frange de Lauren, découvre une petite bosse.) Tu crois qu'elle a besoin de voir un médecin ?

Flora met un instant à comprendre que son père s'adresse à elle. À la mère dans la pièce. À l'adulte responsable qu'elle n'a pas l'impression d'être. Elle repose Raff par terre, se baisse près de Lauren et sonde ses yeux sans fond. C'est un peu comme regarder dans un lac plein de vase, où un corps paraît flotter sous la surface. D'abord, elle ne voit rien et une crampe se met à lui vriller le ventre, la peur que l'histoire se répète ; mais ensuite, Dieu merci, tel le retour de la lumière après l'éclipse, la vie se ranime dans ses prunelles. Elle montre l'oiseau de paille sous la table, qui gît près d'une perle du collier de Flora.

Flora le ramasse en hâte et le tient comme une grenade. Et de fait, c'en est une, une bombe émotionnelle.

— J'ai attendu longtemps, dit Lauren en tendant la main. De tout ce qu'il y a dans cette maison, c'est la seule chose que je veux, Flora.

Flora hésite. Elle n'ose pas.

— Donne-le-lui, ordonne Kat.

— Je n'espérais jamais le revoir, murmure Lauren en tournant lentement l'oiseau entre ses doigts. (Son visage semble s'arrondir, rajeunir, tel un photomontage d'une femme changeant au fil du temps.) J'avais l'impression que Raff tenait cet été dans sa main, ajoute-t-elle. Je sais que ça paraît bizarre.

Non, bien sûr. C'est pour ça que Flora n'avait pas osé le lui montrer.

— Eh bien, il t'est revenu, s'émerveille Kat à voix basse.

— Où l'as-tu trouvé, Raff ? demande doucement Lauren.

— Panier, marmonne-t-il.

— Un vieux panier d'osier, poussé contre le mur de l'atelier. Mamie, cette excentrique, a dû le dénicher et le fourrer dedans, répond Flora, tâchant d'évacuer le sujet.

Elle aimerait pouvoir faire de même avec l'oiseau de paille. Toujours un mauvais présage.

— Tu te souviens que ta grand-mère t'avait accusée, Lauren ? rappelle en vain Angie.

— Mais pourquoi a-t-elle fait ça ? demande Kat, perplexe.

Tous regardent Charlie, cherchant des réponses.

Un ange passe.

— Ma mère était une femme complexe, dit-il finalement. Elle gardait jalousement les choses. (Il enlève ses lunettes et se frotte les yeux.) Elle accumulait. Elle collectionnait.

Un étrange bourdonnement s'élève dans la cuisine. Puis un silence fragile. Flora n'aime pas ça. S'ils n'y prennent pas garde, ils pourraient tous verser dans cet été-là, l'un après l'autre, comme à travers une trappe.

— Dis pardon à tatie Lauren, chuchote-t-elle à Raff.

— Non, non. Il ne doit s'excuser de rien. (Lauren presse la main de l'enfant.) Merci de l'avoir trouvé. Tu es un garçon très gentil, merveilleux. Je suis si heureuse de l'avoir récupéré.

Flora voit la tension quitter le petit corps de son fils. Une boule se forme dans sa gorge : elle a tellement l'habitude de s'excuser pour la conduite de Raff que l'entendre remercié la bouleverse.

— Bien, on a besoin d'une boisson chaude. N'est-ce pas, les filles ?

Angie remplit la bouilloire.

— Je vais peut-être remonter un peu dans ma chambre…, commence Lauren en serrant l'oiseau de paille du même geste possessif que Raff dans l'atelier.

— Je t'accompagne, s'empresse de dire Flora, craignant que Kat ne l'interroge au sujet du portable. Occupe-toi de Raff, papa. (Elle sourit en agitant les doigts vers son fils.) Ne t'approche pas de la cage, ok ?

Flora retape énergiquement les oreillers de Lauren, cherchant éperdument à se faire pardonner… eh bien, tout. La nuit dernière, elle l'avait regardée dormir, debout sur le seuil de sa chambre, comme le premier été de Lauren à Rock Point, pour s'imprégner de la réalité saisissante d'une nouvelle sœur. Et elle avait fait de même la veille de l'éclipse, se souvient-elle. Elle était si agitée cette nuit-là, incapable de dormir, comme si un événement historique allait se produire. Cherchant de la compagnie, elle avait gagné la chambre de Lauren, à côté de la sienne, mais elle dormait à poings fermés. Puis, voyant Kat remuer de l'autre côté du palier, elle s'était glissée dans son lit. Elles s'étaient réveillées quelques heures plus tard, en nage, bizarrement enchevêtrées, leur alliance renforcée.

— Laurie…, commence-t-elle, brûlant de lui apprendre tout ce qu'a dit Kofi au téléphone. (Mais la réaction de Lauren face à l'oiseau de paille – maintenant sinistrement perché sur sa table de nuit – lui rappelle qu'elle est plus sensible que les autres, que la peau entre elle, le monde et l'été de l'éclipse est plus mince et poreuse. Elle ne peut pas courir le risque de la perturber encore plus.) Repose-toi…

— Franchement, ça va, proteste Lauren.

— Laisse-toi un peu dorloter. (Flora lui caresse la main. Son vernis ébréché lui brise le cœur.) Tu as tellement souffert. Si tu étais venue chez moi à Noël, je t'aurais chouchoutée. J'en avais envie… je… (L'air gêné de Lauren la fait réfléchir.) Enfin, je comprends que tu aies pu être mal à l'aise. (Elle s'enfonce encore plus.) La disparité entre nos vies… (*C'est pire.* Arrête.) En tout cas, j'espère que tu viendras l'an prochain.

Elle a honte d'avoir écouté Scott, qui ne cessait de dire que ce serait délicat et déséquilibré, entre eux qui avaient tant et Lauren si peu. Que la peine de Laurie ferait paraître indécente la moindre joie festive, que ce serait injuste pour Raff. Mais ces derniers jours à Rock Point l'ont portée à se demander si Lauren n'a pas des richesses cachées, et une liberté qui, pour elle, semble n'être qu'un rêve.

— Flora, j'ai parlé à Scott. (Lauren serre ses genoux dans ses bras.) Il m'a demandé de le garder pour moi. Mais j'ai l'impression que tu penses que j'ai snobé ton invitation, alors que je n'en avais pas du tout l'intention.

La sensation d'effondrement est comme une chute d'hormones à la fin de son cycle.

— Qu'est-ce qu'il t'a dit ?

Lauren hésite.

— S'il te plaît, ne lui dis pas que je te l'ai répété.

— Quoi ?

Le cœur de Flora commence à cogner.

— J'ai appelé sur la ligne fixe pour savoir ce que Raff aimerait avoir à Noël, et Scott a décroché. Quand j'ai demandé de tes nouvelles, il a expliqué que tu essayais de tomber enceinte. Que tu étais surmenée, que tu te laissais submerger par tout et tout le monde. (Lauren rougit.) Quand je lui ai appris que tu m'avais invitée à Noël aussi, il y a eu un silence. J'ai demandé ce qui se passait et il a répondu qu'il s'en voulait terriblement de le dire, mais qu'il valait sans doute mieux que je refuse ta proposition, avec toute la pression que tu subissais. Si ça ne me dérangeait pas. Non, bien sûr pas du tout. J'ai parfaitement compris. D'ailleurs, le centre de soins palliatifs me voulait pour les fêtes. (Elle sourit tristement.) Ça doit être agréable d'avoir quelqu'un qui fasse autant attention à toi, Flora.

Flora n'entend que le rugissement dans ses oreilles. Elle pense au cocktail qu'ils ont donné pour les collègues de Scott, qui ne sont pas partis avant minuit ; à la femme maigre, à la robe en lamé, qui lui a demandé ce qu'elle faisait toute la journée. À sa belle-mère, l'omniprésente, la colossale Maureen – « Pas une dinde entière, juste les blancs ? Oh… » –, qui est restée *une semaine*. Et elle songe à sa petite sœur en deuil, coiffée de pauvres guirlandes au chevet des mourants. Flora a envie d'appeler Scott et de hurler sur la ligne pour lui crever les tympans. Et elle voudrait se cacher dans un trou.

— Je vais te laisser tranquille, murmure-t-elle d'une voix à peine audible.

— J'ai fait une gaffe ? entend-elle Lauren lancer, mais elle est déjà sur le palier, le cœur battant, les yeux brouillés de larmes.

Incapable d'affronter personne, encore moins Kat, Flora fonce au rez-de-chaussée, se glisse sur le perron, franchit le portail en forme de lune jusqu'au jardin désert, où des fantômes d'anciens étés font la roue sur la pelouse… quand soudain, une main s'abat sur son épaule.

35

Kat

— Tu as piraté ma vie ! (Kat tire furieusement sur la cigarette qu'elle a piquée dans le paquet d'Angie, se moquant d'attraper un cancer.) Tu as répondu sur *mon* portable, dit à Kofi que j'étais toujours amoureuse de lui. Alors que tu ignores tout de mes sentiments. Qu'il va épouser une autre femme dans six semaines. Tu as dépassé les bornes, Flora !

— Si j'avais su qu'il allait se marier, je ne lui aurais rien dit ! hurle et pleure Flora, crachant des postillons.

Le vent renvoie la fumée de cigarette dans le visage de Kat, ainsi qu'une légère odeur de poisson pourri. Avec toutes ces couleurs et les fleurs fanées, flétries par le sel, le jardin desséché, c'est comme si elles étaient dans une toundra lointaine. Il est presque impossible de croire qu'elle, Flora, Lauren et Gemma aient jamais couru ici, l'été, sur une pelouse verdoyante, riant, trébuchant sur les robes de bal chapardées. Que des perruches se chamaillaient et gazouillaient dans la volière, ces « p'tites dames » que mamie observait d'un transat à rayures, son gin à la main, un bol de fraises sur les genoux. Ou que les tomates biscornues de papy aient jamais poussé dans la serre, exhalant de la buée sur sa vitre. Et elle se sent vidée par la perte.

— Pourquoi n'as-tu pas confié à tes sœurs une nouvelle aussi grave ? demande Flora, blessée.

— *Demi-sœurs.*

Kat sait que c'est la pire chose qu'elle pourrait dire. Tout comme elle le savait il y a des décennies : si elles n'étaient pas ses sœurs à part entière, elle n'avait pas à leur parler de ce qui se passait chez elle ; comme dans une liaison à distance, elle pouvait cacher son quotidien, garder sa honte secrète. Tout ce qui comptait lorsqu'elles étaient ensemble, c'était le moment présent, vécu intensément. Elle ne voulait pas penser au reste. Elle ne le veut toujours pas.

Et elle a horreur que Flora soit maintenant au courant des fiançailles de Kofi, de son humiliation. Il semble qu'il n'y a aucun endroit sur terre où elle puisse échapper à ça. Ni au travail, ni à New York, ni même à Rock Point. Lorsqu'elle avait appris que Kofi épousait Sara – une vieille amie de la fac, à présent sage-femme, mortellement convenable, parfaite pour lui –, elle avait vomi sur ses chaussures. Même la réapparition d'Angie n'avait pas eu cet effet.

— Tu n'avais pas le droit, Flora.

— Mais tu avais l'air si heureuse, Kat, les fois où je vous ai vus ensemble.

Kat ne sait comment expliquer que ce bonheur pur, simple, la pétrifiait. Elle ne pouvait se reconnaître en lui. Elle ne pouvait pas le contrôler.

— Scott ne me regarde jamais comme Kofi te regardait, poursuit doucement Flora. J'ai juste voulu t'aider.

— Flora, la vie n'est pas une chanson de Coldplay ! Je n'ai pas besoin qu'on m'aide ! Aide-toi d'abord toi-même !

Kat écrase la cigarette dans l'herbe et se détourne, furieuse, brûlant de semer Flora, désirant qu'elle la suive, un noyau de peur se formant dans sa poitrine. Comme lorsqu'elle courait sur le sentier des falaises en sentant que le monde est un globe, perdu dans la voûte sans dieu de l'espace, et elle juste une poussière. Que personne n'en sort vivant.

— D'accord, mais on peut s'asseoir ? Viens. (Flora montre la balancelle.) Je pèse au moins neuf kilos de plus que toi et, si ce truc s'effondre, tu tomberas avec moi. (Le siège proteste par un grincement rouillé quand elles s'y installent.) Eh oui, il y a une métaphore là-dedans, Kat. Je ne suis pas aussi bête que tu le crois.

— Merci de le préciser, dit Kat, s'apercevant que le contact de la cuisse de Flora la réconforte, comme pendant les séances de pose de *Jeunes filles à la volière* : la chaleur humaine, juste ça.

Elles se balancent sans un mot, se rapprochant, leurs nez et le bout de leurs doigts rougissant dans le froid. Elles regardent un corbeau sautiller sur la pelouse. Les corbeaux sont aussi intelligents que les colleys, avait dit une fois Gemma. Une remarque typique d'elle. Un ange passe.

— Kofi a dit que tu avais des ennuis au travail, glisse prudemment Flora.

Le sursaut de Kat agite la balancelle. Elle a la bouche sèche. Elle tente de comprendre ce que ça signifie, ce que sait Kofi. Et comment elle peut cacher ses problèmes à Flora.

— C'est pour ça qu'il t'appelait. Pour te prévenir.

— Comment Kofi a-t-il pu savoir… (Kat s'arrête en trouvant la réponse évidente : *Scarlett*, son assistante, son amie, la personne qui les avait présentés. La traîtresse a dû vendre la mèche.) Spring a suspendu le remboursement d'un prêt. Ça arrive tout le temps. Je rassurerai les investisseurs à la réunion. (Songeant que c'est sa dernière chance, elle sent son ventre se serrer.) J'ai sorti Spring de pétrins plus graves.

— L'emprunt se monte à combien ? demande Flora.

Comme si elle en avait la moindre idée.

— Comparé au potentiel de Spring ? Minuscule. C'est une entreprise de longue haleine, pas un projet d'enrichissement rapide, lance-t-elle, mal à l'aise. Et, putain ! Ce ne sont pas les affaires de Kofi !

— Il était inquiet pour toi, Kat. (La voix douce, maternelle, de Flora fait son effet. Kat doit lui résister et rester sur ses gardes.) Apparemment, tu n'as pas répondu à des appels urgents.

— Ici, le signal est nul.

Kat sent ses défenses se dresser, fendre l'air autour d'elle comme une cape en acier.

— Scott a réussi à me joindre.

— Scott pourrait te traquer n'importe où, Flora. Il a probablement collé un traceur dans ton sac. Tu sais quoi ? (Le sang de Kat bat dans ses oreilles.) Tu as tellement l'habitude qu'il contrôle ta vie que tu trouves naturel de fliquer la mienne. Si ! C'est pour ça que tu as répondu sur mon portable. Et ce n'est *pas* normal,

Flora. Pas du tout. (Kat n'aurait pas dû hésiter à aborder ce sujet lors de leur verre pesant, après l'enterrement de Dixie. Quand elle avait demandé à Flora pourquoi elle n'avait pas de compte séparé et pourquoi Scott vérifiait chaque dépense, tout en gardant lui-même un compte personnel.) C'est flippant et injuste.

— Scott est le père de mon fils, répond faiblement Flora.

— Oui, et tu voulais une figure paternelle, je comprends ça. (Kat ne peut s'empêcher d'être contente de voir Flora sur la défensive, oublier un peu Spring.) Tu cherchais quelqu'un qui t'offre la constance et la sécurité que papa ne t'a jamais données. Après ce qui s'était passé ici, tu voulais une protection contre le risque. Je comprends ça aussi. Mais la vie *est* un risque. (Elle sait qu'elle avance en terrain miné, mais c'est comme si elle se tenait au bord d'une falaise avec l'envie compulsive de sauter.) Tu nies ce que tu es. Tu t'es enterrée vivante, Flora.

— Comment oses-tu ? Tu peux parler ! Toi qui ne peux même pas risquer d'avoir une relation amoureuse !

Kat tressaille.

— Et je sais… je *sais* que tu m'as toujours méprisée. L'ennuyeuse, la stupide Flora… maintenant plus que jamais. Regarde-moi ! Une mère obèse. (Elle agite les bras.) Avec des ailes de chauve-souris ! Et une vessie qui… qui *a fui* quand j'ai sauté sur le trampoline de Raff le lendemain de Noël. Oui, je me suis pissé dessus !

Kat la regarde, incrédule.

— Alors, tu peux faire mieux ? gronde Flora, rayonnant de rage, plus belle que jamais. Essaye un peu !

Et comme Kat ne laissera *jamais* Flora avoir le dernier mot, que le corbeau la fixe d'un air agressif et qu'elle en a marre des conneries, elle se lance :

— Pendant six mois avant cet été-là, le dernier été dont-on-ne-doit-pas-parler, maman se soûlait à mort tous les soirs.

— Quoi ? (La colère de Flora se dissipe.) Je savais que Blythe aimait faire la fête, mais je n'en avais aucune idée. Mon Dieu, Kat, pourquoi ne me l'as-tu pas dit ?

— Je ne pouvais pas. Trop risqué. Maman aurait perdu des contrats. Les tabloïds… tu vois. (Il était aussi plus facile de ne rien dire. Elle ne voulait pas qu'on s'apitoie sur elle. Ni qu'on ait une mauvaise opinion de sa mère.) À l'époque, surtout cette année-là – 1999 a été la pire pour maman, le fond du trou –, l'appart' de papa et Rock Point étaient les seuls endroits où j'étais délivrée de ça, libre d'être une enfant. Je ne voulais pas traîner tout ce poids avec moi. (Kat se rappelle son arrivée à Rock Point ce dernier été, la peur étouffante que sa mère prenne une cuite et de n'être pas là pour la sauver. Et puis le soulagement de n'avoir *pas* à s'occuper de Blythe, à porter sur ses épaules les événements, quels qu'ils soient.) Mais je pense que c'est sorti autrement.

— Oh, Kat, murmure Flora, une main sur la bouche. J'ai toujours cru que Lauren avait la vie la plus dure. Je suis vraiment navrée.

— Maman n'a pas bu depuis vingt ans. Je crois que le choc de cet été l'a tellement fait flipper qu'elle est devenue sobre. Au moins, il a servi à ça…

— Tu pleures, s'étonne Flora. Je ne t'ai jamais vue en larmes.

— Ne le dis à personne, répond Kat en s'essuyant les yeux.

Bizarrement, elle ne peut s'empêcher de pleurer. Pas seulement sur elle-même, mais aussi sur les filles qu'elles étaient dans le portrait. Parce que le temps, putain ! refuse de s'arrêter.

Flora la prend par les épaules et la serre contre elle. Chose curieuse, Kat ne veut pas se dégager tout de suite. Et bien qu'elle doive répondre à ces appels dare-dare, virer Scarlett et sauver son travail, elle n'a pas non plus envie de le faire. Elle a l'impression d'être prise dans un autre sillage, plus rapide, plus profond. Au lieu de lutter contre lui – merde, elle passe sa vie à se battre, à nager vers l'amont tel un saumon fou –, elle pose la tête sur l'épaule de Flora, sent sa chaleur sur son cou. Et elles restent comme ça, oscillant sur le berceau de la balancelle. Un moment passe, étrange et tendre, où pèsent toutes les années où elles se sont évitées, de peur d'être à nouveau trop proches.

— Je bois peut-être un peu trop, finit par dire Flora. Pas autant que ta mère. Mais, tu sais… trop quand même.

— Oui, dit Kat, soulagée qu'elle en ait pris conscience.

C'est dans la famille. Mamie aussi était alcoolique. Tout ce gin.

Flora la pousse du coude.

— N'en parle pas à Scott.

— T'inquiète. Je n'ai pas prévu de le voir de sitôt.

Kat enfonce les orteils dans ses tennis et le siège s'incline en arrière.

— Kat... (Flora s'arrête et se mord la lèvre inférieure, tiraillée.) Il y a autre chose. Le mois dernier, j'ai merdé. Enfin, vraiment.

— Tu as fait quoi ? Mis du rouge dans une lessive de blanc ?

Flora respire un bon coup.

— J'ai embrassé quelqu'un dans mon groupe de lecture.

— Merde alors, Flo... (Ses pieds dérapent. La balancelle vole en avant dans un bruit de chaînes.) C'était qui ? Comment il s'appelle ?

— Louise..., souffle-t-elle.

— Renversant... Dis-moi tout, tout de suite.

— Elle habite au numéro neuf. Depuis six mois. Divorcée. Son petit garçon joue parfois avec Raff. Elle est... tellement gentille. Juste extrêmement gentille. (Flora laisse tomber sa tête dans ses mains.) Oh, Kat, qu'est-ce que j'ai fait ?

— Flora, qu'est-ce que tu *n'as pas* fait ?

— Je suis quelqu'un d'horrible...

— Mon Dieu, tu es peut-être aussi imparfaite que la plupart des gens... (Elle considère sa sœur, révisant son jugement, prise d'un énorme élan d'amour pour elle.) Mais surtout, tu as vraiment pissé sur le trampoline ?

— C'était un grand saut.

Elles éclatent de rire, si fort que la balancelle vibre. Quand leur hilarité finit par s'essouffler, Kat s'étonne qu'elles se soient si longtemps caché la vérité sur leurs vies. Puis elle s'aperçoit, dégrisée, que c'est le secret qu'elles ont forgé ici vingt ans plus tôt qui les a éloignées car, depuis, il n'a cessé de les hanter. Elles voient trop le pire d'elles-mêmes l'une dans l'autre.

— C'était juste là, non ? dit Kat au bout d'un moment, montrant le corbeau qui déterre un ver là où elles avaient jeté, un jour, un plaid sur un carré de pâquerettes.

— Ça paraît... si innocent. (Flora fixe l'endroit, pétrifiée. Puis sa voix baisse dans un murmure, le ton de leur ancienne connivence :) Ça ne te déprime pas qu'on soit les deux seules personnes vivantes à savoir exactement ce qui s'est passé ici ce jour-là, Kat ?

— Le contraire me déprimerait beaucoup plus, Flo.

Le corbeau déploie ses ailes. Elles le regardent s'élever dans l'air, jusqu'à ce qu'il ne soit plus qu'un infime point noir dans le vaste ciel blanc.

36

Lauren, 1999

Un disque sombre a glissé à travers l'horizon. Pas l'éclipse. Un nuage de pluie.

— Bon sang, écarte-toi, a maugréé mamie, comme si un gêneur à grosse tête s'était planté juste devant elle.

— Garde confiance, Pam, a dit papy, un arbre de sueur se ramifiant au dos de sa chemise.

Je commençais à me demander si les experts ne s'étaient pas trompés de jour. Il ne se passait rien. Le soleil était toujours une boule lumineuse derrière le nuage. Et les choses ne marchaient pas comme prévu. L'appareil photo en carton à sténopé de papy s'était déjà envolé par-dessus la falaise. Mes lunettes noires étaient trop grandes pour mon nez, si bien que je devais les tenir pour ne pas être *aveuglée à vie.* Et on avait déjà l'impression de regarder le ciel depuis des lustres au bord de l'À-Pic, la nuque raide.

Mes pensées ne cessaient de revenir à maman. Et à mon fantasme préféré : maman et papa ensemble, en famille, avec moi, habitant ici à Rock Point. Ils ne se seraient pas gravement brouillés quand j'étais bébé. Elle lui aurait donné une seconde chance au lieu de m'emmener à travers le monde... J'ai arrêté parce que j'étais assez grande pour savoir que désirer une chose ne la faisait pas se réaliser. Je savais aussi que maman devait être à Port Meadow à ce moment précis, souriante, heureuse, avec les amis qui l'adoraient, observant le ciel d'Oxford. Bizarrement, il régnait presque un esprit de Noël : tout le monde faisait la même chose en même temps. Sauf qu'on était tournés vers l'obscurité, pas vers la lumière. Et ce n'était pas rassurant, contrairement à Noël. Personne ne savait vraiment ce qui allait arriver.

Je crois que c'est pour ça que Flora pouffait sans arrêt en disant :

— Je ne sais même pas ce qu'il y a de drôle.

Le vent secouait sa jupe à sequins, et les glands de son sac à main. Papa fronçait encore plus les sourcils. Kat était nerveuse, alors que Gemma était calme, très calme. J'avais peur qu'elle regrette de ne pas voir ce spectacle avec Viv et je me sentais responsable de la réussite de l'éclipse, comme lorsqu'on persuade un ami de payer le cinéma et qu'on espère que le film ne vous décevra pas.

Juste au moment où je pensais qu'il n'arriverait rien, papy a hurlé :

— Regardez à l'ouest !

Un courant d'air froid. On a tourné la tête en chœur, cherchant l'ombre qu'il avait promise, le mur d'obscurité qui balaierait le ciel. Et il y avait *bien* quelque chose. Une pénombre diffuse, magique, filant à travers le ciel d'été.

— Premier contact, a chuchoté papy.

Un murmure de « oh » et de « ah » est monté des autres groupes sur les falaises.

Flora a ri encore plus et battu des mains en gloussant :

— Pardon, pardon. Je ne peux pas m'en empêcher…

Je comprenais. L'éclipse était une houle d'émotions, une impression physique qui vous traversait. Je sentais le goût métallique de la lumière crépusculaire sur ma langue, son frisson de taille-crayon. À nouveau, elle a un peu baissé, comme si les lentilles de mes lunettes noires avaient changé. J'avais des picotements sur le crâne. Le vertige. Le temps s'accélérait. La mer, à l'ouest, a viré au noir d'encre et la température a chuté, comme si on était soudain tombé du mois d'août en janvier.

Papa s'est penché vers moi et m'a dit gentiment :

— Ça va, Laurie ?

— Oui, ai-je bredouillé, alors que j'avais l'impression que toutes les règles étaient brisées, inversées.

Les morts, dans leurs tumulus néolithiques, allaient se frotter les yeux, se redresser et s'étirer, et les épaves des bateaux des contrebandiers surgir et danser sur les vagues, toutes voiles dehors.

— *Lauren*, a dit Gemma. (Juste un mot, riche de tant de choses. L'éclipse lui avait coupé le souffle : sa voix avait un couinement nasal.) Regarde.

— Ouah…, a fait Kat, impressionnée.

Je ne l'avais jamais vue comme ça.

Papa n'a pas bougé, chancelant sous le vent, les mains écartées, l'air de pouvoir attraper l'éclipse comme une balle de cricket.

— J'ai mal à la tête, a marmonné Flora, sans rire cette fois.

— Moi aussi. Nos cerveaux ne peuvent pas intégrer ce qu'ils voient. (D'une main tremblante, papy a tapoté l'épaule de Flora.) Ça va passer.

— Les mouettes ! Ça alors... (Mamie a levé le bras dans un tintement de bracelets. Elles jaillissaient du ciel maussade vers la falaise, où elles disparaissaient.) Elles sont revenues sur leurs perchoirs. Mon Dieu ! J'espère que Bertha et les perruches ne sont pas complètement affolées.

— Je vais mourir heureux, très heureux ! a lancé papy d'une voix vibrant de larmes.

— Oh, Herb, franchement... Tu es un vieux con, a dit mamie.

Nous avons regardé, béats, les nuages s'écarter, et elle est apparue, juste un moment fulgurant, extraordinaire : l'éclipse totale, le soleil noir cerclé d'un halo blanc comme une poussière de craie. Des cris de joie et des applaudissements ont fusé du haut des falaises. Le jour a fait place à la nuit, le soleil à un trou dans le ciel. C'était la chose la plus belle et la plus terrifiante que j'avais vue de ma vie. Et je savais déjà que je ne serais plus jamais tout à fait la même.

— Sublime..., a murmuré papy.

Un silence étrange, fébrile, a plané. Une veine battait à mes tempes. Le monde semblait vulnérable et précieux. Les humains n'étaient pas aux commandes. Rien ne garantissait qu'on se réveillerait le lendemain, ou que l'eau jaillirait quand on tournerait le robinet. Pour garder l'équilibre, j'ai passé un bras autour de celui de Gemma... ce qui a fait glisser ses lunettes en carton. Elle les a remises en place dans la seconde, paniquée.

— L'éclipse totale… (La voix de papy chevrotait. Les yeux piqués de larmes, j'ai serré plus fort le bras de Gemma.) La voilà, a-t-il dit. Elle est à vous. Prenez une photo dans votre esprit, les filles, et gardez-la toujours.

37

Lauren, 2019

Clic. Lauren prend une photo de l'oiseau de paille et la place en fond d'écran sur son portable. Elle ne le perdra plus. Penchée sur son bureau, elle commence à écrire en vitesse.

> *Chère G., Papa admet tout à fait que ton oiseau est le genre de détail qu'un maître ancien aurait pu peindre, suggérant l'envie de fuite de son modèle captif. Mais il ne s'est envolé nulle part ! Je ne crois pas qu'il ait été exposé aux UV ces vingt dernières années. Son bec est tordu – un atterrissage forcé dans la cuisine, par ma faute –, mais la paille est souple et blonde, comme si elle avait été tressée il y a une semaine…*

Dans sa tête, les doigts lestes de Gemma travaillent, nouent et faufilent, sa langue rose pointant hors de sa bouche.

Elle lève les yeux vers l'oiseau. Dans une boîte. Tout ce temps. Elle n'arrive toujours pas à comprendre. Mamie, qui aimait exhiber ses bibelots, l'avait-elle caché en succombant à une étrange folie causée par l'éclipse ? Et quand ?

De plus, elle est agacée que Flora ne lui ait pas parlé immédiatement de sa découverte. Une preuve supplémentaire, s'il en était besoin, qu'elle passe pour instable. Ce week-end, elle a senti la réserve de sa famille, comme si celle-ci croyait qu'une parole malheureuse pourrait l'anéantir. Mais tout ce qu'elle veut maintenant, c'est remplir les blancs, « toute l'histoire » dont parlait sa mère. Elle commence à penser que le corbeau est la seule personne qui puisse la raconter, glisser la vérité dans sa poche, tel un sou neuf. Lui ou Jonah – à moins qu'ils ne fassent qu'un.

Le reverra-t-elle ? Elle n'a pas beaucoup de temps. Demain soir, Londres se sera fermé autour d'elle, son ciel suspendu comme un drap entre ses buildings. Et la ville l'absorbera totalement, captant son énergie : la foule, la galerie, les papiers en souffrance après la mort de sa mère. Elle attrape son écharpe en laine.

En se voyant dans un miroir lorsqu'elle sort de sa chambre, Lauren sursaute. Dixie. Elle ressemble à sa mère aujourd'hui, étonnamment radieuse. On dirait presque que retrouver l'oiseau de paille lui a rendu un micro-élément vital.

— C'est les oignons ! explique Flora, peu convaincante, essuyant ses yeux larmoyants avec un torchon. Pourquoi as-tu mis ta doudoune, Lauren ?

— Oh, j'allais juste prendre l'air, à moins que tu veuilles de l'aide…, commence Lauren.

— Non, non. C'est notre dernier dîner et c'est à moi de le faire. Je m'en sors très bien. (Flora secoue la tête et continue d'émincer.) Euh… non, en fait. Et on mangera en retard. Mais peu importe, ajoute-t-elle, de façon improbable.

Depuis la véranda, Bertha lance gaiement, de la voix de Flora :

— Gaffe aux doigts, Raff ! Fais bien attention !

— La ferme ! réplique Flora. Mon Dieu, cet oiseau… On a peut-être tous l'animal de compagnie qu'on mérite, hein ?

Se rapprochant de la véranda, Lauren croise l'œil imposant de Bertha. Celle-ci lève lentement une patte crochue pour l'accueillir.

— Salut, toi, répond Lauren en souriant.

L'oiseau penche la tête et l'examine, comme si Lauren était la bête sauvage, exhibée dans une cage.

— Attends, Laurie, tu viens de *parler* à Bertha ?

Flora lâche son couteau avec fracas.

Ça paraît un grand pas, un petit triomphe.

— Mon Dieu, oui…

— Peut-être à cause du coup sur la tête. Laisse-moi voir. (De ses doigts sentant l'oignon, Flora fouille la frange de Lauren.) Partie. Et où sont tes rides, bon sang ? (Elle montre discrètement Raff qui, à plat ventre sur le divan, joue à un jeu sur son iPad.) Le voleur de collagène.

— Et si je l'emmenais en balade ? suggère Lauren. (Flora semble épuisée, avec ses yeux gonflés.) Pour que tu puisses faire une pause.

— Oh non. Ne t'inquiète pas. Il est très difficile. Et… (désignant la fenêtre, Flora chuchote :) On ne sait pas qui il y a dehors, hein ?

L'esprit de Lauren se tourne aussitôt vers Jonah, comme l'aiguille d'un compas vers le nord magnétique.

— Cap sur le Nord !

Kat entre à grands pas dans la cuisine, sa valise à roulettes bringuebalant sur les dalles. Elle sourit, toute hargne envolée. Ouf : elle et Flora ont dû régler leur querelle au sujet du portable. Quand Lauren a demandé à Flora ce qu'avait dit Kofi, celle-ci a marmonné qu'elle avait mal compris.

— Tous les vols de demain annulés. Heureusement que j'en ai un ce soir ! lance Kat. Tu veux bien prendre les cartes pour moi, Flo ? Je ne peux pas les fourrer là-dedans. (Elle tapote sa valise de créateur en embrassant la pièce d'un œil mélancolique.) C'est bizarre de penser que je vois pour la dernière fois cette cuisine dans son jus. Je vais peut-être refaire un tour de la maison, pour voir s'il y a d'autres trucs qui me tentent.

— Vas-y. N'oublie pas les Post-it, dit Flora. Et si tu dois vraiment partir ce soir, j'insiste pour te conduire à l'aéroport. Tu viendras, Lauren ? J'ai besoin de ma copilote.

— Absolument.

Lauren sourit, touchée de cette attention.

— Super. Annule ton taxi, Kat. (Flora jette un œil à la porte et baisse la voix.) Mais on n'a toujours pas décidé ce qu'on fait pour Angie, non ? Le mariage à Las Vegas… Est-ce qu'on est invitées ? Enfin, il n'a pas été très clair là-dessus, ou j'ai loupé un truc ?

Lauren se demande la même chose. Et comment pourra-t-elle s'offrir l'avion pour Vegas, sans parler d'un hôtel de luxe ?

— Ne pas tout dire est une tendance ici, note Kat d'un ton qui refroidit l'ambiance.

Comme pour la conjurer, Flora se retourne vers le plan de travail et commence à trancher du céleri.

— D'un côté, que papa nous ait fait revenir à Rock Point semble manipulateur. (Kat fronce les sourcils.) Roublard même.

Flora pose son couteau. Lauren s'immobilise.

— Et de l'autre, ça paraît simplement confus. Comme s'il avait bien trop de métaux lourds dans le cerveau, les veines bouchées par la peinture.

Kat s'assied sur une chaise, agite un pied.

— Ou il voulait juste nous avoir pour passer un bon moment, dit résolument Flora, se remettant à couper. On peut admettre que c'est possible ?

Lauren hoche la tête. Elle préfère cette idée.

— Pour moi, il y a très peu de chances. (Le portable de Kat commence à vibrer. Lauren voit qu'elle l'éteint en vitesse.) De toute façon, je dois regagner la civilisation.

— Ça te tente, une dernière promenade ? (Lauren sourit avec espoir.) Pas loin.

Kat jette un nouveau regard à son portable, les traits froissés par l'inquiétude.

— Je ne peux pas, désolée. J'ai des trucs de travail à régler.

— Pas de problème, dit Lauren en se sentant un peu blessée.

Idiot. Ce n'est qu'une balade.

Raff saute du canapé et s'enroule autour de sa jambe.

— Emmène Raff !

Flora prend une pomme dans le compotier et la lui tend.

— Lauren ne t'emmène pas. Et si tu coupais un fruit pour Bertha ?

— J'veux aller promener, insiste Raff en secouant la tête.

— Je promets de ne pas le perdre, assure Lauren.

C'est une chance de prouver qu'elle est une tante aimante et fiable. Pas instable.

— J'vais avec tatie Lauren.

Raff glisse une main poisseuse dans la sienne et sourit à Lauren, qui fond à cette vue.

— Ce garçon sait ce qu'il veut, Flora. (Kat lève la tête de son portable et lance un clin d'œil à Raff.) Un vrai Finch.

Lauren voit des sentiments contraires se battre sur le visage de Flora. L'horloge murale troue le silence.

— Oh, pourquoi pas ? Il a besoin d'un peu d'air. Demain, il sera enfermé dans la voiture. Mais je te préviens, Lauren, il marche très lentement. Vous n'irez pas loin. (Flora s'agenouille et le prend par les épaules.) Tu te conduis bien, petit bonhomme, d'accord ? Pas de cavale. Pas de requins. Pas de caprices. Promets-le-moi. (Elle replace une boucle derrière l'oreille de Raff.) Tatie Lauren n'a pas l'habitude des caprices.

— Je serai très, très sage.

Lauren lui presse la main. Elle sait que ce n'est pas une mince affaire.

— Bon, il lui faut quoi ? Un manteau et des bottes en caoutchouc ?

— Un peu plus que ça ! crie Flora, stupéfaite. Gants. Bonnet. Casse-croûte. Lingettes. Kleenex. Trousse de premier secours.

— Une expédition en Arctique…, marmonne Kat.

Lauren, de peur de tout gâcher, ne dit rien.

Ils sont déjà sortis de l'allée quand elle s'aperçoit qu'elle a oublié sa lettre à Gemma sur le bureau de sa chambre. Elle s'arrête, prête à faire demi-tour pour la ranger, mais Raff la tire par la manche vers la lande battue par le vent.

— Roi du château, dit-il avec un grand sourire.

— La lande ? fait-elle, hésitante. Tu ne veux pas aller à la plage ? Vraiment ? Eh bien, on pourrait marcher jusqu'aux pierres, si tu en as envie. (Elle montre le portail d'un champ plus haut sur le chemin.) Tatie Lauren connaît un raccourci.

Raff lance en tapant du pied :

— Dans la troupe, y a pas de jambe de bois…

Ils scandent la chanson. C'est la première fois que Lauren chante depuis l'enterrement, et elle se sent presque joyeuse.

— La démarche s'en ressent parfois…

Elle s'arrête soudain.

Au loin, un homme avec un chien noir, la queue dressée. Son cœur s'accélère.

Jonah l'a-t-il vue ? Peut-être pas. Il continue à traverser le champ, puis enjambe un échalier vers la lande. C'est sa dernière chance de lui parler avant de rentrer à Londres. De lui demander s'il sait quelque chose sur les lettres anonymes : ses yeux révéleront sûrement la vérité, même s'il ment. Est-ce imprudent ? irresponsable, avec Raff ? Il y a d'autres promeneurs aujourd'hui. Et si Jonah avait voulu lui faire du mal, il l'aurait fait dans le cottage abandonné des Heap.

— Viens, petit bonhomme, par ici.

L'attirance est physique, presque irrésistible. Ils se dirigent vers Jonah et les pierres, sans voir le mur de nuages noirs qui se forme au large, et commence à foncer vers eux.

38

Lauren, 1999

Lentement, les couleurs se sont ravivées, comme quand on règle une télé. Les oiseaux claironnaient une deuxième aube. Même si le jour était revenu, il n'avait plus de forme. Je me sentais à l'ouest. Gemma était très pâle. Papy se tenait la nuque, pris de migraine.

— Trop d'excitation en une journée, Herbert. Tu es dans tous tes états. Moi aussi, franchement. Il nous faut un bon verre et une sieste, a dit mamie en le raccompagnant à la maison, nous laissant avec papa.

Papa aussi était chamboulé. Il restait immobile en regardant la mer, les yeux étrangement brillants.

— J'ai l'impression d'être Superman, a-t-il chuchoté, mais il ressemblait plus à Jésus.

Il a pris quelques photos de nous – « mes filles cosmiques ! » –, avant de s'éloigner dans un état second. Les groupes des spectateurs ont commencé à remballer. Les chiens se sont remis à aboyer. On s'est assises sur le banc. On y est restées longtemps, attendant vaguement autre chose. Un sequin de la jupe de Flora s'est planté dans ma cuisse.

— Bon. Où est la fête, Kat ? a-t-elle lancé. (Les fleurs maquillées sur ses joues s'étaient étalées.) Je ne vois que des familles tristes. Des vieux en chaussettes et sandales. Un merle d'eau rachitique. Berk...

— Patience. (Kat s'est penchée en arrière, remuant un pied comme le faisait papa.) Je te l'ai dit, j'ai entendu des garçons d'ici en parler.

— Et si tu avais mal compris, Kat ? a crié Flora. (Nous étions tendues.) Et si tu t'étais trompée de crique ? Il pourrait y avoir une fête à cet instant – mais ailleurs !

— Oh, le *drame*..., a fait Kat dans un geste théâtral. Elle n'a pas encore commencé, c'est tout.

Même si nous trouvions une fête – et j'étais juste allée dans celles où il y avait des ballons et des assiettes en carton –, ça m'a soudain paru une mauvaise idée. Je voulais être dans un endroit calme, retiré, pour absorber ce à quoi je venais d'assister.

— Je vais voir si les perruches vont bien.

Je me suis levée en chancelant un peu, tenant ma jupe dans le vent.

— Je t'accompagne.

La voix de Gemma dérapait, comme si elle était encore sous le choc de l'éclipse. Elle a regardé sous le banc, cherchant son sac à dos avant de s'apercevoir qu'elle l'avait laissé chez elle.

— Bon, on ne peut pas rester là, Kat. Bien sapées, seules, toutes les deux. Ça fait ringard. Rentrons un moment. (Elle a glissé, avec un sourire entendu :) Tu n'as pas... *soif* ?

J'ai senti quelque chose passer entre elles, tous les conciliabules dont j'avais été exclue.

— Eh bien, puisqu'on est livrées à nous-mêmes, il serait impoli de refuser, a dit Kat. Mais d'abord... Attends, Lauren. (Elle a traîné un pouce sur sa pommette, recueillant des paillettes qu'elle a solennellement étalées sur mes joues du bout du doigt, comme une baguette magique.) Voilà. Maintenant, on est toutes pareilles. (Elle a penché la tête d'un côté.) Tu es très jolie. N'est-ce pas qu'elle est jolie, Lauren ?

Gemma et Flora ont acquiescé. Et j'ai senti les coins de ma bouche se retrousser. Je savais que je n'aurais pas dû me laisser convaincre aussi facilement. Mais j'étais soulagée. Comme d'habitude avec mes sœurs, je ne pouvais pas les détester longtemps. Je voulais faire partie de leur club. Je rêvais toujours d'être elles. Je n'avais pas encore compris que Gemma le désirait aussi.

— Merci, ai-je dit à voix basse, tâchant de cacher ma joie.

Kat a mis un bras autour de mes épaules, sa peau fraîche et douce contre mon cou, et on est rentrées à la maison comme ça – moitié étreinte, moitié étau – juste au moment où Angie est arrivée en freinant à mort, crachant des gaz d'échappement.

Elle nous a regardées de haut en bas, ses clés pendillant à son doigt.

— Eh, mais vous vous êtes faites belles !

Elle aussi. Semelles compensées en liège. Sourcils feuilles de palmier. Robe noire fluide, sanglée à la taille par une ceinture dorée. Sa remarque à papa la veille m'est revenue en tête : « Alors, nous sommes d'accord, vous savez. Pour notre séance demain, Charlie. »

Mon ventre s'est noué.

— Euh, votre père… il est… ? (En plissant les paupières, elle a levé la tête vers les fenêtres de l'atelier.) Ah, super. Je le vois. (Elle a souri. Son brillant à lèvres luisait, sirupeux au soleil. Écartant les cheveux de ses yeux, elle s'est tournée vers moi.) Ton père a dit quelque chose ?

J'ai senti l'espoir pitoyable dans sa voix. Elle avait besoin de son approbation autant que nous.

— Sur quoi ? ai-je demandé innocemment.

Gemma, Kat et Flora l'ont fixée d'un air ahuri.

— J'ai embelli l'atelier, a-t-elle expliqué. Pour lui faire une surprise, tu comprends.

Savourant mon petit pouvoir, j'ai dit :

— Je ne crois pas qu'il l'ait remarqué.

Un instant, Angie a paru accablée. Puis elle a secoué la tête, marché vers la maison et fait valser la porte d'entrée. Ses chaussures ont martelé l'escalier.

— C'était quoi, tout ça ? a demandé Flora.

J'ai haussé les épaules, sans répondre.

Après, je suis allée voir Bertha qui, insensible à l'aube détraquée, chantait les paroles de « Baby One More Time ». Les perruches étaient moins gaies. On aurait dit qu'il y avait eu une bataille de polochons dans la volière. Des plumes jonchaient le sol, et elles étaient encore agitées. J'ai posé la tête contre la paroi grillagée.

— Mon Dieu…

— Pauvres petites, a dit Gemma, étouffant un éternuement dans sa main. Elles ont dû être complètement flippées.

— Hé, venez ! a crié Kat.

On s'est retournées.

Mes sœurs avaient jeté un plaid à carreaux sur un carré de pelouse ensoleillé. Couchée sur le ventre, la jupe scintillante, sûrement visible de l'espace, Flora mâchonnait un brin d'herbe. Et Kat se prélassait, les jambes relevées, le visage aplati sur un bras, tripotant une touffe de cheveux de Flora. Des gobelets et une grande bouteille de limonade se trouvaient auprès d'elles. J'en ai eu l'eau à la bouche. Je n'avais presque rien bu de toute la matinée. Nous nous sommes approchées.

Derrière les murs du jardin, un *boum* au loin. Puis un autre. Des battements lourds et rapides, montant et retombant dans le vent. Kat a levé la tête.

— La sono ! Je te l'avais dit ! (Elle a giflé les fesses de Flora, puis montré la maison.) Les rideaux de la chambre de papy et mamie sont fermés. Je pense que c'est le moment, pas toi ?

La musique a commencé à enfler.

— Je fais le service. (Flora s'est assise en tailleur, exhibant sans vergogne son fond de culotte. Elle a versé la limonade dans les gobelets.) Voilà.

J'ai bu une gorgée, assoiffée, puis l'ai crachée dans l'herbe.

— Berk ! C'est quoi, ça ?

Flora s'est tordue de rire.

— Vous vous êtes fichues de moi !

J'ai essuyé ma bouche. À nouveau, j'étais sur la corniche, basculant dans le vide.

— Si c'est bon pour mamie… (Kat a reniflé son verre.) Ça vient juste de son bar, Lauren. Calme-toi.

C'est un cocktail Finch. On pourrait en demander un bon prix.

J'ai pensé à toutes les bouteilles poisseuses de mes grands-parents, aux alcools détaxés qui me rappelaient les produits chimiques dans l'atelier de papa.

— Mais... on n'a pas le droit, ai-je bégayé, horrifiée, fascinée.

Gemma a écarté son gobelet avec méfiance.

— Tu ne vas pas cafter, hein ? a glissé Flora, caressant mon pied nu en petits cercles avec son doigt.

C'était doux. L'odeur âcre du cocktail se mêlait à la senteur fraîche de l'herbe.

— Je ne cafterais jamais.

— Gemma ? (Kat a haussé un sourcil.) Si tu le dis à Viv, je jure...

Gemma a secoué la tête, puis m'a jeté un regard implorant qui disait « Allons-nous-en ». Je n'en ai pas tenu compte. L'attraction de mes sœurs était la plus forte.

— Cul sec ? a lancé Kat, l'air de faire ça tout le temps. Qui est cap ?

C'était comme voir une aiguille approcher d'un ballon. Je savais que je ne pourrais pas l'arrêter, que le jour s'apprêtait à prendre un tour différent, nous projetant hors de l'enfance dans un âge plus exaltant. Je savais aussi que, si je faisais ça, je prouverais que j'étais leur égale. Une sœur Finch. Pas juste la fille de Dixie, la gamine godiche à qui elles en voulaient. Je serais enfin admise.

— *Vas-y*, a sifflé Kat.

J'ai renversé la tête en pressant les paupières, tâchant de ne pas vomir quand le liquide m'a brûlé la gorge.

Mes sœurs se sont essuyé la bouche. Gemma était la seule à n'y avoir pas touché.

— L'odeur... (Elle toussait, frissonnait.) Berk...

— Le goût est bien meilleur, a menti Flora.

Elle et Kat ont scandé :

— Une gorgée ! Une gorgée !

J'avais envie de leur dire de laisser Gemma tranquille - elle paraissait fâchée –, mais le jardin commençait déjà à tanguer sur les bords.

Sans prévenir, Kat a fourré un gobelet dans sa bouche. Gemma l'a écarté, renversant la bouteille de limonade, dont le contenu pétillant s'est répandu dans l'herbe.

Kat et Flora ont hurlé en riant, tentant de la redresser.

Gemma m'a jeté un regard. Qui contenait une question. Pour une fois, je n'ai pas pu la déchiffrer. Ses yeux hermétiques, vert argent, me plongeaient dans les vapes. La musique a redoublé. *Boum boum.*

— Tu ne t'en sortiras pas si facilement, Gemma, a dit Kat avec un sourire dur.

Tout s'est mis à onduler. Des sensations nouvelles zigzaguaient dans mon corps. Puis une vague de nausée est montée dans ma gorge. J'ai plaqué la main sur ma bouche.

— Il faut que j'aille aux toilettes.

— Je t'emmène.

Gemma s'est levée tant bien que mal et m'a pris le bras.

— Non, non…

Je me suis dégagée, sans comprendre qu'elle voulait sans doute s'échapper. Soudain, j'ai tellement voulu maman que je n'arrivais pas à respirer. Ma mère ou personne.

Marcher jusqu'aux toilettes m'a pris des siècles. J'y suis arrivée juste à temps. Après, j'ai bu de l'eau froide goulûment et je me suis assise sur le siège des W.-C., les yeux fermés. Je ne sais combien de temps, il s'était envolé.

Quand je suis revenue dans le jardin, les autres se sont tues. L'atmosphère avait changé, mais je n'arrivais pas à comprendre comment ni pourquoi. Je n'avais plus envie de vomir, c'était tout ce qui comptait. Une audace exaltante me transportait, l'impression que je pouvais tout faire. J'avais franchi un seuil que je venais de découvrir, laissant la Lauren puérile derrière moi, et je voulais que les autres le voient.

— Qui veut aller dans la volière ? ai-je lancé d'une voix trop assurée, comme si j'étais une autre.

— Voyez-vous ça…, a dit Kat d'une voix pâteuse. La bonne petite Laurie qui viole les dix commandements de mamie.

— On ne me prendra pas à entrer là-dedans. (S'allongeant sur le plaid, les mains derrière la tête, Flora soupirait vers le ciel.) Des oiseaux de paille vivants. Toute cette fiente !

On a ri. L'air sentait bon le chèvrefeuille. Nous scintillions toutes au soleil, les yeux pleins de lumière. Radieuses. Parfaites. Mince, que nous étions belles ! Même moi.

— Gemma ? (J'avais du mal à parler tellement je souriais.) Il n'y a personne dans les parages.

Gemma a passé la main dans l'herbe et secoué la tête. Une coccinelle s'est posée sur son genou, comme une goutte de sang.

— Pourquoi pas ? Je parie que ta mère a des secrets aussi, a glissé Kat.

L'air salin a tremblé. Je n'avais pas la moindre idée de ce dont elle parlait. Je savais juste que Gemma aimait ces perruches, que l'été serait bientôt fini, qu'on ne se reverrait pas avant un an même si on allait s'écrire, ce qui n'était pas pareil.

— Je te mets au défi, Gemma. Tu as peur de mamie ?

Kat continuait à la taquiner. Il y avait de l'affection dans sa voix – on avait toutes un peu peur de mamie – mais je ne crois pas que Gemma l'ait senti.

— Ferme-la !

Gemma s'est levée d'un bond, les yeux étincelants. Elle paraissait plus grande, beaucoup plus sauvage.

— Elle gronde ! (Flora a battu des mains, ravie, puis elle s'est redressée, la tête sur un coude.) Encore, Gemma ! Dis à Kat d'aller se faire voir. Personne ne le fait jamais.

— Tu peux te taire, toi aussi, a répliqué Gemma.

Je ne l'ai jamais aimée autant qu'à cet instant. Même Kat et Flora la fixaient avec un respect nouveau.

— Je vais le faire, Lauren, a dit Gemma en s'armant de courage. Aller dans la volière.

J'étais aux anges. Pour ne pas laisser les perruches s'échapper, j'ai déverrouillé la porte en l'entrouvrant à peine. Puis on s'est glissées à l'intérieur sans bruit, l'une après l'autre, comme des poissons dans un aquarium, ce qui les a rendues folles. Nos pieds soulevaient un duvet de plumes, faisant tournoyer l'odeur des oiseaux poussiéreux, qui s'est prise dans nos gorges.

J'ai ordonné à mi-voix :

— Ne bouge pas, surtout pas, pour ne pas les effrayer.

J'ai résisté à l'envie de me retourner quand j'ai entendu un bruit métallique. Du coin de l'œil, j'ai vu Kat et Flora courir vers le portail en forme de lune. Après, tout est arrivé très vite : l'éternuement qui montait en Gemma, son effort désespéré pour le réprimer ; j'ai compris que la porte avait été verrouillée ; puis l'éternuement de Gemma a explosé, transformant la volière en cyclone d'oiseaux, de plumes et de poussière. En respiration bruyante. Sifflante. En cri.

39

Lauren, 2019

Le cri de Raff est pur, aigu, le ton d'un jeune choriste. Il court dans une flaque de boue, patauge avec délices. Lauren rit avec lui, entraînée par sa joie et, lorsqu'elle lève les yeux, Jonah a disparu. Englouti par la terre comme la bruine.

Bon, voilà sa dernière chance perdue. Et maintenant, la lande est à nouveau déserte. On dirait presque que Jonah n'a jamais existé, qu'il est né dans sa tête dans le train Londres-Penzance, forgé par ses émotions confuses au sujet de Rock Point – et son besoin de réponses.

Ça suffit, se dit-elle fermement. Elle a perdu sa trace. Il est tard. Raff a marché assez loin. Les pierres verticales se dressent à l'horizon. Au-delà, si elle plisse les yeux, elle peut juste apercevoir le cottage des Heap.

— Tu es un bon soldat, hein ? fait-elle en serrant la main de Raff.

— Oui, assure-t-il.

— Alors, on rentre au pas. Prêt ?

Lauren tire le bonnet de Raff sur ses oreilles. Elle a adoré sa compagnie – « Qui vit dans les rochers ? »

« Pourquoi la buse ne tombe pas du ciel ? » – mais ces dernières minutes, des rafales glacées ont roulé comme des tonneaux sur la lande. Elle n'a jamais connu les Cornouailles si froides. Ni aussi sépulcrales, dépouillées jusqu'à l'os. Ici vibrent les toiles abstraites de Ben Nicholson, Patrick Heron et Peter Lanyon : tous les artistes qui ont appartenu à ce pays, l'ont répandu par la peinture. Et dans les pierres, les sculptures de Barbara Hepworth. Lauren lance un au revoir muet, étrangement déchirée, puis tous deux s'en retournent, les jambes giflées par les fougères mouillées. Soudain, le ciel se bouche.

Raff tend le bras :

— Oh-oh…

Pas une éclipse cette fois. Des colonnes sombres avancent, taillent dans l'air. Quelques secondes plus tard, elles déversent leur charge dans un bruit de ferraille. La grêle crible leurs joues et rebondit par terre.

Raff hurle :

— J'ai mal ! Arrête-la ! Arrête-la !

Le protégeant sous sa doudoune, elle cherche désespérément un abri autour d'elle. Mais la lande est si exposée. Raff s'est mis à sangloter. Les grêlons redoublent, telles des perles jetées du ciel. N'ayant pas d'autre choix, elle le prend dans ses bras et commence à courir vers le cottage des Heap. Il a toujours été un refuge pour elle. Les yeux brûlants, ne voyant qu'à un mètre devant elle, Lauren fonce vers la porte. Enfin, ils sont à l'intérieur. Après les rigueurs de la lande, le calme du cottage les aspire comme le vide. Seule la grêle sifflant sur les fenêtres rompt le silence. Raff cesse de gémir.

— C'est mieux, non ? (Lauren le pose par terre, lui ôte ses gants et lui frotte les mains.) Là… Petits doigts chauds.

Raff regarde le salon décrépit avec des yeux de chouette. Il n'a jamais vu une telle crasse. Une bête détale le long des plinthes, un éclair brun dans la lumière jaunie. Lauren entend le *ploc-ploc* d'une goutte invisible. Et un raclement dans une autre pièce, comme un bruit de griffes sur la pierre. Elle tâche de ne pas penser à ce que cela peut être.

— Je vais appeler maman, pour lui dire où nous sommes.

Pas de signal. Tournant le dos à Raff, elle gagne la fenêtre la plus proche et tente de taper un texto. Il refuse de partir. Elle imagine Flora anxieuse à Rock Point, désespérant de la joindre, regrettant d'avoir confié son précieux fils à sa sœur irresponsable.

— Allez, allez…, marmonne-t-elle en réessayant.

— Toutou ! annonce Raff derrière elle, ravi.

Elle se retourne, perplexe. Raff caresse un vrai chien, noir et luisant comme une nappe de pétrole.

— Raff ! (Lauren court vers lui, le soulève et le hisse sur sa hanche. Un mince câble de peur commence à la tirer, une possibilité. Raff veut toucher le chien. Elle recule.) Il faut qu'on parte.

— Pourquoi ? grogne une voix masculine. Je dirais que c'est le meilleur endroit pour se rencontrer.

La panique monte dans sa poitrine, déploie ses ailes. Au fond du salon, un homme émerge d'une porte donnant sur la cuisine. Veste noire. Capuche. Elle reconnaît sa taille et son poids. Ces épaules cintrées.

Et la petite chienne pleine d'entrain qui l'avait renversée sur la plage.

— Jonah ?

Il s'avance dans la pièce. Fait sauter sa capuche. Laisse voir les traits tirés, pâles, d'un inconnu. Des yeux durs et perçants. Ce n'est pas Jonah. Elle comprend son erreur : elle l'a confondu avec Jonah, peut-être bien des fois, voulant qu'il soit le bel homme du train, voyant ce qu'elle voulait voir. Mais pendant tout ce temps, elle est passée à côté de *ce type*, l'a laissé se cacher au grand jour. Et voilà le chien que Raff a dû caresser près de Rock Point, pas Rocket. Mon Dieu…

Lauren se fige lorsqu'il couvre la faible distance qui les sépare, avec la morgue d'un homme qui défend son territoire. Puis il s'adosse, bras croisés, au mur à la peinture écaillée, se plaçant entre eux et la porte d'entrée. Il est bâti comme une grange. Elle est prise au piège.

Sa terreur, à présent, a un goût ferreux. Avec une lucidité aiguë, elle réalise, une fois de plus, que le sentiment de sécurité est illusoire. Une mauvaise décision, au mauvais moment, au mauvais endroit : cela suffit à changer une vie. Lauren comprend ça mieux que personne, la fente qui peut se fissurer, béer, vous jeter dans un autre monde. Pensait-elle vraiment pouvoir revenir à Rock Point et en sortir indemne ? Ce lieu n'en a pas terminé avec elle. Ce qui a commencé il y a des années n'est pas encore fini. Elle méritait ça. Si elle crie, le vent et la grêle étoufferont sa voix. De toute façon, il n'y a personne pour l'entendre.

Elle baisse presque les bras.

Mais en sentant le petit cœur de Raff tambouriner contre le sien, elle sait, sans l'ombre d'un doute, qu'elle se battra à mort pour le protéger. Elle sait aussi que sa peur n'est pas une réaction phobique irrationnelle. Pas cette fois. La menace est réelle et humaine. Elle ne peut pas avoir de crise d'angoisse. Elle doit respirer. Réfléchir. *S'échapper.*

Les yeux de l'homme se réduisent à des fentes gris argent.

— Tu te souviens sûrement de moi ?

40

Kat

La rafale manque de renverser Kat. Elle résiste en bandant ses muscles et se penche prudemment par-dessus l'À-Pic. La neige, légère comme une cendre volcanique, déchaînée par le vent, a remplacé la grêle. Toujours pas trace de Lauren et de Raff.

Elle est certaine que Lauren – frêle mais forte, connaissant bien ce paysage – saura protéger Raff. Flora ne partage pas sa confiance. Et elle ne l'emmènera pas à l'aéroport – prendre le dernier vol pour Londres – avant qu'ils soient rentrés. Du moins, pas avant qu'elles aient joint Lauren sur son portable, qui, pour l'instant, passe directement sur la boîte vocale.

Kat a appelé tous les taxis du coin. Aucun n'est disponible avant des heures : elle a supplié, offert de payer double. Un problème de signalisation et la neige plus haut, sur la ligne, ont perturbé les trains. Angie, qui n'a jamais été pressée de partir, n'a pas fait réparer sa voiture. Son père a descendu une casserole de vin chaud et, même s'il prétend le contraire, n'est pas en état de conduire.

Pire, Scarlett vient de lui envoyer un e-mail : la réunion, demain, a été avancée. Un petit-déjeuner d'affaires, putain ! Les membres du conseil d'administration l'ont fait exprès, bien sûr. La sachant coincée en Cornouailles, avec de bonnes chances de ne pas rentrer à temps. Et si elle ne parade pas à cette assemblée, impeccable, en forme, il leur sera bien plus facile d'offrir un scalp – le sien – aux actionnaires : un changement de direction, pourront-ils dire, pour sauver leur peau. Elle les imagine crispés par la détox de janvier, leur compte vidé après Noël, tremblant de perdre leur poste. Tous les béni-oui-oui qui changent de camp. Kat a aimé Spring, elle lui a tout donné, et commence à comprendre que cet amour n'est pas payé de retour. Mais elle ne se laissera pas virer facilement.

Il reste encore du temps.

Le sentier côtier est une colle de boue, de cailloux et de neige. Pourtant, elle arrive à gagner la hutte de l'ermite, le meilleur point de vue, loge royale dans l'hémicycle des falaises et de la crique. Près de ses murs en ruine, des rafales de souvenirs : elle et Flora courant gaiement vers la sono sur la plage, après l'éclipse : puis une curieuse tache jaune, libre jusqu'au vertige, perdue dans un coup de vent de l'Atlantique. Lorsqu'une autre perruche était passée devant elle, Kat avait su – formée par les cuites de Blythe à sentir le danger – que quelque chose n'allait pas du tout.

À nouveau, elle le sent à bas bruit, un vrombissement d'alarme. Une seconde plus tard, son portable sonne dans sa poche.

— On les a trouvés ?

— Non. Kat, j'ai un mauvais pressentiment. Je n'aurais pas dû me fier… (La ligne se coupe sans cesse, Kat doit recomposer trois fois le numéro. L'angoisse de Flora se déverse en rafales staccato.) Scott aussi n'arrête pas d'appeler. (Un sanglot étrangle sa voix.) Je lui dis quoi ?

— Rien pour l'instant. (Kat s'accroupit sur une pierre et parle dans le creux de son bras, tâchant de masquer le grondement du vent.) Il neige, mais pas beaucoup, et ils ne sont pas partis depuis très longtemps. Là, tu es où ?

— Au parking du pub.

— Bien. Voici le plan. Retourne les attendre à Rock Point. Moi, je pars à la crique. Maintenant, c'est marée basse. J'irai voir aussi dans la grotte.

— Mon Dieu, la grotte ! Oui, vas-y. Ils pourraient s'abriter là-bas. Merci, merci !

— Dès qu'on les aura trouvés, tu m'emmèneras à l'aéroport ?… (Elle s'en veut de dire ça. D'avoir l'air si égocentrique.) C'est juste que je suis cuite si je n'arrive…

— Oh merde, oui. Pardon. Je sais que Spring est ton bébé, Kat.

— Raff est plus important. Je les trouverai, lui et Lauren. Tiens bon.

La grêle a laissé des trous sur la plage. Pataugeant dans les rigoles ruisselant des falaises, Kat entre dans la grotte. Elle est plus sombre et plus profonde que dans son souvenir.

— Lauren ? crie-t-elle, quand une chose humide et chaude – *vivante* – lui lèche la main, la faisant sursauter.

— Rocket ! (Un homme court vers elle sur la plage.) Je suis désolé. Elle n'est pas encore dressée. Assis, Rocket. Non, *assis.*

— Ce n'est pas grave. (Elle caresse la chienne, qui halète lourdement.) Écoutez, je cherche une femme – début de la trentaine, assez petite – et un gamin. À peu près grand comme ça. Vous ne les avez pas vus ? (Il secoue la tête.) Oh, et la femme, ma sœur, a une mèche bleue dans sa frange.

L'homme change aussitôt d'expression.

— Lauren, murmure-t-il.

Voyant sa surprise, il explique qu'ils se sont déjà rencontrés. Qu'il s'appelle Jonah.

Kat l'examine de plus près. Grand. Une chienne noire. Minute… Et pourtant, il y a beaucoup de promeneurs solitaires. Encore plus de labradors noirs. Les lettres anonymes les ont tous rendus un peu paranoïaques. Kat, elle, ne l'est pas. Et elle refuse de se laisser intimider. Elle se redresse un peu quand même.

— Vous ne seriez pas Kat ? demande Jonah avec circonspection. La nageuse acharnée ? Lauren m'a parlé de vous.

— C'est moi. (Bizarre, pourtant, que Lauren n'ait pas parlé de lui. Il ne manque pas de charme.) Lauren a emmené Raff en balade, explique-t-elle. Et la grêle est tombée. J'espérais qu'ils s'étaient réfugiés dans la grotte. (Son portable sonne. Gardant un œil méfiant sur Jonah, elle décroche.) Flora. Des nouvelles ?

— Oh, Kat, Kat, je viens juste de rentrer et j'ai foncé dans la chambre de Lauren, espérant qu'ils y seraient – Angie et papa sont aussi sortis à leur recherche – et... et... (Sa voix se brise, la ligne se hache à nouveau.) Elle est instable, Kat ! Elle est complètement dingue...

La ligne se coupe.

Kat fixe son portable, le cœur serré. Elle rappelle Flora, souffle « Pardon » à Jonah, qui fait très mal semblant de ne pas écouter. Même sa chienne la regarde, balayant de sa queue le sable en éventail.

— Quoi ? Flora, tu dis que les lettres qu'a écrites Lauren ces derniers jours s'adressent à *Gemma* ? Bon sang !

— Pardon de vous interrompre, dit Jonah. (C'est la gravité de sa voix qui attire l'attention de Kat. Une lueur d'inquiétude dans ses yeux.) Je viens d'avoir une idée de l'endroit où ils peuvent être.

— Une seconde, Flo, dit-elle en pressant le portable sur l'épaule de sa parka.

— Quelqu'un est avec toi ? lance Flora d'une voix faible.

Mais Kat suit le regard intense de Jonah par-delà les falaises, vers le point où le ciel gelé rencontre la terre glacée.

41

Lauren, 2019

— La tache de naissance. (L'homme tapote sa joue cave, mal rasée.) Mais je t'aurais reconnue de toute façon. Tu n'as pas tellement changé, Lauren.

L'écho de son nom sur ces lèvres gercées. L'esprit de Lauren se disperse. Elle ne voit pas qui est ce type. Ni ce qu'il veut. Elle doit le contourner pour gagner la porte d'entrée. Ou celle de la cuisine qui mène au jardin ? Sûrement celle par laquelle il est passé. Mais ce salon est si petit, et lui si grand, qu'il pourrait les rattraper en quelques secondes. Elle aurait dû tirer le signal d'alarme dans le train Londres-Penzance quand elle en avait encore l'occasion. *Maman*, implore-t-elle. *Maman.*

Mais Dixie ne peut plus la sauver. Et personne ne viendra de sitôt car personne ne sait où ils sont. Et c'est sa faute, car elle n'a parlé à personne de sa visite ici, craignant de passer pour une folle. Elle a tout fait foirer. L'haleine de Raff tombe en petites bouffées sur son cou, lui rappelant ce qui est en jeu.

Elle tâche de puiser le courage au fond d'elle-même. Et elle peut presque sentir sa mère près d'elle, un courant chaud dans l'air froid de la pièce.

Tu as pu t'approcher de la volière, Laurie. Tu es plus forte que tu le crois.

Le chien renifle les pieds de Raff.

— Vous pouvez le rappeler ? dit-elle d'une voix tremblante.

— Patty. (L'homme claque des doigts et le chien trotte docilement vers lui. Il lui caresse la tête avec une douceur qui tranche avec son air, tout en rivant sur elle un regard caustique.) J'ai changé tant que ça ? Perdu ma tête de gosse ?

— Je ne vous connais vraiment pas.

L'attitude de l'homme suggère qu'il n'a pas grand-chose à perdre. Qu'il a eu la vie dure.

Le cœur de Lauren bat si fort qu'il doit pouvoir l'entendre. Et sentir sa peur.

— Oh, que si. (Un regard foudroyant.) Allez, Lauren…

Elle s'approche lentement de la cuisine, veillant à garder entre eux le divan qui se désagrège. Mais elle a les jambes en coton et, dans cet air épais, chaque geste paraît démesuré, comme dans un dessin animé. Le cottage est l'inversion terrible du foyer chaleureux qu'il était autrefois.

— Je t'offrirais bien une tasse de thé, mais la théière est détraquée. (Un sourire joue aux coins de ses lèvres.) C'est moi, Lauren. Moi, Pete. Le frère de Gemma.

Pete. Ses genoux se dérobent sous elle. Les décennies s'effacent. Les murs reprennent des couleurs gaies. Viv rit dans la cuisine, le téléphone calé sur son cou. Lauren cille pour chasser l'impression de déjà-vu. Pete ne disparaît pas. C'est comme si elle était coincée dans un cauchemar, essayait de s'enfuir, et que ses pieds restaient cloués au sol.

C'est Pete Heap. Et ce n'est pas lui. Il a les traits tirés, marqués par les années, d'un personnage de Dickens. Mais ses yeux bleu argent sont les mêmes.

Enfant, Pete était un garçon attentif, au grand sourire niais quand il s'éclairait. Elle l'aimait bien. Parfois, elle avait même souhaité qu'il soit son frère parce qu'il était drôle, gentiment railleur, et protecteur envers Gemma. Et elle sentait qu'il était davantage de son monde que ses sœurs, comme sa mère tenait plus de la Viv terre à terre que les mamans de Kat et Flora. Mais ce lien n'existe plus. Le choc de sa présence la fait frissonner. Tout soulagement d'apprendre que cet homme menaçant est Pete – quelqu'un qu'elle a connu, aimé jadis – se dissipe.

— Que… qu'est-ce que tu fais ici ?

— Je promenais mon clebs. (Il froisse les oreilles du chien.) On a senti venir la grêle, hein, Patty ?

Lauren pense à sa mère, Viv, disant la même chose il y a des années au sujet de la pluie. Viv dans le jardin, couchée sur sa serviette, svelte, bronzée, les cheveux empilés sur sa tête, l'air de tout sauf d'une femme de ménage. Le souvenir s'effiloche.

— Regarde. (Pete montre la fenêtre.) Il neige. Je ne me rappelle pas la dernière fois où il a neigé ici. C'est beau, hein ?

Il n'y a rien de beau. Par la fenêtre sale, les flocons sont gris, telles des phalènes à l'agonie. On appelle « éclipse » un nuage de phalènes, se dit-elle bizarrement, son esprit cherchant une échappatoire.

— Oui, acquiesce-t-elle d'une voix faible en serrant Raff contre elle, comme si son étreinte pouvait le protéger.

Pete tape du pied pour se réchauffer.

— J'aime jeter un œil à cette maison de temps en temps, tu vois. (Son ton décontracté ferait presque oublier qu'il bloque la sortie.) Je ne peux pas m'en empêcher. Les maisons ne sont jamais seulement des briques et du mortier, pas vrai ? (Il pince les lèvres et ses yeux brillent.) Toi-même, tu en sais quelque chose, je crois.

Lauren hoche la tête, tâchant de faire comme si tout ça était normal, qu'elle n'avait pas compris que Pete avait dû les voir entrer, puis se glisser par-derrière. C'étaient sûrement les griffes de son chien qu'elle avait entendu racler le sol de la cuisine. Dehors, une mouette fond sur l'appui de la fenêtre et ses yeux froids croisent ceux de Lauren. Il ne se passe rien. Lauren est déjà en mode lutte ou fuite, le cœur battant, la bouche sèche, mais cette fois, elle perçoit la menace de façon rationnelle. Et le pouvoir relatif de l'oiseau diminue. Elle échangerait sans hésiter sa présence contre celle de Pete.

— Ce cottage va bientôt sombrer, dit-il en fourrant ses mains dans les poches de sa veste. La terre va s'ouvrir et l'engloutir.

Raff bâille et pose la tête sur l'épaule de Lauren, fixant le chien dont la queue mouillée bat le tapis.

— Les fondations ne tiennent plus. (Pete montre un mur lézardé par une fissure irrégulière, en forme d'éclair.) Un vieux puits de mine s'est écroulé dessous.

Lauren s'imagine un gouffre s'ouvrant sous leurs pieds, disparaître sans laisser de trace.

— La santé et la fichue sécurité ! (Pete gagne le mur et le tapote affectueusement, comme un fermier le flanc d'une vieille vache attachante.) On nous a expulsés il y a des années. Oh, et des voleurs sont entrés, en brisant les serrures. Ils n'ont rien trouvé de valable à faucher.

— Pete, c'est terrible. (Elle doit l'amadouer, continuer à le faire parler. Le mettre dans son camp. Il s'est éloigné de la porte d'entrée, cessant de la bloquer.) Comment va ta mère ?

Un instant, le visage de Pete s'adoucit.

— Elle tient le coup, tu sais.

Le cœur de Lauren se serre. Elle songe à lui parler de toutes les lettres qu'elle a écrites à Viv au fil des ans et puis jetées, n'osant les envoyer.

— Et ton père ?

Il ne répond pas. Il a hérité de la carrure de ses ancêtres des Cornouailles, observe-t-elle. Et son esprit s'égare vers un filet tournant, au cercle qui se resserre sur sa prise. Des entrailles rouges et blanches, glissant sur le pont d'un bateau. Des cirés de pêcheur éclaboussés de sang.

— Il est mort depuis longtemps, dit-il finalement.

— Je suis désolée. (Comme Pete a bougé, Lauren peut jauger la distance qui la sépare de la porte d'entrée. Elle a peut-être une chance.) C'est bon de te revoir, Pete. Mais on devrait partir. (Elle tente vainement d'avoir l'air désinvolte. Quatre grands pas. Cinq.) Raff a besoin de goûter.

— C'est ton fils ? marmonne-t-il en l'examinant.

Raff enfouit timidement son visage dans le cou de Lauren, et le poisse de morve.

— Mon neveu.

Lauren tâche de sourire mais ses lèvres sont trop crispées.

— De quelle sœur ?

— Flora, dit Lauren à voix basse, le regrettant d'emblée.

— Sûr, il a une tête de Finch.

— Tout le monde, à la maison, va se demander où on est et venir nous chercher, n'est-ce pas, Raff ? lance-t-elle, bien qu'elle sache que personne ne risque de frapper à la porte d'un cottage abandonné en pleine tempête de neige.

Pete le sait probablement aussi.

Raff tire l'oreille de Lauren pour attirer son attention.

— J'ai faim...

— Oh, oui, un casse-croûte. Bonne idée. Voyons ce que maman m'a donné pour toi.

Lauren se tourne, parvient à fouiller dans son sac. Les yeux de Pete la transpercent lorsqu'elle sort une boîte de raisins secs. Feignant de chercher autre chose, elle attrape son portable et tente de taper le 999, cachée par le sac à dos.

— Laisse ton portable, Lauren.

Elle s'arrête, terrifiée.

— C'est chouette que ta sœur ait maintenant une famille à elle. Une belle bagnole, en plus. Et que vous ayez gardé votre luxueuse maison pendant toutes ces années pour pouvoir revenir ici quand vous voulez, hein ? (Il a un sourire torve.) Certains ont plus de chance que d'autres, non ? Certains peuvent oublier. (Une veine bat à son cou.) Pas moi.

— Pete…, dit-elle en marchant sur des œufs, ne sachant par où commencer. (Elle jette un œil à la fenêtre la plus proche. Un coup de pied suffirait peut-être. Mais Raff ne pourra pas passer. Si elle ne s'enfuit pas avec lui, il sera perdu.) Je suis sincèrement désolée.

— Ah oui ? Vraiment ? Champagne ! (L'atmosphère change dangereusement.) Le soir où vous êtes arrivés, je vous ai tous vus trinquer. Tout illuminés dans cette grande maison. Ça m'a donné envie de vomir. On peut oublier les petites gens. Quelques lignes dans le journal local. Toi, ta famille s'est arrangée pour qu'on ne parle pas d'elle, hein ? L'artiste canaille ne voulait pas de mauvaise presse. Vous vous en êtes pas mal sortis, non ?

Le cœur de Lauren cogne contre ses côtes. Son souffle s'accélère, lance un jet continu de buée.

— Dommage que ça n'ait pas été l'une de vous, les filles chéries. (Il réprime un sanglot.) Ou la rousse frappadingue.

Lauren respire, s'apprêtant à parler. Mais elle ne veut pas tirer le fil qui la maintient en équilibre : l'histoire qu'elle a tissée autour d'elle, protectrice et rassurante comme un cocon de soie.

— Pourquoi *ma sœur* ? s'écrie-t-il, le visage déformé par la peine. Pourquoi ma Gemma ?

Soudain, le sol paraît basculer. Lauren a survécu. Pas Gemma. Et maintenant, c'est son tour. Une autre cage. Un autre sort. L'impuissance la submerge. Mais elle sent les doigts froids de Raff tapoter sa joue, lui rappelant le petit être fragile qu'elle doit sauver, elle qui n'a pu sauver Gemma. Elle bondit vers la porte, l'ouvre, la franchit presque, frappée par une bouffée d'air frais. Des flocons de neige étoilent sa doudoune noire.

La poutre du bras de Pete s'abat, barrant sa sortie.

— Pas si vite.

42

Lauren, 1999

Gemma s'est affalée au fond de la volière. Jambes tendues, raides comme celles d'une marionnette. Ses pieds frottaient le sol, formant une dune de plumes. Elle faisait des bruits bizarres, l'air de chercher à respirer avec une paille. Quand je me suis penchée sur elle, demandant ce qui n'allait pas, la panique des perruches a redoublé et leurs ailes se sont prises dans nos cheveux. Le temps s'est distendu. J'avais la chair de poule, comme si on roulait un chardon sur ma peau. Les mâchoires serrées. La vision réduite à deux faisceaux de torche. Il régnait un silence sous-marin.

Puis je me suis retrouvée près du toit de la volière, à regarder en bas, entre les ombres des feuilles, les perchoirs oscillants, les éclairs de plumes jaunes et vertes. Et je pouvais voir mon corps, à genoux près de Gemma qui était avachie, pliée en deux. Les paillettes sur nos joues. Mes lèvres bougeaient, mais je ne pouvais entendre ce que je disais. Le ventre de Gemma se contractait avec effort. Ses lèvres viraient au bleu. Alors, je me suis vue ramper vers la porte de la volière, lever la main, tâtonner et passer les doigts à travers le grillage, pour tenter d'ouvrir le verrou de l'intérieur.

Ça a pris des années et des années. Enfin il a tourné, et nous étions sauvées.

Je me suis glissée dehors, à nouveau dans mon corps. J'ai crié, mais personne n'est venu. Personne n'a entendu. Il n'y avait personne aux fenêtres des chambres, aux rideaux à moitié tirés à cause de la chaleur. Mais au dernier étage, à la fenêtre de l'atelier, l'espace d'une seconde, *Angie*. À poil, un nu dans un cadre, la tête renversée en arrière, les seins écrasés et les mains étalées sur la vitre. Elle m'a regardée droit dans les yeux, elle s'est couverte, puis elle s'est détournée. Alors, voletant par-dessus ma tête, un éclair jaune m'a dépassée, une perruche, une autre, puis une autre – un vol d'oiseaux ! – *libres, libres, libres*, s'élançant vers le ciel d'été.

43

Lauren, 2019

— Des plumes, dit Pete avec difficulté, soufflant un long cône de buée. (Accroupi, le dos plaqué à la porte d'entrée, il enlace mollement ses genoux. Le chien trotte en cercle, puis s'enroule à ses pieds, un point d'interrogation noir.) On devait faire attention. Il y en avait toujours dans les oreillers, les coussins et autres.

Lauren hoche la tête, ne sachant s'il se radoucit, ou si elle commence à sympathiser avec son ravisseur. Depuis combien de temps sont-ils là-dedans ? Elle n'ose jeter un œil à son portable pour voir si le froid a vidé sa batterie, ou s'il y a un signal. Derrière la fenêtre, la neige continue à tournoyer, phosphorescente dans le ciel qui s'assombrit.

— On a des ennuis, tatie Lauren ?

L'haleine de Raff sent de manière déchirante les raisins secs, qu'il a finis.

— Non. On vit une aventure, tu te rappelles ?

Elle doit le calmer pour ne pas provoquer Pete. Elle s'efforce de sourire. Elle a envie de crier.

Répétant le mot apaisant « aventure », Raff repose son menton sur l'épaule de Lauren, satisfait pour l'instant. Sa confiance la tue. Son poids lui donne des élancements dans les bras. Mais tant qu'elle l'étreint et le réchauffe, il va bien.

— Si on avait vécu dans une ville polluée, ç'aurait été pire pour Gemma, disait maman. (Pete regarde dans le vague, parlant moins à Lauren qu'à lui-même, comme les gens qui font le tri dans leur enfance, dépoussiérant les choses qui aident à la comprendre.) Maman voulait qu'elle reste en Cornouailles. (Un sourire grimaçant.) Gemma, bien sûr, avait d'autres projets. De grands projets. (Tout à coup, il lève la tête et lance un sourire désarmant, sincèrement chaleureux.) Hé, tu sais que les goélands argentés naissent avec les yeux ouverts ?

Lauren acquiesce, un peu moins effrayée, car, dans cette vérité scientifique, tel un oisillon en hibernation, il y a Gemma.

— Ma sœur était comme ça.

— Oh oui ! (Lauren oublie presque le danger, puis se reprend, consciente d'éprouver un faux sentiment de sécurité.) Et elle en sait… (elle se force à corriger le temps, remuant le couteau dans la plaie) en savait beaucoup sur les oiseaux. Elle les adorait, Pete.

Elle a besoin de lui faire comprendre comment c'est arrivé. Mais elle marche sur la corde raide. Car Pete a sa version, de celles qui vous habitent et qu'on ne peut pas facilement détruire. Il faut démonter soigneusement toutes ses parties sensibles et les réassembler.

Lauren et sa thérapeute avaient passé des mois à faire un tel « travail ». (Un mot qu'elle détestait, comme si les sentiments pointaient en venant et en partant, au lieu de se déchaîner dans sa tête en pleine nuit.) Mais bien que les séances l'aient rendue moins anxieuse, elle ne voulait pas renoncer à sa version. Une histoire précieuse, à laquelle elle tenait secrètement. C'était elle, Lauren Molloy, qui n'avait pas réussi à respirer. Elle qui avait failli mourir. Elle et Gemma avaient toutes les deux survécu. Elles étaient pareilles à ces papillons dessinés en peignant la moitié d'un papier, qu'on plie pour former une image en miroir.

Une nuit, un ou deux ans plus tard, Dixie l'avait surprise à parler tout haut à Gemma. Lauren s'était sentie humiliée. Mais sa mère s'était allongée près d'elle sur le matelas et, ensemble, elles avaient regardé les étoiles collées sur le plafond de sa chambre sous les toits.

— C'est bien de parler aux gens qui te manquent, Laurie, avait-elle dit. Je le fais tout le temps. L'amour ne meurt pas. Les âmes non plus. On change simplement d'état pour devenir une sorte de belle matière noire. Les physiciens n'ont pas encore réussi à le prouver. Mais ils le feront, je te le promets. Ce n'est pas parce qu'on ne comprend pas une chose qu'elle n'existe pas.

Lauren avait eu besoin d'entendre ces paroles. Et elle s'y était accrochée.

Alors, tandis que le monde envoyait des e-mails et des textos, elle avait repris sa fidèle correspondance, écrivant des lettres à Gemma et celles que Gemma lui aurait adressées. Plus elle écrivait, plus Gemma reprenait vie. Elle vieillissait. Elle menait une vie merveilleuse, bien remplie. Exerçait le métier de ses rêves, scientifique de l'environnement, basée au Groenland. Elle avait un tableau préféré, *Le Lièvre* de Dürer. Et elle adorait la mosaïque. Voilà pourquoi Lauren trouvait tant de réconfort à placer chaque éclat de verre sur la planche. Dans la beauté des choses brisées.

— Ironiquement, son pire allergène n'était pas les plumes, mais les chevaux. (La voix de Pete interrompt ses pensées. À nouveau, il oscille entre le frère de Gemma, le garçon qu'elle a connu autrefois, et un monstre né de la lande sinistre.) Donc, tu t'étais un peu trompée. Et d'habitude, son asthme était assez faible en été. Maîtrisé. Enfin, on n'aurait pas dû s'attendre… (Il presse les paupières.) Merde.

Un ange passe.

— Nous l'avons découvert seulement après sa mort, Pete. Elle ne m'en avait jamais parlé. (Sa voix se brise.) Je ne l'ai jamais vue se servir d'un inhalateur.

Gemma n'avait pas confié ce qui aurait pu la sauver. Ça tourmentera toujours Lauren. Ça l'avait obsédée durant des mois après… Elle avait fouillé le passé pour chercher des indices, et les avait trouvés : la maison impeccable de Viv ; la respiration sifflante de Gemma pendant ses « rhumes d'été » ; pourquoi elle restait à distance de la volière, évitait d'entrer à Rock Point et refusait de s'approcher de Berthingham Palace, malgré sa fascination pour les oiseaux. Et le petit sac à dos. Où son inhalateur, bien sûr, était caché.

— Alors, c'était la faute de Gemma ? s'écrie-t-il, à nouveau cassant.

— Non !

Le cœur de Lauren s'écrase dans sa poitrine.

— Pourquoi vous *l'aurait-elle dit,* à tes sœurs et toi ? Gemma voulait être comme vous, tu ne le vois donc pas ? (Dans le petit espace, son chagrin est cinglant, corrosif.) Elle ne voulait pas être la fille fragile de la femme de ménage, que vous la snobiez avec votre argent, votre mamie pimbêche et votre papa célèbre. Elle ne voulait pas être connue pour *ce qui n'allait pas* chez elle. Montrée du doigt. Les adultes ne comprenaient pas. Maman non plus. Moi si.

Lauren s'apprête à protester, puis se ravise. Elle aussi le comprend, bien qu'elle sache aujourd'hui que personne n'aurait jamais jugé Gemma, pas même Kat et Flora, qui étaient trop obsédées par elles-mêmes pour prêter longtemps attention à son asthme. Mais c'est différent quand on est jeune. Et, lui souffle une petite voix, Pete a besoin de dire ça. Besoin d'être entendu. Et même si elle n'est peut-être pas assez forte pour se défendre, elle sait écouter. C'est la seule arme qu'elle a.

Alors, elle se blottit contre les boucles de Raff et se rappelle que, lorsqu'elle travaillait à l'accueil à la National Gallery, elle avait affaire à toutes sortes d'excentriques. Des gens qui refoulaient leurs frustrations et cherchaient la générosité du grand art, sa richesse d'émotions lorsqu'ils ne pouvaient supporter de vivre avec les leurs. Qui tentaient de lui faire dire ce qu'ils voulaient entendre. Et, en accompagnant les mourants, elle avait appris à sentir quand il vaut mieux parler ou qu'il vaut mieux se taire – et à ne jamais dire à personne que tout va bien quand il n'en est rien.

— Pete, parle-moi de Gemma.

Au début, il semble un peu méfiant, puis il s'anime en restant circonspect.

— Eh bien, elle était stressée par l'éclipse. Effrayée. Elle avait fait des cauchemars là-dessus les jours précédents. Comme si elle savait… (Il regarde ses mains, l'air vulnérable, presque enfantin.) Je sais que ça paraît dingue.

— Pas du tout, répond Lauren. (Pete se détend un peu.) C'était une personne extrêmement intuitive.

Là, Pete, s'illumine.

— Oui, c'est le bon mot. Intuitive. (Il se tapote la tête.) Je le garde. Merci.

Lauren ose nourrir un peu d'espoir. Les psychopathes n'éprouvent rien, non ? Et Pete n'est qu'émotion.

— Le pire, c'est qu'on s'était disputés, ce matin-là, soupire-t-il, voûté par la tristesse. Je ne voulais pas qu'elle aille voir l'éclipse chez vous. Comme si on n'était pas assez bien. Alors, elle s'est sauvée. En oubliant son sac à dos. Mais on ne s'en est aperçus que…

Sa voix se perd.

— Je sais, murmure Lauren.

— Ah oui ? Et qu'est-ce que tu sais d'autre ? (À nouveau, il se hérisse. Ses yeux flamboient dangereusement.) Figure-toi qu'un copain, en allant à cette fête sur la plage, est passé près de Rock Point ce jour-là. Il a croisé tes sœurs sur le chemin côtier. Il les a entendues parler de ce qu'elles avaient « fait », ajoute-t-il en traçant des guillemets dans l'air. Tu vas me dire ce que cela peut être ?

Lauren lâche un faible gémissement. Flora et Kat avaient-elles parlé, ou pis, ri d'avoir verrouillé la volière ? Elle n'a aucune envie de livrer ce détail ici, avec le petit garçon de Flora dans ses bras.

— Kat et Flora avaient fauché de l'alcool dans le bar de Rock Point, répond-elle, sachant que cette information est déjà connue. On en a bu un peu dans le jardin. Mais Gemma n'en a pas pris, je te jure. Elle n'y a pas touché, Pete.

Il l'observe attentivement.

— Toi, tu étais où, tout ce temps ?

— Je...

Elle avait vomi dans les toilettes. Et ses souvenirs de cette journée, et des suivantes, sont pleins de lacunes. De failles. De points aveugles. Ce n'est pas rare, avaient dit les médecins après de nombreux scanners. Elle avait dû souffrir d'une crise non épileptique psychogène. Excités par le traumatisme d'avoir assisté à la crise d'asthme de Gemma, et déjà stimulés par l'agitation de l'éclipse, ses neurones cérébraux avaient déclenché une tempête de signaux électriques. Voilà pourquoi Lauren ne pouvait se rappeler que des bribes du drame. Pourquoi elle était sortie de son corps. Comme si c'était elle qui avait perdu conscience. Elle qui était morte. Si elle avait voulu dessiner la scène – sa thérapeute le lui avait suggéré, elle avait refusé –, elle l'aurait comblée par des traînées d'ombre, des fleurs de lumière pâle : des espaces négatifs – tout ce qui échappait à sa mémoire.

— Elle me manque, dit Pete. (Lauren respire, contente qu'il ne l'ait pas forcée à répondre à sa question. Il se lève lentement, raclant la porte du dos, comme un ours qui se frotte à un arbre.) Chaque Noël. Chaque fois que je vois ce... ce regard chez maman. (Sa douleur l'érafle tel un éclat de verre.) Chaque fois qu'une nièce ou un neveu naît autour de moi. Comme toi, mon pote, ajoute-t-il en désignant Raff.

Lauren remonte l'enfant sur sa taille. Elle aimerait que Pete ne le fixe pas d'un air indéchiffrable. Elle ne voit toujours pas comment ça va tourner. Mais elle sent que tenter de s'échapper serait aussi périlleux que ne pas bouger.

— Quand une scientifique passe à la télé, je me dis, c'est le métier qu'aurait fait Gemma. Le monde a besoin de Gemma. *J*'ai besoin d'elle. Elle n'est pas juste une... statistique. C'était ma petite sœur. Elle était tout pour moi. Et si j'avais pu mourir à sa place, je l'aurais fait.

— Pete, je suis vraiment désolée. (Les larmes étranglent sa voix.) Mais nous devons partir.

— Tu ne veux pas entendre parler de mes lettres d'abord ?

Il a l'air contrarié d'un gamin qui n'a pas réussi à se faire remarquer par ses bêtises.

— C'était toi..., souffle-t-elle d'une voix rauque, s'apercevant que la première lettre anonyme – *Nous savons ce que vous avez fait* – prêchait le faux pour savoir le vrai.

Non seulement Pete en était le seul auteur – le « nous » était un leurre –, mais il avait voulu les faire fuir en feignant de savoir une chose qu'il ignorait.

— Écoute, Lauren, un an après que c'est arrivé, j'ai écrit à ta mamie. Avec respect. Je voulais juste des excuses. Un geste. (Lauren ne peut supporter ce qui va venir.) Elle n'a pas répondu. Elle n'a même pas répondu...

— C'était inexcusable. (Mamie n'aurait pas dû. Peut-être était-elle pétrifiée, se demande Lauren. Mamie aussi n'était plus la même après cet été.) Et c'est toi qui as cherché à nous flanquer dans le fossé ?

— Difficilement. Vous dans ce tank. Moi dans ma vieille guimbarde. (Il lâche un rire jaune.) C'était juste un avertissement. Pour vous donner une vague idée du stress que j'éprouve en voyant ta famille revenir ici. Et une petite frayeur, pour vous pousser à vendre. À nous laisser enfin tranquilles.

ALLEZ-VOUS-EN.

— Pas facile avec un pneu crevé.

— Quel pneu crevé ? dit-il, l'air sincèrement perplexe.

— J'veux rentrer, gémit Raff. (Lauren préfère ne pas insister. Elle a l'impression d'être dans un sas où l'oxygène vient à manquer. Elle tâche de sourire.) Et si on se revoyait pour parler une autre fois, Pete ?

Si sa voix tremble, il ne semble pas le remarquer. Il est surpris, au contraire. Content même.

— Vraiment ?

— Oui.

Un nouveau pic d'adrénaline. Ses muscles se contractent, se préparent : elle sent le goût de la liberté.

— J'aimerais te détester, Lauren. Franchement, je le voudrais. Mais tu n'es pas trop mauvaise. Gemma disait toujours que tu n'étais pas comme les autres. (Il se frotte brutalement la joue, comme s'il voulait se gifler.) Mince, j'ai merdé… Je n'allais pas te faire de mal. Je t'en prie, crois-moi.

— Je te crois.

Elle ne peut se le permettre. Elle mesure chaque pas, le trajet qu'elle pourrait faire. Une petite pièce. Une brève distance. *Un. Deux. Trois.*

— J'veux maman…

Raff fond en larmes.

— Tu la verras bientôt, Raff, très bientôt, dit Lauren, mais la peur perce dans sa voix.

— Je vais vous raccompagner. M'assurer que vous rentrez bien. C'est accidenté, dans le coin. Ne me regarde pas comme ça ! Je ne pensais pas vous garder si longtemps. Je voulais juste te dire ce que j'avais sur le cœur. (Il a l'air dérouté, comme s'il tentait de comprendre sa conduite.) Tu vois, ce sont tes gestes, ta voix… Tu ressembles tellement à Gemma.

Lauren n'en revient pas. Ses pieds s'agitent, prêts à s'élancer. Elle pense aux perruches. Tous ceux qui sont en cage peuvent s'échapper, s'ils sont assez braves. S'ils sautent sur l'occasion.

— Je ne veux pas que tu t'en ailles. Qu'elle disparaisse. C'est pour ça que je t'ai suivie, observée. (Pete laisse tomber sa tête dans ses mains immenses et la regarde entre ses doigts, géant perdu au cœur brisé.) Quand j'étais gosse, après ce qui est arrivé, j'ai cherché à passer des accords avec Dieu. Genre : laissez-moi avoir encore une baignade avec ma sœur, un tour en barque, un dernier rire. Ça n'a jamais marché. Puis tu as débarqué. Adulte comme elle l'aurait été, et là… j'ai pu me raconter que tu étais Gemma.

Lauren bondit par réflexe. Fonce jusqu'à la cuisine, secoue la poignée de la porte arrière.

— Elle est fermée à clé. (Sur le seuil de la cuisine : Pete, son chien levant les yeux entre ses jambes.) Je suis entré par là.

Lauren la voit maintenant, la fenêtre béante, juste au-dessus des placards. Le désespoir la cloue sur place.

— Je ne suis pas Gemma, Pete, murmure-t-elle, protégeant Raff de ses bras.

Ailleurs dans le cottage, une porte claque. Pete sursaute, marmonne quelque chose.

— Hé ho ! (Une voix de femme, ferme et gentille.) Pete, chéri, tu es là ? C'est moi, maman.

44

Flora

— Putain de 4 × 4 ! hurle Flora.

Elle accélère à fond. De la boue gicle sur le pare-brise. Le SUV sort de l'ornière et cahote à travers champs comme une bétaillère surchargée. Au loin à l'ouest, des flaques rouges parsèment l'horizon.

— Sortez par ce portail. (Jonah tend la main du siège voisin, un labrador puant sur les genoux.) Et… à gauche, ajoute-t-il, avec le genre d'insistance virile contenue qui stresse Flora et lui fait prendre le tournant beaucoup trop brusquement.

— *Fous du volant…*, marmonne Angie à l'arrière, serrée entre Charlie et Kat.

— Personne ne t'a demandé de venir, grommelle Flora, assez fort pour qu'on l'entende.

Incongrue dans sa fausse fourrure léopard et ses bottines argentées, leur père cramponné à son bras, Angie lui avait fait signe de s'arrêter tout à l'heure dans l'allée. Par la portière de la voiture, Kat avait bredouillé une explication. Angie avait insisté pour qu'ils montent : « Tout le monde sur le pont ! » Mais Flora avait surpris l'expression de son père à la mention du cottage des Heap, la pâleur qui l'avait envahi.

Depuis, il n'a presque pas dit un mot, regardant par la vitre, les lunettes embuées, se tapotant une dent avec anxiété. Si elle avait moins de sujets d'inquiétude, elle s'en ferait pour lui.

Et Jonah ? Flora lui jette sans cesse des regards éloquents, pour lui faire bien comprendre qu'elle le tient à l'œil. Il a beau paraître franc et direct, elle sait que les hommes ont l'art de cacher leurs mauvais côtés. Lorsqu'elle avait rencontré Scott, il parlait si doucement qu'elle ne pouvait même pas imaginer qu'il puisse lever la voix. De plus, Jonah cadre trop avec la description du rôdeur, à son goût. Et si c'était un piège ?

— Arrêtez-vous, dit-il d'une voix suave, mais brusque, quelques minutes plus tard.

Un début de piste – plus étroite que le SUV – et au bout, le minuscule cottage des Heap. Des fenêtres sans lumière. Un toit affaissé, blanc de neige, tout droit sorti d'un polar scandinave. Difficile de croire que Lauren est allée seule dans une bicoque si lugubre quelques jours plus tôt – comme l'affirme Jonah, qui jure l'y avoir vue – sans en toucher un mot. Mais Lauren n'a jamais rien dit non plus de ses lettres à Gemma. Au fond d'elle-même, elle mène une vie secrète. Elle écrit à des morts. Va jusqu'à leur parler : ses coups de fil, surpris à travers le mur de sa chambre, ont pris une teinte sinistre.

Flora ouvre la portière du SUV et trébuche vers le cottage en appelant Raff. Kat et Jonah la dépassent en courant.

Quelques secondes plus tard, Lauren et Raff apparaissent à la porte, clignant des yeux comme des otages dans la lumière du soir. Flora respire l'air froid, la joie pure. Lauren, qui porte Raff sur sa hanche, le pose par terre et il remonte la piste en fonçant vers sa mère.

— *Toi !* (Submergée par un flot de soulagement et d'amour, elle le serre et l'embrasse partout sur les joues. Il sent magnifiquement, divinement, Raff.) Laisse-moi te regarder. Tu n'as rien ? Tu es blessé ? (Elle l'examine. Ne trouvant pas de bobos, elle s'émerveille que Raff, qui déteste le froid et l'humidité, ne soit pas en larmes.) Maman t'aime tellement, dit-elle en s'accrochant à lui, ne voulant plus jamais le lâcher.

Un sourire triste, épuisé.

— Plus que tout au monde…

Le cœur de Flora explose. Elle aperçoit Lauren, qui hésite près de la porte du cottage. L'avant d'une petite voiture garée. Puis, dévalant la piste, pas un, mais *deux* chiens noirs. Bondissant et se tournant autour, une image en miroir. Ces chiens sont un mystère. Elle n'y comprend rien.

— On a vécu une grande aventure, maman. (Raff presse son visage froid contre son cou, comme pour tenter de se blottir sous sa peau.) Des billes de glace sont tombées du ciel. Un chien est venu. On a rencontré Le Bon Gros Géant.

— Oh, Raff… (C'est le genre d'endroit qui enflammerait l'imagination de tous les enfants. Beaucoup trop.) Mes cheveux vont sûrement blanchir dans la nuit, dit-elle quand son père les rattrape avec Angie, ébouriffant les mèches de Raff.

— Les Finch ne blanchissent pas avant la fin de la cinquantaine, Flo chérie. Raff va bien. Tout va bien.

(Charlie passe un bras autour d'elle. Un bras solide, rassurant, tout ce que devrait être le bras d'un père. Angie s'approche, l'air de vouloir se joindre à leur étreinte.) Demain, tu pourras horrifier ton mari avec cette nouvelle anecdote familiale, ajoute-t-il, le regard plus doux, en fixant un point derrière elle.

Flora se tourne et voit une petite forme sombre marcher vers eux, comme dans une boule à neige.

— Je suis vraiment désolée, dit Lauren en s'approchant, bouleversée.

Flora sent venir une crampe d'estomac. Charlie ôte son bras de ses épaules, prend les mains violacées de Lauren et les frotte. Sa petite Laurie, la précieuse fille de Dixie. Aujourd'hui encore, dans cet ouragan émotionnel, Flora éprouve une pointe de jalousie puérile.

— Pourquoi n'as-tu pas appelé ? demande-t-elle d'un ton ferme.

— On était malades d'inquiétude, Lauren, dit Angie.

— J'ai essayé, mais je n'ai pas réussi. Écoute, je peux t'expliquer quand on sera à Rock Point ? (Lauren désigne Raff. Elle tremble tellement que Flora se radoucit.) Mais je l'ai protégé, je t'assure. (Sa voix se brise.) Je ne peux pas te dire combien je suis désolée…

Avant que Flora puisse ravaler la boule dans sa gorge et dire quoi que ce soit, Kat s'écrie :

— Papa !

Ils se retournent. Kat fait frénétiquement signe à leur père d'entrer dans le cottage, et y retourne en hâte.

Charlie ne bouge pas.

— Chéri ? (Angie lui frotte le bras.) Tu sembles avoir vu un fantôme.

Flora suit son regard : un éclair écarlate sur le seuil de la porte, comme si quelqu'un venait de se cacher. Jonah peut-être, qui est toujours à l'intérieur. Sans un mot, leur père entame une marche solennelle sur la fine couche de neige, tête baissée, l'air de savoir ce qui l'attend.

— Reste avec tatie, Raff. (Flora le tend à Lauren stupéfaite, lui offrant sa confiance.) La voiture n'est pas fermée à clé. Il y a des Twix d'urgence dans la boîte à gants. Des couvertures dans le coffre. Angie, il fait plus chaud là-bas. Vas-y aussi.

Elle a besoin de voir cette maison par elle-même.

Marchant vers la porte avec appréhension, elle aperçoit du lierre poussant derrière les fenêtres. Cela la rend toute chose, un peu nauséeuse. De même que la fissure, telle une cicatrice sur le mur. Derrière chaque rénovation intérieure – toute cette consommation, le désir du brillant et du neuf –, il y a une aversion primitive pour ça. La décomposition. La pourriture. La brutalité du déclin. Plâtre et pierre : peau et os. La poussière retourne à la poussière. Nous sommes tous une brique de boue et de vers.

En entrant dans le cottage, Flora tressaille, s'efforce de comprendre ce qu'elle voit. Une femme en manteau rouge. Aux cheveux gris-blond. Soignée. Fin de la cinquantaine. Qui tient les mains d'un homme de la moitié de son âge : un colosse grisonnant, aux allures de squatter et au regard furieux de taureau acculé. Son père, debout près de Jonah et d'une Kat à l'air grave, fixe la femme, sidéré. Comme si une bombe venait d'éclater dans son cerveau.

— Flora, c'est Viv. Viv Heap, dit Jonah, mal à l'aise.

Viv. Flora n'ose regarder Kat. Elle ne peut plus se cacher nulle part. Dans ce cottage, le passé est béant. On dirait qu'elles ont été arrachées à 1999 et réunies dans une sorte de dystopie familiale.

— Et voilà Pete, poursuit Jonah avec cérémonie. Le fils de Viv.

Flora ne le reconnaît pas. Elle le connaissait à peine. Viv, par contre, est toujours Viv, la femme de ménage de mamie, la mère de Gemma, plus âgée, plus forte, mais usée. Le chagrin a gravé de fines rides autour de ses yeux et de sa bouche.

Le silence est insoutenable.

— Moi, c'est Flora, lâche-t-elle en le remplissant nerveusement.

— Ouah ! Si grande, lance Viv avec une chaleur poignante.

Les mots « contrairement à Gemma, qui n'a jamais grandi » sont implicites, suspendus dans l'air marécageux.

— Alors, vous saviez que Pete était là, Jonah ? demande Kat, resserrant son manteau. Comment ça ?

Jonah glisse un regard à Pete.

— On s'est croisés tout à l'heure, en promenant nos chiens. On a un peu causé. Pete allait vers la lande jeter un œil à ce cottage, comme il aime le faire. Il était... un peu perturbé par le retour de votre famille. (Jonah s'éclaircit la gorge, soulignant ce vaste euphémisme.) Quand Kat m'a dit que Lauren n'était pas rentrée, j'ai pensé... enfin, que ce ne serait pas idéal s'ils se rencontraient, c'est tout. (Il danse d'un pied sur l'autre.) Et j'ai passé un coup de fil à Viv.

Pete baisse la tête, tel un gamin pris sur le fait dont on a appelé la mère.

— Je ne saisis pas très bien, dit Flora, tâchant de reprendre ses esprits.

— Flora, il semble que Pete ait fait un peu peur à Lauren, répond Viv avec une voix douce mais forte, une autorité naturelle, comme une enseignante qui va droit au but. Mais on s'est expliqués. On a dissipé le malentendu.

— Quel genre de peur ? demande Flora, gênée, craignant ce que Raff a pu voir.

Un silence s'installe, personne n'ose parler. Viv et son père semblent enfermés dans une conversation muette.

— Pete a surpris Lauren dans ce cottage, où elle et Raff s'abritaient de la pluie, explique prudemment Jonah.

— Je parie que tu les as suivis, hein ? jette Kat à Pete, qui fixe le sol d'un air coupable.

— Excuse-moi, Pete n'a fait de mal à personne. (Viv la met au défi de s'en prendre encore à son fils.) Il ne ferait pas de mal à une mouche.

Flora, choquée, perplexe, regarde tour à tour Kat et Pete. Une idée commence à prendre forme. Mais elle se heurte sans cesse à l'existence des Heap, preuve vivante de cet été-là, de tout ce qu'elle et Kat pensaient avoir laissé, soigneusement caché, dans un autre millénaire. Viv *ici*. En rouge.

— Viv a raison, dit Jonah.

Flora l'observe en fronçant les sourcils. Il ressemble à Pete, non ? Vestes sombres. Capuches. Un mètre quatre-vingts. Avec des chiens noirs. De loin, disons au sommet d'une falaise, ou dehors dans la tempête… oui, faciles à confondre. De près, les similitudes cessent. L'un respire une nature saine et robuste, l'autre le traumatisme.

— J'ai été à l'école avec Pete, explique Jonah.

— Les gens changent, lance Kat d'un ton brusque.

Elle-même n'a pas changé tant que ça, pense Flora. Kat est toujours la personne que l'on veut dans son camp.

— Et la vie peut être dure. Il n'est pas mauvais, Kat. Pete est resté le même, plaide Jonah. Je suis revenu l'an dernier en Cornouailles, et on s'est retrouvés grâce à nos chiens. Hein, Pete ? Des chiennes de la même portée. Des sœurs. Élevées par une dame en haut de la route.

Kat secoue la tête d'un air hostile. Mais Flora est contente d'avoir enfin l'explication des chiens identiques. Leur père, qui semble encore médusé par tout ça, continue à fixer Viv.

— Pete s'y est pris d'une manière impardonnable et il le regrette. (Viv est clairement le genre de mère qui, si difficile que soit son fils, le soutiendra toujours. Flora ne peut s'empêcher de respecter ça : elle ferait de même.) Pas vrai, Pete ? demande-t-elle, l'incitant à parler.

— Je suis désolé, murmure-t-il, semblant s'adresser plus à sa mère qu'aux Finch.

— Gemma n'aurait rien voulu de tout ça, Pete, ajoute fermement Viv.

Gemma : le nom fracasse l'air fétide et glacé, son onde de choc passant sur leurs visages. Charlie plaque une main sur sa bouche, perdant presque son sang-froid.

Kat est la première à se remettre.

— C'est Pete qui a écrit les lettres anonymes, Flora. Mon Dieu…

— Je voulais juste vous pousser à dégager, à rentrer tous à Londres, dit-il d'un air boudeur.

— Tu raconteras ça à la police. (Kat plante les mains dans ses poches.) Et pourquoi n'as-tu pas laissé Lauren sortir d'ici ? Elle a dû être complètement terrifiée.

Pete grimace.

— Je ne voulais pas… je sais de quoi ça a l'air.

Comprenant ce que Lauren a dû endurer, Flora change d'attitude. Sa brave petite sœur.

— Écoutez, c'est à vous de juger, M. Finch, Kat et Flora, mais j'aimerais seulement dire que Pete a traversé une mauvaise passe, argue doucement Jonah. Récemment, il a perdu son travail. Il a divorcé. Et ça a été difficile pour lui de vous revoir tous à Rock Point après vingt ans. Ça a remué beaucoup d'émotions. Un peu d'indulgence ne lui ferait pas de mal.

— Il n'y aura plus de messages hostiles, on peut vous le promettre, assure Viv, interrompant Jonah sur un ton sans réplique. (Elle rajuste son foulard gris, duveteux, autour du col de son manteau.) Lauren préfère en rester là.

— Je suis d'accord avec elle. Nous n'irons pas plus loin, déclare Charlie en retrouvant sa voix. Plus de conneries, d'accord, Pete ? Ou tu te retrouveras illico en cellule à Truro.

— D'accord, dit Pete, son soulagement se reflétant dans le visage de Viv.

Charlie lève la main en guise de salut. Flora glisse son bras sous celui de Kat – tout cela est trop dur, elle a besoin de ce bras – et elles suivent leur père en dehors du cottage. La petite neige fond déjà : leurs empreintes vont bientôt disparaître, toute trace de leur passage ici. Mais le cottage laissera une marque indélébile.

Après quelques pas sur la piste, Viv lance :

— Charlie ?

Leur père se tourne lentement, comme un vieil homme. Il a pris dix ans en dix minutes.

— Merci d'y être allé doucement avec lui. (Viv se tient sur le seuil du cottage, les cheveux balayés par le vent.) Je sais que vous avez aussi perdu quelqu'un ce jour-là, Charlie.

45

Lauren, 1999

Le visage de papa est net, sombre et froissé, comme s'il était vieux. Au-dessus de sa tête, une nuée d'étourneaux s'évase et se resserre, telle une épuisette dans le ciel. Pas de toit grillagé. J'étais sortie de la volière, je ne savais comment.

Maman. Je voulais tellement ma mère. Où était-elle ? Il était temps de quitter Rock Point et d'aller à St Ives. Pour flâner dans les rues pavées jusqu'aux sculptures de Barbara Hepworth, son endroit préféré, en causant à toute vitesse pour rattraper les jours où on avait été séparées. Et sur la plage de Porthmeor, avec des chips au vinaigre, pieds nus dans le sable chaud, les bagues de ses orteils brillant au soleil.

Des voix se déversaient sur moi, mais pas la sienne. Les bords des choses étaient brouillés. J'avais mal à la mâchoire, comme si j'avais grincé des dents. La robe trempée, bizarrement collée à ma culotte. Pour tenter d'éclaircir ce qu'il y avait entre le monde et moi, j'ai frotté mes paupières, vu une bouteille de limonade pétiller dans l'herbe, le regard vitreux et surpris de Gemma. *Gemma.*

Je me suis retournée. Ça allait. Gemma était toujours au fond de la volière, une main sur l'oreiller de plumes par terre, la paume vers le haut et les doigts recourbés, l'air de tendre des graines aux oiseaux. Il y avait aussi d'autres gens. En uniforme vert. Des flashs aveuglants. Une radio grésillait. Des voix calmes, insistantes : « *Chute de la tension artérielle.* »

Puis Gemma est sortie sur une civière, un masque en plastique sur le nez et la bouche, comme un tuba. Papa a trébuché, décomposé, en s'écartant de moi. Il appelait Angie à l'aide. Mais Angie était introuvable. Alors, il a fait signe à Kat et Flora, qui se tenaient en silence près de la balancelle, sous le choc.

— Je pars à l'hôpital avec Gemma. Occupez-vous de Lauren.

Elles se sont approchées, l'air inquiet. Lentement, j'ai pris conscience que c'était moi qui les effrayais. Les éclairs de la jupe à sequins de Flora plantaient des épingles dans mes yeux. J'ai dû détourner la tête.

Flora a chuchoté à Kat :

— Elle s'est pissé dessus.

Alors, je l'ai sentie. L'urine. La honte.

— C'est juste du pipi. (Papa a passé un bras autour de mes épaules.) Ça n'a pas d'importance, Lauren. Franchement.

J'avais envie de me frotter jusqu'au sang.

— On est désolées d'avoir fermé la cage. (Flora avait une voix de grenouille. Ses yeux étaient pleins de larmes et cerclés de rouge.) On est désolées d'a…

Kat l'a fait taire d'un coup de coude.

Derrière les murs du jardin, un vrombissement, un grondement de moteur. J'ai levé les yeux : les branches de pin découpaient le soleil en lamelles. Puis un hélicoptère a décollé, couleur rouge-gorge. Est-ce que l'éclipse avait eu lieu ? En partie ? Il y avait des trous. Des taches noires qui flottaient. Les choses qui m'échappaient, glissant autour des bribes dont je me souvenais. Personne ne parlait de Gemma parce qu'elle allait bien. Gemma volait. Kat m'a relevée en me prenant les mains, et j'ai marmonné que je devais prendre une douche.

— Ne va pas dans la maison, a dit Flora. On n'a pas le droit…

Elles m'ont appelée, mais j'ai continué à courir.

Dans la véranda, Bertha m'a jeté un regard furieux, déployant ses ailes, menaçante, comme si j'étais une inconnue. Elle semblait pareille à elle-même, mais aussi différente. Plus du tout amicale. La maison également n'était plus comme avant. Et j'ai senti confusément que tout avait changé. L'horloge a carillonné en haut de l'escalier, un grelot de sorcière. Des paillettes de Gemma scintillaient sur mes jambes, sur ma robe.

— Qu'est-ce que nous avons fait ? a crié Bertha de la voix de Flora. Qu'est-ce que nous avons fait ?

J'ai trébuché à travers la cuisine, renversant une chaise.

Dans le hall, je me suis arrêtée en clignant des yeux, la tête vide. Papy gisait au bas de l'escalier, un pied sur la dernière marche, du sang luisant dans ses cheveux. Mamie, à genoux, lui tenait la main. Je l'ai entendue dire, d'une voix sourde, lointaine :

— Les secours arrivent, Herbert. L'enfant a eu besoin de l'avion sanitaire. Accroche-toi, chéri.

Papy avait l'air mort. Il fixait le plafond, contemplant les étoiles. Ses dents étaient éparpillées sur les dalles. Mon cœur n'acceptait pas ce que mes yeux voyaient.

— Papy a fait une chute, a dit mamie sans lever la tête. Lauren est là, Herb. (Elle caressait ses cheveux, l'embrassait sur les lèvres.) Je me suis emmêlé les pinceaux, chéri. Comme une gamine ! Les mêmes robes, tu vois. Par la fenêtre de la chambre, impossible de les distinguer. Je suis désolée de t'avoir effrayé.

Dehors, une portière a claqué. Bertha a lancé de la véranda :

— Qu'est-ce que nous avons fait ?

Mon cœur tapait un *boum* mouillé dans mes oreilles.

— Et toi, vieille bête, qui as dévalé l'escalier en chaussettes. Là, ne t'inquiète pas… Gemma est entre de bonnes mains. Elle va se remettre. Et les perruches aussi. Dès que tu seras de nouveau sur pied, tu pourras sortir avec tes jumelles. Elles ne peuvent pas s'être envolées bien loin.

Deux policiers sont entrés sans frapper. Je me suis glissée à l'étage, hors de moi-même, de la fille que j'étais quelques minutes plus tôt. Dans ma chambre, j'ai enlevé ma robe et ma culotte en les piétinant, les laissant en flaque puante sur le tapis, mes sandales au milieu. On aurait presque dit que j'avais disparu, aspirée à travers le plancher. Après la douche, la peau irritée par le loofa, l'esprit toujours brouillé, j'ai soulevé le store de la salle de bains et jeté un œil sur le monde extérieur. *Oh.* Gemma et moi ! Elles étaient là, assises sur une branche d'aubépine : deux perruches, heureuses et brillantes comme des citrons.

46

Kat

— Je suis très sérieuse, Scarlett. (Kat peut à peine entendre son assistante par ce vent. Cinquante-cinq minutes après son retour du cottage des Heap – il y a une éternité –, elle est assise sur le porche en pierre, le foulard de sa mère froissé sur les genoux, son portable collé à l'oreille.) Quelqu'un doit démissionner pour que Spring survive. Désolée, la ligne… Je viens d'envoyer l'e-mail… Quoi ? Il a *fuité* ? (Elle tente d'imaginer le chaos que ça a déclenché. Mais déjà, elle s'éloigne, passant à autre chose.) Non, tu n'es pas virée, Scarlett. Ha ha ! Et ne laisse pas les autres t'emmerder, ok ?… Pareil pour toi. Au revoir.

Elle traîne un doigt sur l'écran du portable, jusqu'à ce qu'il vire au noir. Kat ne sait trop ce qu'elle va devenir sans Spring. Mais elle veut le découvrir. Posant le menton sur les genoux, elle fixe pensivement Jonah et Lauren, debout près de l'À-Pic, se découpant sur une immense lune argentée.

Oh, Lauren… Déjà, dans leur jeunesse, elle percevait les choses à sa manière, comme une abeille distingue des couleurs que les hommes ne voient pas. Et c'est encore le cas.

Ainsi, Lauren a fait vivre une Gemma hallucinatoire dans son esprit pendant toutes ces années ? Kat n'est pas vraiment choquée. Le reste de la famille s'est lui-même bercé d'histoires fantasmées. Le mariage parfait de Flora, entre autres. Spring aussi – un peu dur à admettre –, un château de cartes qu'elle n'a cessé d'empiler, comme si le marché haussier n'avait pas déjà atteint sa limite. Quant à papa, il ne paraît pas non plus vivre en temps réel. Il a sangloté aux obsèques de Dixie comme s'ils avaient été ensemble quelques semaines plus tôt, et non des décennies. Le croquis qu'il a arraché des mains de Kat possède une force émotionnelle brute, non diluée par les ans – qu'il a préféré enfouir en faisant l'autruche.

Contrairement à son père et ses sœurs, Lauren s'est jetée dans le vide pour braquer une torche sur les ombres de la famille. En écrivant à Gemma, elle a fait battre le cœur sombre de cet été fatal, alors que Kat n'a pas voulu le regarder en face – comme elle a eu du mal, ce soir, à soutenir le regard de Viv, et parfois celui de Lauren. Elle ignore quelle approche est la plus illusoire. Tout ce qu'elle sait, c'est que dans le cottage des Heap, elle était bien présente. Elle ne courait pas, ne se félicitait pas d'être arrivée si loin, mais était renvoyée à son point de départ. Forcée de reconnaître que le passé persiste, comme un problème de temps dans un document Word, constamment souligné, réclamant d'être abordé. Et elle ne l'a jamais fait. *Ils* ne l'ont jamais fait. Putain…

Le foulard à la main, Kat marche à grands pas vers l'À-Pic, tête penchée pour s'abriter du vent. Quelques mètres plus loin, au-delà de l'aubépine, Lauren et

Jonah sont encore si absorbés par leur tête-à-tête qu'ils ne semblent pas la remarquer.

Kat regarde les rochers noirs en contrebas, les vagues s'écraser et se briser, éclater en gouttes de mercure. Le foulard entre le pouce et l'index, elle voit la soie en loques se tordre dans le vent, puis s'élancer par-dessus la falaise, emportant avec elle la honte et les secrets de son enfance, dans la vaste nuit rugissante.

De retour à la maison, elle s'assied au bas de l'escalier, avec toutes les histoires qui y sont enfermées, et lèche du bout de la langue le sel sur ses lèvres. Elle se sent différente. Plus légère. *Plus nette.* Pour la première fois depuis son retour à Rock Point, elle le voit, s'autorise à évoquer la scène. Le pied de papy, inerte sur la dernière marche ; sa chaussette jaune et sa cheville glabre ; la tache de sang sur le lambris ; le carnage sur les dalles.

— Oh, c'est toi… (Angie sort du salon, et son sourire s'efface.) Pardon, j'espérais que c'était Charlie. Je suis inquiète, Kat. Il est toujours replié dans sa chambre, dit-elle à voix basse. Allongé sur le lit, à des kilomètres, les yeux au plafond. Il ne veut pas me parler. Il est comme ça depuis qu'on est rentrés. Enfin, je sais que la journée a été dure, mais… on dirait qu'il y a autre chose. (Elle se tord les mains.) Tu penses qu'il va bien ?

Revoir Pete et Viv a tout fait exploser. Ils ont tous atterri sur différentes planètes. Personne n'est plus pareil.

— Je pense qu'il rumine.

Quoi au juste, Kat en est moins sûre.

— Je suppose. (Angie a l'air peu convaincue.) Et *toi*, ça va ? J'ai appris que tu avais loupé ton avion. Quelle poisse…

— Oh, j'imagine que j'étais destinée à le rater. (La voilà qui parle comme Lauren. Irrationnelle. Même Angie la regarde bizarrement.) Papy gisait juste là. (Elle montre les dalles sous ses tennis. Angie pâlit.) C'était horrible, ajoute-t-elle. Et je me demandais pourquoi papa n'était pas resté avec lui, pour attendre l'ambulance.

— Eh bien, Gemma était une enfant.

— Oui.

Kat fixe un point sur le sol, perdue dans ses pensées.

— Je peux ? (Le pantalon en skaï d'Angie crisse lorsqu'elle s'assied près de Kat.) À propos de cette journée, dit-elle sans ambages. Je n'aurais pas dû filer. C'était naze de faire ça.

— Ouais.

En fuyant, Angie avait prouvé qu'elle était le Monstre.

— Quand j'ai vu Lauren et Gemma dans la volière, tu sais, de la fenêtre de l'atelier, j'ai cru qu'elles s'amusaient. Je n'ai pas vraiment réfléchi, pour être franche. Mais après, ça a été l'apocalypse et je… j'ai paniqué. J'ai pensé qu'on allait m'accuser. Rejeter la faute sur moi pour n'avoir pas réagi, vu ce que je faisais avec Charlie. J'aurais dû donner l'alarme. J'aimerais tant… (Angie s'arrête, tripote nerveusement sa bague de fiançailles, et sa manche en mohair chatouille la main de Kat. Un silence, puis :) Kat, je savais que la police allait venir et, cet été-là, les flics me rendaient parano. J'étais dans une situation un peu tendue à Londres. J'avais commencé à fréquenter des gens louches. Voilà pourquoi j'étais descendue en Cornouailles. Pour faire profil bas. (Elle reprend son souffle.) Ça n'avait rien à voir avec l'éclipse.

— Je croyais que tu étais venue ici pour rencontrer papa. Tu connaissais son nom. Son œuvre.

— Oui, en partie. Charlie était un peu un dieu à l'époque, admet-elle en haussant les épaules. Et moi, une ex-étudiante d'art au chômage, cherchant un moyen de s'en sortir… Ce n'était pas un crime, non ? (Elle claque ses genoux, les écarte.) Je suppose que je n'aurais pas dû le séduire.

— Oh, non… (Kat lève les yeux au ciel. Quand Angie finira-t-elle par comprendre ?) C'était *papa* qui avait le pouvoir. Il était à la fin de la quarantaine, toi au milieu de la vingtaine, payée pour s'occuper de ses filles ! Dégueulasse.

Elle ne se sent même pas déloyale de dire ça.

— J'ai toujours aimé les hommes plus âgés, répond Angie en ôtant une peluche de son pull.

— Tu te rends compte qu'en 99, la Tate avait exposé *My Bed* de Tracey Emin[1] ? Maman m'avait emmenée le voir. (Kat se rappelle avoir dit, à voix haute, pour la provoquer : « C'est comme ta chambre après une cuite ! » Blythe avait pivoté sur ses talons aiguilles, feignant de ne pas entendre.) Et papa se conduisait comme un figurant kitsch, douteux, d'*Austin Powers*. Aujourd'hui, il se ferait boycotter. Sérieusement.

1. Cette installation, qui a fait scandale, montrait un lit défait, aux draps tachés, voisinant avec un tapis jonché de préservatifs, d'une bouteille de vodka et d'un test de grossesse. (*N.d.T.*)

— Ouah… Ce n'est pas juste, proteste Angie.

— Ah oui ? (Kat pense à toutes les femmes qui se sont glissées dans les draps de son père – et dans l'atelier – au fil des ans. Notamment à Dixie.) Écoute, tu n'étais pas la première, Angie, dit-elle, aussi gentiment que possible.

— Bon sang, je le sais ! (Les narines d'Angie frémissent. Kat a touché un point sensible.) Quand même. Ces croquis qu'il a cachés sont révélateurs, hein ?

Kat se redresse, les poils se hérissent sur ses bras… Son cerveau capte une nouvelle hypothèse, une tendance dans le fatras des données de son père. Un astérisme dans un crépitement d'étoiles qui semble aléatoire.

47

Lauren, 2019

Lauren aimerait enrouler le ciel étoilé, le rapporter à Whitechapel et l'accrocher au mur gris de son deux-pièces. La mer aussi. La neige. L'odeur de fumée de bois, de granite mouillé, de froid propre et salé. La lumière du bateau de pêche clignotant à l'horizon. L'échelle du clair de lune sur l'eau. La chienne de Jonah, Rocket, poids chaud appuyé sur sa jambe. Son cœur plein, plein, plein.

Son euphorie n'est peut-être que le soulagement de la terreur vaincue. Mais Lauren est sûre qu'elle tient aussi au fait que Jonah est plus près d'elle que dix, cinq, deux minutes plus tôt. Et au rare sentiment qu'elle est juste au bon endroit au bon moment.

— Vous m'avez vraiment reconnue dans le train ?

— Évidemment, je me suis dit, quelles sont les chances ? (Il lui jette un regard en coin, semblant ne pas pouvoir s'empêcher de la regarder.) Les sœurs Finch faisaient une sacrée impression à l'époque. (Un ange passe.) Vous, en particulier.

Elle fond de plaisir.

— Oh, j'étais invisible à côté de Kat et Flora.

— Pas en robe de bal au sommet de la falaise.

Tout s'assemble facilement, comme un rouage huilé. Bien sûr... Jonah ne lui était pas familier parce qu'il lui rappelait un modèle d'un tableau de la Renaissance, mais parce qu'elle l'avait vu des années plus tôt dans un tout autre cadre, en pierre, sans verre : la fenêtre de la hutte de l'ermite. Elle le suggère en butant sur ses mots avant de s'arrêter, hors d'haleine, se sentant bête d'imaginer qu'il pourrait s'en souvenir.

— Pardon d'être resté bouche bée. Vous étiez la plus jolie fille que j'avais jamais vue.

Nouveau frisson de plaisir.

— Vous aviez houspillé mes sœurs, dit-elle, la gorge serrée. Quand elles m'avaient laissé pendre du haut de la corniche.

— Que voulez-vous que je dise ? Certains héros ont de l'acné et les cheveux en pétard.

— Merci, Jonah, parvient-elle à dire, submergée par le miracle de la vie, la manière dont elle semble tourner sur une piste qui plonge au fond de la mine, puis ressort au soleil.

La vitesse avec laquelle elle vous transporte.

Avant qu'elle puisse comprendre ce qui se passe, il se penche vers elle et, avec une douceur qui fait battre son cœur, effleure sa joue du bout du doigt.

— C'est pour ça que je me souvenais de vous.

Son doigt se pose sur sa tache de naissance. Une décharge la traverse.

— Une hirondelle. Vous veniez pour l'été, puis vous vous envoliez. C'était parfait.

Elle espère qu'il ne voit pas ses yeux se mouiller. N'ose ciller de peur de laisser des larmes couler. Et ne sait comment expliquer que, depuis l'éclipse, elle a grandi en se sentant imparfaite, coupable, fracturée. Même les fragments guéris par le temps avaient été à nouveau brisés par la mort de sa mère. Mais à cet instant, ils semblent commencer à se recoller, comme une assiette cassée dans un ralenti passé à l'envers. Et elle est presque sûre que Jonah va l'embrasser – elle l'espère tant… – jusqu'à ce qu'il ôte soudain sa main. Et ce qui vibre entre eux – des atomes crochus, une mystérieuse intimité – reste inexploré. Elle s'affaisse, frappée par une désolation muette, absurde. Jonah a dû attendre poliment de partir au pub depuis que Viv l'a déposé à Rock Point : il a voulu vérifier, juste par gentillesse, qu'elle et Raff allaient bien. Mais elle l'a retenu en continuant à bavarder. La pause dans la conversation semble toute naturelle pour qu'il tente une sortie.

— Gemma était le premier jeune à mourir dans mon entourage, dit Jonah à la place, ce qui la déconcerte. Cela change la manière de voir le monde. On n'est plus le même après, non ?

Lauren sait alors, avec certitude, qu'elle pourrait tomber éperdument amoureuse de cet homme qui semble l'avoir si bien comprise. Et cette prise de conscience la rend vulnérable, hésitante. Elle fourre les mains au fond des poches de sa doudoune, comme si son cœur était au bout de ses doigts, plus en sécurité là.

— J'y pense encore, Lauren.

Elle ne peut s'en empêcher. Elle adore la musique de son nom sur les lèvres de Jonah.

— À l'instant où j'ai vu cet oiseau jaune voler très bas. (Il imite un planeur avec sa main, et un silence s'installe.) J'ai aussi croisé vos sœurs. (La manière dont il dit ça…) Juste après.

— Vous êtes l'ami que Pete a mentionné, qui les a entendues parler d'une chose qu'elles avaient faite ce jour-là, n'est-ce pas ? (Il le confirme d'un hochement de tête et Lauren frissonne.) Alors, c'é… c'était quoi ? demande-t-elle d'une voix étranglée.

— Écoutez, elles ne l'ont pas précisé, comme je l'ai dit cent fois à Pete. (Un moment passe, à la trame serrée, où se croisent des fils de ce dernier été.) Mais je crains qu'il se soit toujours accroché à ça.

— Je ne l'accuse pas. Bien sûr qu'il voulait savoir. Moi aussi, Jonah. Mes sœurs n'ont pas été vraiment transparentes. (Elle entend dans sa voix sa frustration brûlante.) Personne ne l'est dans ma famille.

— Mais elles étaient très jeunes, dit-il gentiment. Quoi qu'elles aient pu faire, maintenant, c'est du passé, Lauren.

Ce ne sera jamais du passé pour elle. Peut-être un jour, si jamais elle revoit Jonah, elle lui expliquera comment elle a vécu deux vies, une pour elle, une pour Gemma. Comment une part d'elle-même tenait à sa phobie des oiseaux – la laissant s'installer, nourrissant sa peur – car, si Gemma avait été plus craintive, elle ne se serait pas laissé convaincre d'entrer dans la volière. Elle ne serait pas morte aussi jeune. Gemma aurait contribué à sauver la Terre, et Viv et Pete n'auraient pas été jetés en enfer.

— Aujourd'hui, quand vous avez quitté le cottage, Viv a dit à peu près la même chose à Pete, reprend-il après un silence en froissant les oreilles de Rocket, d'une main qui frôle la doudoune de Lauren. Elle veut absolument qu'il passe à autre chose.

— Il a de la chance d'avoir une mère comme elle. (Lauren n'oubliera jamais comment Viv est entrée dans le cottage et a pris son fils furieux dans ses bras, lui tapotant le dos, réduisant le colosse à un petit garçon.) Elle m'a proposé de prendre un café avec elle demain à la gare, avant mon départ. Je ne suis pas sûre que ce soit une bonne idée. Vous pensez que... ?

— Allez-y, dit-il sans hésitation. C'est une femme très gentille.

— Cela dérangera Pete ?

Elle ne veut pas courir encore le risque de le provoquer. Un flocon de neige atterrit sur ses cils, une tache de blanc.

— Il y trouvera sans doute à redire. Il est en guerre avec le monde. Mais il ne fera rien de plus pour contrarier Viv. Pas maintenant, fait-il sur un ton qui la porte à se demander s'il n'a pas eu lui-même des mots avec Pete. C'était bien de votre part de ne pas appeler la police, Lauren.

— Ça ne l'aurait pas du tout aidé. Il a besoin de tourner la page.

— Et d'un peu de chance, pour une fois. (Il a un sourire si grand qu'elle aimerait pouvoir s'y lover.) Eh bien, euh... je ferais mieux de...

Il marque une pause, qui renferme une question.

Lauren entend sa mère dire « Si la vie te lance un beau cadeau, attrape-le ». Le cœur cognant dans sa poitrine, elle glisse une main hors de sa poche – franchit le mince espace d'air froid qui les sépare – et noue ses doigts avec ceux de Jonah, timidement au début, de peur qu'il résiste. Jonah les serre puis, sans un mot, l'attire contre lui dans sa chaleur, un ciel plein d'étoiles, et Lauren sent le monde s'évanouir à ses pieds.

48

Flora

Une couverture sur les épaules, Flora regarde par la fenêtre du salon. Pris dans les rectangles de lumière, des flocons de neige tournoient comme des papillons. Plus loin, près de l'À-Pic, se tiennent deux silhouettes, une grande, une petite – Jonah, Lauren –, proches, très proches même. Il doit faire froid là-bas.

S'éloignant de la vitre, Flora se réchauffe près du feu, retournant ses mains comme des toasts, puis tire le meilleur fauteuil – au Post-it marqué F – vers la fournaise rassurante et s'enfonce dans le coussin en crin… c'est peut-être le siège le plus confortable où elle s'est jamais assise. La maison paraît étonnamment luxueuse ce soir. Elle lui pardonne tout. En observant le feu, sirotant son verre d'eau minérale – après un bref combat intérieur, elle a repoussé le vin –, elle sent que la pagaille de ces jours derniers, et des vingt années précédentes, commence à se résoudre avec sa propre logique onirique. Elle est convaincue que le cottage des Heap a seulement tenu, luttant contre l'effondrement inévitable, pour que les deux familles puissent se recroiser. Pour confronter les Finch à tout ce que les Heap ont perdu. Et à Viv, Oh, Viv…

Après la mort de Gemma, Flora n'avait pu supporter de penser à la femme de ménage qui ramassait leurs bikinis par terre. À la mère qui avait dû être submergée par la peine. Ni à Pete, qui avait perdu sa sœur. La dépression de Lauren – que les adultes n'appelaient jamais par son nom, de peur qu'elle se transmette chez les filles, comme le suicide ou l'anorexie – était une mise en garde : voilà ce qui arrivait si on se préoccupait plus des morts que des fêtes, des concerts et des garçons. Le chagrin était poisseux, dangereux. On pouvait s'y engluer.

Malgré sa volonté de ne pas penser à cet été funeste, il avait dû couver quelque part en elle, s'aperçoit-elle maintenant. Se réduisant et se concentrant, telle une sauce salée oubliée sur un poêle. Prenant une consistance inattendue.

Mais s'il y avait eu un instant précis où elle était devenue la femme qui épouserait un homme comme Scott, elle ne l'avait pas senti. Tout ce qu'elle sait, c'est qu'*avant*, elle était intrépide, impatiente d'explorer le monde. Mais elle s'était mariée trop jeune, sans bien se connaître, heureuse de trouver un homme stable, solide, l'antithèse rassurante de l'artiste. Et depuis la naissance de Raff, chaque fois qu'elle a l'impression de vivre en cage – ce qui semble excessif, elle est tellement gâtée –, elle se jette dans des « projets » : poser du papier peint, lancer des soirées caritatives, effacer des mauvaises pensées, telles des tâches sur une liste. Créer sans cesse des petits problèmes pour pouvoir les résoudre. Mais son subconscient est moins docile. Nuit après nuit, piégée sous sa couette en plume d'oie et l'étau des mollets de Scott, elle rêve d'évasion. De s'envoler par-dessus les villes scintillantes, comme le petit garçon dans *Le Bonhomme de neige.*

— Flo ?

Levant les yeux du feu, elle voit Kat vêtue de noir, avec une énergie bizarre, le front mouillé, comme si elle venait de sortir.

— Oh, pardon ! J'étais à des kilomètres. Salut !

— Papa est descendu ? demande Kat d'un ton étrange, lourd de sens.

— Il lit une histoire à Raff. (Flora le soupçonne de se réfugier près de lui pour avoir une bonne raison de rester à l'étage.) Il semble toujours en état de choc, pour être franche.

— Toi aussi.

— Eh bien, c'était une sacrée journée. (Flora lève les pieds, pose la couverture sur ses genoux et sourit faiblement.) Elle m'a fait réfléchir.

— Oh-oh… (Kat se perche sur la table basse.) Fais attention, Flo. J'ai commencé par réfléchir et fini par démissionner.

— C'est vrai ? Ouah… (Flora ose croire que son ingérence n'a pas été *totalement* désastreuse. En parlant à Kofi, elle a au moins forcé Kat à révéler une crise professionnelle qu'elle avait cachée en vain à sa famille, qui l'aime quel que soit son poste ou le cours des actions de Spring.) Tu vas faire quoi maintenant ?

— Je ne sais pas trop. (Kat fait craquer ses doigts.) Grignoter mes économies. M'offrir une crise d'identité. Faire une pause. Voir ce qui en sort.

— Tu as changé.

Le portable de Kat n'est même pas visible.

Kat a l'air surprise puis, à la réflexion, discrètement contente.

— Et toi ?

Sa vie conjugale défile. Le lit vide dans la chambre d'enfant. La buanderie turquoise où elle s'isole pour pleurer, couverte par les bruits de la machine à laver. Scott qui chatouille Raff, le fait voler dans ses bras. Ses vœux de mariage, auxquels elle avait cru sincèrement. Son cœur se serre face à l'irréconciliabilité de tout ça.

— J'en ai marre de foutre ma vie en l'air, Kat.

Kat sourit.

— Tu veux foutre le camp ?

— Pas de Rock Point. (Elle a du mal à imaginer la personne qu'elle était, ou qu'elle feignait d'être, trois jours auparavant.) Je ne sais pas trop comment l'expliquer. Mais on dirait que la femme qui vit ma vie chez moi, fait ses exercices de Kegel, prépare le dîner pour Scott lorsqu'il rentre du travail – qui est bien supérieur au mien parce qu'il est payé, hein ? –, on dirait qu'elle n'est pas vraiment moi, mais juste une sorte de… sosie.

— D'abord Lauren, glisse Kat avec ironie. Et maintenant, toi.

— Enfin, est-ce que c'est trop demander de vouloir vivre pleinement ma vie ? Comme quand on était ados, Kat ! Tu te rappelles comment on se sentait ? Est-ce que c'est égoïste de vouloir… (Louise, du numéro neuf, lui revient à l'esprit. La manière dont elle avait lâché son roman quand elles s'étaient embrassées. La douceur inattendue de ses lèvres. Son goût de prosecco et de brie. Une joie explosive.

Rougissant, craignant que Kat ne lise dans ses pensées, elle baisse les yeux sur son alliance. Elle a toujours été trop serrée.) Il y a tellement de mensonges dans ma vie. Franchement, je ne peux pas les supporter plus longtemps.

Kat se penche et lui presse la main, le cœur. Flora sent le pouls de sa sœur – le sang des Finch – battre sous sa peau.

— Eh bien, dit Kat, il y a un moyen d'arranger ça.

— Plus de mensonges ? demande prudemment Flora, la voyant tressaillir en mesurant les conséquences. Je me suis rendu compte que tout était… un vrai sac de nœuds. L'été, et ce jour-là au milieu. Nous l'avons rendu indicible. Mais il n'a pas à l'être, hein ? (Kat retire sa main.) On pourrait parler à Lauren. *Tout lui dire.* Dès ce soir. Ne secoue pas la tête, Kat. Ça a créé un fossé entre nous trois. Pesé sur nous pendant toutes ces années.

— Alors, on s'en va avec des fauteuils, des cartes et une conscience lavée, et Lauren regagne son appart sinistre avec l'oiseau de paille de Gemma – dont la disparition reste bizarre, non ? – et un nouveau traumatisme… (Kat croise les bras.) Je ne sais pas, Flora. Enfin, je te comprends. Moi aussi, j'en ai marre des conneries. Et si ça peut te consoler, ce dont je doute, j'ai l'intuition que notre cachotterie n'était pas la pire dans la famille. C'est papa le virtuose. Il a donné l'exemple il y a des années. Le subterfuge est la signature des Finch. Leur mode par défaut.

— Mais nous sommes des adultes aujourd'hui, Kat. (Elle trouve nécessaire de se le rappeler aussi.) Je suis mère. Comme Viv. La revoir aujourd'hui, ça… m'a fait réfléchir. (Soudain en nage, Flora écarte la couverture.) Et... et... la vérité n'est-elle pas importante ?

Une part d'elle-même voudrait que Kat dise une chose intelligente : la vérité dépend de la perspective ; elle est relative. Si on la disait toujours sans fioritures, ce serait intenable et les familles s'entretueraient au repas du dimanche.

Kat se presse l'arête du nez.

— Putain, c'est l'essentiel, Flora.

— Merci. (Flora pousse un long soupir.) Alors, c'est entendu. (Son ventre semble déjà moins gonflé, comme si ce qu'a retenu son corps commençait à se dissoudre.) De toute façon, Lauren doit soupçonner la vérité. Apparemment, Dixie, sur son lit de mort...

— Je sais ce qu'a dit Dixie. (La jambe de Kat tremble à un point inquiétant.) Mais elle ne parlait pas de nous, sinon elle nous aurait demandé des comptes il y a longtemps. Non, Dixie cherchait à dire *autre chose* à Lauren. Un secret. (Elle se penche en avant, les mains étroitement serrées.) Que papa cachait.

— Oh...

— Réfléchis, Flora. De toutes nos mères, Dixie était la seule à laquelle il l'aurait livré. La seule à qui il aurait fait confiance...

Lauren débarque dans le salon, comme poussée par une bourrasque de neige. Les joues roses. Les yeux brillants. Quand elle s'assied sur la banquette près de la fenêtre, elle-même semble avoir un secret délicieux. Elle n'a pas l'air d'une femme qui vient d'être retenue en otage dans une bicoque délabrée mais plutôt, à moins que Flora se trompe, d'une femme amoureuse.

Flora creusera la question plus tard. Avant de perdre courage, elle doit parler.

— Lauren, il y a une chose qu'on aurait dû te dire le matin de… (Sa voix s'éteint quand son père et Angie – portant un grand plateau – apparaissent sur le seuil. Elle recompose son visage. Se force à sourire.) Salut !

Bertha commence à criailler, plus fort que d'habitude.

— On a dû déplacer sa cage dans la cuisine, explique Angie. Il faisait trop froid cette nuit, dans la véranda. (Elle pose le plateau sur la table basse. Les bols d'amuse-gueule et les verres tintent, le vin clapote dans sa carafe.) Juste pour t'avertir, Lauren.

Au lieu d'être paralysée de peur, Lauren semble se tâter.

— Je pense que je pourrais m'habituer à elle. Juste un peu.

— Je te l'avais dit ! Bientôt, elle te mordillera l'oreille. (Charlie s'affale sur le divan, puis lance un sourire complice à Flora.) Eh, tu partais bille en tête… (Le cœur de Flora se serre : il a entendu.) Ne t'arrête pas pour nous.

Elle hésite, tenaillée par le doute, ne pouvant supporter l'idée de déplaire à son père. De le décevoir sur toute la ligne, en tant qu'adulte, sœur, fille.

— Oh, on parlera plus tard, dit vivement Kat, sans tromper personne.

— J'aimerais savoir.

La voix de Lauren est étonnamment ferme. Elle écarte de ses yeux sa frange striée de bleu, comme pour mieux les voir. Et Flora entend un lent battement de tambour, pas celui des vagues ou de son cœur, mais qui semble venir de la maison, comme si Rock Point était doué de sensations.

— Eh bien, continue, dit froidement Charlie.

Flora commence par s'indigner : *lui aussi* a l'habitude de dissimuler. Les dates de leurs anniversaires l'attestent, il mène des vies secrètes en parallèle. Puis la culpabilité l'emporte. Quel que soit le plan tordu de leur père, il ne les met pas du tout hors de cause. Elle s'agite, ne sachant par où commencer.

— Le bocal. Parle d'abord du bocal, Flora.

Kat lit dans ses pensées. Enfin, elles sont sur la même longueur d'onde.

— Ce matin-là, avant l'éclipse, explique Flora en bégayant, Kat et moi sommes allées nous maquiller dans l'atelier. J'ai... j'ai pris un bocal d'alcool dénaturé près de l'évier. Un de ceux auxquels papa disait de ne pas toucher. (Elle grimace au souvenir de ses vaines mises en garde – dont il ne tenait pas compte lui-même. L'atelier était une zone d'anarchie. De drôles d'histoires d'artistes qui léchaient des pinceaux. De peinture à base d'os écrasés. De défonce aux solvants. On ne savait jamais quoi prendre au sérieux.) Et je l'ai glissé dans mon sac.

Charlie lève soudain la tête, ahuri.

— Pourquoi as-tu fait une chose aussi bête ?

Angie pose une main apaisante sur son bras. Il l'écarte d'un geste.

— L'idée, c'était qu'on l'emporte à la fête sur la plage. Mais… on l'a sniffé. Gemma aussi.

La bouche de Flora se tord à ces mots accablants.

— Gemma ? (Lauren lâche un rire jaune, incrédule. Ses yeux sont dilatés, mouchetés par la lueur du feu. Flora songe aux miroirs de l'atelier, à la manière dont ils reflétaient les bocaux, brillantes potions d'apothicaire.) Non, dit Lauren d'une voix plus calme.

— Plus tard, ce jour-là, dans le jardin, pendant que tu vomissais aux toilettes. (C'est trop moche pour que Flora puisse l'enjoliver.) Elle l'a fait, Lauren.

— Mais tu ne l'as pas dit aux secouristes, murmure Lauren, une main sur la bouche, commençant à comprendre.

— Non, admet Flora avec difficulté. (Elles avaient paniqué, cru qu'elles avaient empoisonné Gemma.) J'ai jeté le bocal dans la serre. Les tomates.

L'odeur douceâtre, terreuse, des plants de tomate la rend toujours malade.

— On ne l'a pas dit non plus à la police. (Kat baisse la tête, abattue.) Ni à toi. À personne. On était terrifiées. Et lâches. Je… je savais de quoi ça aurait l'air, Lauren. Des gosses de riche, la fille de la femme de ménage. Le regard des gens…

La voix de Kat s'éteint.

— *Le regard des gens* ?

Lauren les fixe, atterrée. Leur père lâche un bruit guttural.

— On a toujours été hantées par ça depuis, sans savoir si ç'aurait changé quelque chose…, bredouille Flora, les yeux pleins de larmes, tâchant de ne pas pleurer pour ne pas tout ramener à elle.

Alors qu'il s'agit d'elle. De Kat. De tout le monde dans la pièce. De Pete et Viv aussi. La mort de Gemma, tout en les séparant, avait soudé leurs vies. C'était, et ce sera probablement toujours, le moment décisif dans celle de Flora. Le pivot. La charnière entre l'avant et l'après.

Des questions se pressent dans les yeux de Lauren. Flora s'arme de courage.

— Gemma était si… raisonnable, dit Lauren à voix basse. Pourquoi aurait-elle fait une chose pareille… et quand je n'étais pas là ?

En croisant son regard fébrile, Flora se sent moins résolue à dire le reste de l'histoire.

Leur père couvre son visage de ses vieilles mains d'artiste. Personne ne bouge. C'est comme un tableau, pense Flora, un portrait horrible de la famille Finch. Dans la cuisine, Bertha s'échauffe, claque du bec, puis lance un cri perçant. Flora se crispe. Bertha répète, sans ambiguïté. Et Flora l'entendra toujours, ce perroquet bavard, hurlant, qui refuse d'oublier – et qui sait parfaitement imiter une voix humaine. La sienne.

49

Lauren, 2019

Le cri de Bertha déchire le temps comme un papier journal. Et à nouveau, Lauren trébuche dans la véranda sur des jambes tremblantes, la robe mouillée, puante, couverte des paillettes de Gemma, tandis que Bertha hurle « Qu'est-ce que nous avons fait ? » d'une voix hagarde de fille huppée, qui résonne à travers les années.

Bertha finit par se taire. Le souvenir s'efface et Lauren se reprend. Le passé et le présent se chevauchent plus doucement. Ses sœurs ont juste arraché la housse d'un meuble informe, pesant, qu'elle contournait depuis vingt ans. Regarde ! Le *voilà* ! Pourtant, elle sent aussi d'autres choses, toujours voilées, poussées dans les coins. Et, transmises par la banquette sous la fenêtre, les vibrations de vagues gigantesques qui ont parcouru des kilomètres de mers immenses en redoublant de force pour frapper la roche. La violence d'un changement de marée.

— Excusez-moi. J'ai un truc à ajouter. (Angie lève la main.) La veille, j'avais nettoyé à fond l'atelier, pour faire une surprise à Charlie. Jeté les vieux bocaux près de l'évier et sorti des nouveaux. Bien dilué l'alcool pour qu'il ne s'enflamme pas, ne lui abîme pas les mains. Il avait le bout des doigts comme des bernacles. (Elle s'éclaircit la gorge.) Écoutez, j'ai touché à pas mal de drogues dans ma jeunesse et, franchement, je ne pense pas que ce nouveau mélange aurait changé grand-chose.

— Dieu merci..., soupire Flora.

Kat, la tête penchée, marmonne entre ses dents.

Avec un vertige soudain, une sensation de fragmentation, Lauren se tourne face à la fenêtre, à la nuit. Planant dans le ciel indigo, elle voit la même lune blanche dont l'ombre s'était glissée, comme dans un tour de cartes, entre la terre et le soleil vingt ans plus tôt. Devrait-elle faire de même ? Personne n'a besoin de savoir qu'après le ménage d'Angie dans l'atelier, elle avait furieusement tout *remis en place*, dont ces bocaux qu'elle se rappelle avoir tirés de la poubelle. Visiblement, ni Angie ni papa, la tête ailleurs, ne l'avait remarqué.

— Lauren ? (La voix de Flora flotte vers elle.) Tu entends ce que dit Angie ?

Lauren entend aussi l'appel d'un avenir différent, où ses sœurs se sentiraient moins coupables. Moins rongées par des choses irréversibles, dont l'impact sera toujours incertain. C'était, comprend-elle tristement, l'enchaînement de nombreuses petites décisions, paroles et circonstances qui avait entraîné le drame.

— Lauren ? répète Flora, d'une voix plus suppliante. Dis quelque chose.

— La crise d'asthme a bien été causée par les plumes et les squames. Et si elle avait eu son inhalateur... (Lauren se ressaisit.) Pete a été clair là-dessus.

Sa voix bute sur le nom de Pete, sa perte, son besoin de sa sœur.

— À propos. (Angie cligne des yeux nerveusement.) Le pauvre type. Je ne veux pas qu'il trinque pour tout. Et puisqu'on joue cartes sur table ce soir… (elle se mord les lèvres, laissant une trace de rouge sur ses dents)… c'est moi qui l'ai crevé. Le pneu.

— Mais pourquoi as-tu fait ça, Ange ? bredouille Charlie, choqué.

Lauren est seulement soulagée que ce ne soit pas Pete.

— J'avais fait tout le chemin jusqu'ici – *sept heures de route !* – et tu voulais me jeter au bout d'une nuit ? Non, désolée, chéri. (Angie se déhanche, pesant sur les coussins du canapé.) De toute façon, je voulais rester. Montrer à ta famille que je n'étais pas le Monstre.

— Curieuse façon de s'y prendre, dit Kat, réprimant un sourire.

— Assez. Ma pression artérielle va percer le toit de Rock Point…

Charlie ôte ses lunettes et se frotte les yeux.

— Bois un peu d'eau, conseille Flora.

Il prend une gorgée de vin à la place.

— Arrêtons pour ce soir.

— Vraiment ? On en a bien fini, papa ? lance Kat d'un ton éloquent, son sourire envolé.

Charlie remplit nerveusement son verre. Le vin déborde, coule le long du pied. Lauren perçoit un étrange ressac autour d'elle. Trop de pièces en mouvement.

— Lauren, commence Flora d'un ton pressant, suspendant ses pensées. Quelques jours avant l'éclipse,

Kat et moi avons surpris Angie dans l'atelier, fouillant dans les croquis de papa. Là, elle nous a dit qu'elle avait vu une étude de Viv.

— Nue.

Kat fixe leur père soucieux, épiant sa réaction.

— Ne sois pas ridicule, grogne-t-il.

Viv. À nouveau, Lauren sent cette fragmentation, un bourdonnement d'oreilles, l'été pareil à un essaim d'abeilles, changeant sans cesse de forme lorsqu'elle tente de le saisir.

— Je n'étais pas vraiment sûre qu'il s'agissait de Viv, Charlie, fait Angie en rétrogradant.

— Vous avez vu ce dessin aussi ? demande Lauren à ses sœurs.

Elle ne peut, ne veut pas le croire.

— Non. Tu as débarqué à ce moment-là.

Kat détourne les yeux.

L'estomac de Lauren se serre. Elle sait ce qui va venir. C'est écrit sur les traits dévastés de ses sœurs.

— Mais vous l'avez dit à Gemma.

— Quand tu étais dans les toilettes, et tu y as passé un temps fou. On l'a taquinée au sujet de sa mère, dit Flora d'une voix rauque, essuyant une larme sur la manche de son pull. C'est affreux, affreux, affreux...

Les pièces commencent à s'imbriquer de façon écœurante : le feu agressif dans les yeux de Gemma ; ses répliques furieuses à Kat et Flora. Humiliée, elle avait fait n'importe quoi pour faire ses preuves. Sniffé le bocal puis – hors d'elle, peut-être défoncée, l'esprit brouillé – relevé le défi et pénétré dans la volière. *Les salopes.*

— Mais qu'est-ce qu'elle vous avait fait ?

— Tu la préférais à nous, répond Kat à voix basse.

— Tu étais notre sœur, pas la sienne. (Flora ravale ses larmes en reniflant.) Mais tu te comportais comme… si c'était le contraire.

La colère monte en Lauren, une bouffée de chaleur. Elle n'y croit pas.

— Mais vous deux ne vouliez pas d'autre sœur ! Vous ne vouliez pas de *moi.*

Charlie laisse tomber sa tête dans ses mains, réprimant un sanglot.

— Les filles, je vous en prie…

Des bûches éclatent dans la cheminée. Les flammes s'étirent, bondissent. En elles, Lauren voit des traits de peinture jaune cadmium, des plumes de perruche, des rayons de soleil de ce dernier été. Un feu du passé et du présent.

— Je partageais l'amertume de ma mère envers Dixie et Blythe. Mais j'avais déjà un lien avec Kat, explique Flora. Toi… tu es apparue du jour au lendemain !

— Et de toute évidence, papa aimait toujours ta mère, Lauren. Voilà pourquoi les nôtres la haïssaient. En plus, tu étais le toutou de papa, sa mignonne petite fée, qui le suivait dans l'atelier. Mais il avait été à nous d'abord. (Kat grimace.) La logique tordue des sœurs…

La logique des sœurs. Ces mots – sans le « demi » restrictif – laissent une trace de cierge magique. Lauren s'adoucit un peu, reconnaissante pour leur franchise tardive. Elle se tourne vers son père.

— Si tu aimais maman, pourquoi tu t'es mal conduit ? (Dans sa voix suppliante, elle entend la fillette qui voulait juste que ses parents soient ensemble, qui avait dû accepter la version de sa mère sur ce qui n'allait pas, qui n'aurait pas dû être.) Comment, exactement ? Qu'est-ce que tu as fait, papa ?

La sueur commence à lustrer le front de son père.

— Ce n'est pas le moment d'en parler, Lauren.

— C'est dur d'être franc, papa, dit Kat. Pénible. Douloureux. Mais Flora et moi y sommes arrivées. Angie aussi. Elle aurait pu laisser Pete payer pour le pneu, mais elle ne l'a pas fait.

— Tu avais dit, pas de secrets, chéri, insiste Angie en le regardant de travers.

Charlie commence alors à se sentir traqué. Les femmes de sa vie font cercle autour de lui, prêtes à le renverser.

— Ça n'étonnera aucune de vous, j'ai honte de l'avouer. (Il semble se tasser en parlant.) Je l'ai trompée.

Lauren retient son souffle. Bien qu'elle l'ait longtemps soupçonné – Dixie n'avait jamais nié, ni donné de détails –, la confirmation la frappe en plein cœur, comme elle avait dû meurtrir celui de sa mère.

— Tu sais quoi, papa ? C'est un miracle que Flora, Lauren et moi ayons le moindre lien. (La voix de Kat tremble. Cette blessure est aussi la sienne.) Nous sommes sœurs *malgré* toi, pas à cause de toi. (Des larmes coulent librement sur ses joues.) Et nous prendrons toujours soin les unes des autres, malgré toi aussi. J'y veillerai.

— Je suis très, très heureux de l'entendre, dit vivement Charlie tandis que Flora sort un kleenex de sa poche et le tend à Kat. Et pour vos mères. Vous leur faites honneur, toutes les trois. (Il se lève en soupirant et repousse une bûche dans le feu.) Vous voulez savoir pourquoi vous êtes à Rock Point, aujourd'hui ? (Il se tourne, agitant le tisonnier comme un pinceau vers elles.) C'est à cause de Dixie. (Silence.) Vous réunir ici était l'idée de ta mère, Lauren. (Son visage s'anime, comme toujours lorsqu'il parle de Dixie.) C'était un moyen de guérir, d'avancer, disait-elle. Dixie m'a appelé, peu avant de mourir.

— Vraiment ? demande Lauren, hébétée.

Le vent souffle dans le foyer, faisant voler les braises. La fumée s'enroule sur le manteau de la cheminée en une volute parfaite, comme celle du violon de sa mère.

— Oui. Elle détestait mon idée de vider la maison ! (Ses joues sont rouges à présent, pleines de vie, de chaleur, de passion.) Elle m'a interdit de le faire avant que vous soyez toutes revenues une dernière fois. J'avais ordre de remettre cette vieille cage à sa place près du divan de l'atelier. *De ne pas* couvrir la volière. Elle voulait que tu l'affrontes à nouveau, Lauren. Franchement, je ne serais pas surpris qu'elle ait organisé le retour de Bertha dans mon appartement.

— Mais elle a toujours cherché à me protéger des situations traumatiques, dit Lauren, tâchant de comprendre ce revirement, d'imaginer une telle discussion entre ses parents.

Ses sœurs aussi semblent ébahies.

— C'est vrai, mais à la fin, elle en est venue à le regretter, Laurie. Elle voulait que toi, Kat et Flora passiez du temps ensemble, comme tu le sais. Je l'ai bien prévenue que c'était risqué de vous inviter ici.

Que vous étiez très occupées, que vous ne viendriez pas, de toute façon. Elle a dit que c'était un risque qui valait la peine d'être pris. Et que j'avais juste à le provoquer. (Il sourit, s'éclairant pour la première fois de la soirée.) On ne discute pas avec Dixie Molloy.

— Ce devait être une sacrée nana. (Angie se hérisse.) Est-ce qu'elle a orchestré aussi notre rencontre ?

— Oh non… Cette nuit était écrite dans les étoiles, mon amour, s'empresse-t-il de dire, bien que Lauren le soupçonne de l'attribuer quand même à la magie de sa mère. Je voulais que tu sois là aussi, Angie. Tout réunir à Rock Point. Fracasser le passé comme une piñata ! C'est ce qu'aurait désiré Dixie, ajoute-t-il d'une voix moins assurée. En tout cas, nous sommes là. C'est comme ça. (Il cherche son verre et le lève.) À Dixie.

En les écoutant scander *Dixie ! Dixie ! Dixie !*, Lauren ne voit pas trop comment ils sont passés de Gemma à sa mère, de l'éclipse totale au feu de l'hiver. Elle sait juste que tout, dans sa vie, semble lié par des fils de la Vierge et que si l'on en touche un, un autre se met à trembler. L'instant suivant, Kat se lève et dit :

— Bon, revenons à nos moutons, papa. Terminons ce qu'avait commencé Dixie.

Alors, ces fils se mettent à frémir.

50

Kat

Kat déteste se tromper. Aujourd'hui, elle aimerait s'être plantée en beauté. Si son intuition est bonne, son père vit avec un secret si lourd qu'il écraserait n'importe qui. C'est comme tenter de respirer avec un rocher sur la poitrine. Mais Charlie n'est pas n'importe qui. C'est un Finch. Un artiste. Capable de se détacher de ses modèles, de voir les créatures humaines comme des compositions de forme et de chair, de volume et de lumière, un défi technique à relever. Et s'il ne résout pas un problème, il peut le repeindre, le détruire – ou le cacher de longues années dans un atelier abandonné. *Plus la lumière est vive, plus l'ombre est obscure.* Elle l'entend encore dire cela.

— Qu'est-ce qui se passe, Kat ? demande anxieusement Flora.

Les yeux d'Angie, bouche bée, posent la même question.

— Avant de mourir, Dixie a tenté de dire à Lauren…, commence Kat.

— Laisse tomber, Kat, lance Charlie, d'un ton un peu trop sec qui le trahit.

— Je veux savoir, papa, réplique Lauren.

Kat voit presque l'esprit de sa sœur filer derrière le sien, tel un lièvre dans l'herbe.

— Je peux te parler un instant, Laurie ?

Kat se lève et marche vers l'air glacé du hall, des régions plus sombres. Elle attend près de la porte, le cœur battant, ne sachant si Lauren va la suivre.

— Ne te laisse pas entraîner là-dedans, Laurie, prévient Charlie.

Mais Lauren traverse résolument la pièce. Une fois dans l'entrée, elle regarde vers le haut de l'escalier, comme si elle comprenait d'instinct où elles devaient se rendre.

— Attendez ! (Flora les rattrape à grand fracas.) Je ne veux pas être exclue de ça. Non merci.

Et ensemble, elles montent vers le cœur chaotique, barbouillé de peinture, de Rock Point.

Lauren trouve très vite la clé du tiroir inférieur du classeur : elle a toujours été rangée dans un crâne de lapin exposé sur les étagères, explique-t-elle en y plongeant deux doigts pour l'extraire.

— Alors, qu'est-ce qu'on cherche ?

Flora croise les bras en frissonnant. L'hiver a pénétré jusqu'au tréfonds de l'atelier, ce soir.

— Des cadavres, dit Kat, plaisantant à moitié en parcourant un fatras de papiers : lettres de galeries, factures, invitations à des expositions. (Dessous, elle tire une liasse de dessins.) Bingo, murmure-t-elle, sortant le croquis au fusain que son père lui a arraché des mains quelques jours plus tôt, et une série d'ébauches similaires.

Elle les pose sur le chevalet, le nu au fusain pardessus. Lauren allume la lampe.

— Vous reconnaissez le modèle ? demande Kat d'un ton neutre, pour ne pas les influencer.

La respiration de Lauren s'accélère.

— Viv ? dit-elle faiblement. Ce pourrait être Viv.

Flora pose le menton sur l'épaule de Kat et fronce les sourcils.

— Non. Je ne vois pas… Enfin, *peut-être*… Mais beaucoup plus jeune.

Maintenant que Kat l'a revue en chair et en os – mais avec un peu plus de chair, et des décennies plus tard dans un cottage sans lumière – ça paraît évident. L'inclinaison du nez. La courbe des lèvres.

— Plus d'une séance de pose.

Lauren passe en revue les autres croquis.

Dans chacun d'eux, l'entente entre le modèle et l'artiste est palpable. Et Kat a beau avoir l'habitude des nus de son père – la répugnance ne la quitte jamais vraiment –, ceux-là paraissent, enfin, intimes. Elle jette un regard en coin à Lauren, pour voir si elle tient, si ça n'est pas trop dur.

— Reviens au premier croquis, Laurie. Là. Regarde. (Elle montre le coin en bas, à gauche.) Je pensais que c'était 1980. Mais c'est un six un peu rond, non ? 1986. (Elle hausse un sourcil.) Faites le calcul.

— Ce n'est pas mon fort, dit Flora.

— L'année où je suis née. (Une ombre passe sur le visage de Lauren.) Oh… Oh non…

— Je suis perdue, soupire Flora.

— Justement. Je crois que c'est voulu, chuchote Kat en pressant la main de Lauren.

De retour dans le hall, Kat s'arrête, prise d'un doute, se demandant ce qu'elle est en train de faire. C'est Lauren qui l'incite à avancer, la pousse dans la lumière.

Leur père est sur le canapé, blotti contre Angie, comme un gamin anxieux collé à sa mère dans la salle d'attente du dentiste. Un homme-enfant. Kat prend conscience qu'il n'a jamais grandi. Le monde de l'art avait célébré ça. Mamie l'avait encouragé de manière passive-agressive, endossant ses devoirs paternels l'été à Rock Point. Papy, lui, voulait juste le bonheur de son fils, cet artiste déroutant et difficile, et qu'il n'y ait plus de brouille dans la famille.

— Eh bien ?

Son regard passe lentement, sans transition, de l'une à l'autre, tel un crayon glissant entre des points sans quitter le papier.

S'il ne voulait pas voir « toute l'histoire » déterrée, il n'aurait pas dû les ramener à Rock Point, se dit Kat pour tenter d'étayer sa conviction. Peut-être veut-il inconsciemment la révéler, et Dixie le savait, elle aussi. Oui, voilà. Enfin, tout est possible à Rock Point. Ça pourrait lui éclater à la figure. Kat est si nerveuse qu'elle plaque le dessin sur la table basse avec des gestes gauches, exagérés, pour l'obliger à l'affronter. La lueur des flammes lèche les lignes sinueuses de la taille, des cheveux et des hanches, donnant étrangement vie au modèle.

— Viv. Nous pensons que c'est Viv.

Quelle que soit l'émotion qui traverse les traits de son père, il la domine très vite.

— Oh… (Angie se penche vers la feuille, en se tapotant les dents.) J'avais peut-être raison au départ. (Elle se tourne vers Charlie, attendant une explication.) Tu ne me l'as jamais dit.

Leur père tente de sourire. De tenir. Il croit pouvoir bluffer, comprend Kat, le cœur lourd. Il va compliquer les choses.

— Oh, c'était il y a longtemps, dit-il avec une douceur forcée, tâchant toujours d'étouffer les questions comme des feux de broussailles. Si je me rappelle bien, on avait fait quelques séances de pose quand j'étais venu ici en mission diplomatique, pour faire la paix avec ma mère après notre discorde, quand elle avait été scandalisée par son portrait. Entre autres choses. (Par exemple, ses liaisons et les enfants hors mariage qu'elle devait expliquer à ses amis. Mamie avait refusé de rencontrer et d'accepter Dixie et la petite Lauren. Elle avait aussi détesté Blythe – avant que Dixie décroche la palme de la maîtresse la moins convenable – et voulu qu'il reste avec Annabelle.) Viv faisait partie de mon écurie de modèles, ajoute-t-il.

— C'est clair, dit Angie. (Puis elle lâche sans ambages :) Tu l'as baisée aussi ?

Il s'apprête à le nier, puis garde le silence. Pendant quelques secondes, il semble pris au piège dans une cage qu'il a lui-même créée.

— La date, papa, demande gentiment Kat.

Ça ne lui fait pas plaisir de voir son père se tortiller de gêne.

Charlie ôte ses lunettes embuées et les frotte sur sa chemise en jean. Il n'a pas besoin de voir. La date est certainement gravée dans son cœur.

— Je devais être bébé. (La voix de Lauren tremble.) Et toi et maman étiez ensemble. Alors… c'est ça, n'est-ce pas ? La chose qui l'a poussée à te quitter.

— Oh, papa… (Flora le regarde, horrifiée, tomber de son piédestal.) Toi… et Viv avez agi de façon ignoble !

— Viv ne savait pas pour Dixie, ni pour toi, Lauren, précise-t-il très vite. C'est arrivé juste une fois, à une séance de pose en fin de soirée. Ce n'en est pas moins… vous savez. (Son visage s'affaisse.) Ç'a été la pire erreur de ma vie. Je l'ai avouée à Dix… Je pensais que si je disais la vérité… Mais non. Elle m'a quitté. Ça m'a servi de leçon.

Lauren s'approche du feu en leur tournant le dos, voûtée, les épaules crispées. Ses omoplates saillent sous son fin chandail noir.

Flora peste dans son fauteuil, arrache le Post-it marqué F, le froisse et le jette par terre.

— Et puis, tu as engagé Viv, peut-être dix ans plus tard, comme femme de ménage. Pouah…

— Non, Flora, pas du tout. Viv avait glissé une annonce dans la boîte aux lettres, dit-il. (*Comme Pete*, pense Kat. *Quelle ironie*. Son père éponge la sueur sur son front.) Je n'étais pas en Cornouailles à l'époque.

— Alors, mamie n'a jamais su que tu avais eu… une liaison.

Lauren s'assied bravement sur le garde-feu, les émotions conflictuelles qu'ils éprouvent tous – dégoût, pitié, amour – striant son visage.

— Attendez ! s'exclame Flora, se redressant d'un bond. Je pense que mamie avait deviné. « *Un terrible soupçon !* » Vous ne vous rappelez pas ? Bertha criait cela en imitant sa voix, ce qui mettait mamie dans tous ses états.

Mais Kat se demande si mamie, qui avait l'esprit vif, ne soupçonnait pas autre chose. Elle repense à Viv dans son manteau rouge – « *Je sais que vous avez aussi perdu quelqu'un ce jour-là, Charlie* », puis à Dixie mourante, tentant de révéler un secret à Lauren, et s'apprête à plonger dans les eaux les plus profondes, les plus froides de la famille.

— Papa, on peut parler de l'oiseau de paille ? (À ces mots, le visage de leur père semble se redresser, abdiquer, s'ouvrir comme une porte.) Ce n'était pas mamie qui avait pris et caché cet oiseau, hein ? ajoute doucement Kat. C'était toi.

51

Lauren, 2000

Citrouille, le chat de la fourrière, faisait fuir presque tous les oiseaux de notre arrière-cour. Seul un rouge-gorge effronté revenait chaque matin, boule sur pattes. J'étais sûre que c'était le même que celui que j'avais nourri de cornflakes avant ce mois d'août. Il se perchait sur le mur en brique, tête penchée, et m'observait par la fenêtre de la cuisine, comme un ancien ami refusant d'accepter qu'on ne veuille plus de lui.

Ma thérapeute, Janet, appelait ça une peur associée. Pas aussi handicapante que beaucoup de phobies : celle des chiens, par exemple, ou des foules. J'avais de la chance, disait-elle, car les oiseaux gardaient leurs distances. Mais si un pigeon se pavanait trop près, je reculais, même si je savais que c'était irrationnel. J'avais la bouche sèche et mon cœur se mettait à voleter, tel un piaf pris au piège.

La crise que j'avais faite dans la volière ne s'est jamais reproduite. Mais elle semblait toujours possible. Comme si la normalité et ses marges étaient juste séparées par une cloison fragile. Mais maman ne me laissait pas prendre d'antidépresseurs : elle ne croyait pas aux lobbies pharmaceutiques, disait-elle au médecin, ni à la médication des enfants.

— Tu vaincras ça, Laurie, soufflait-elle, couchée à mes côtés sur le futon où nous dormions ensemble, écartant mes cheveux de mes yeux par une caresse, tâchant de m'instiller de l'espoir comme avec une pipette. C'est normal d'être triste, ok ? On trouvera un moyen de s'en sortir, promis.

Mais maman aussi avait des cernes sous les yeux. Elle avait pris un congé de son poste d'enseignante en primaire pour redevenir ma préceptrice. Entre les cours d'algèbre, sur l'histoire des suffragettes et de la poterie Leach[1] – elle prenait des libertés avec le programme classique –, je lisais voracement, m'évadant dans les livres. Parfois, quand je levais la tête, je la voyais debout à l'entrée de la pièce : avec un grand sourire, mais un regard craintif. Je n'avais encore jamais vu maman inquiète.

C'était ma faute. Je me sentais atrocement coupable de ne plus être « l'ancienne Lauren », forte comme Flora et Kat, qui nous rendaient visite à Oxford, avec une gêne entre elles, mais égales à elles-mêmes. Kat murmurait : « Tu nous en veux ? » Je secouais la tête : c'était à moi que j'en voulais. En plus, j'étais embarrassée d'être « malade » et de voir leurs mères chics, rivales, serrées dans notre petite cuisine, réunies de force par la crise – moi – et parler à voix basse par-dessus le pain de courgettes

1. Célèbre atelier de céramique, créé en 1920 par Bernard Leach à St Ives, inspiré des techniques japonaises et coréennes, et prônant un esprit éthique et esthétique. (*N.d.T.*)

de maman. J'avais hâte qu'elles s'en aillent. Une immense fatigue.

Toutes les deux ou trois semaines, la voiture de papa dévalait en grondant la rue étroite, et les voisins des maisons mitoyennes se penchaient sans vergogne aux fenêtres. Il apportait toujours un stock de livres pour moi et, pour maman, un panier d'épicerie fine, auquel elle feignait d'être insensible jusqu'à son départ. Après, elle fondait dessus avec enthousiasme, déballait les fromages en les humant, transportée. J'étais aux anges de voir mes parents ensemble. J'adorais la façon dont papa faisait rire maman, la taquinait sur sa tisane : « Tu cherches à me tuer avec du calendula ? » Puis il se mettait à gratter sa guitare. La suppliait de jouer un air irlandais sur son violon : « Juste un, Dix ! » Elle réprimait un sourire, refusait tout net, puis disait : « Oh, allez, d'accord. » Papa avait l'air si heureux en l'écoutant, les yeux mi-clos, et je me pelotonnais contre lui sur le canapé, sentant les odeurs de l'atelier sur sa chemise, écoutant les percussions de son cœur, bâillant et me frottant les paupières. Je ne voulais pas dormir.

Dormir faisait naître des cauchemars. Sur les oiseaux, en général – Bertha s'envolant avec mon pouce dans son bec redoutable –, et sur l'éclipse, un perroquet mordant dans le soleil. Luttant contre le sommeil, je bâtissais des mois d'août alternatifs dans ma tête, qui finissaient tous par l'instant où j'embrassais Gemma, promettais de lui écrire. Où papy agitait une main à la fenêtre, ses jumelles autour du cou. D'autres fois, je m'asseyais dans l'escalier en chemise de nuit, écoutant maman parler au téléphone : « On tâche de s'accrocher, Becca » ; « La pauvre chérie ne se souvient toujours de rien, Lou » ; et des murmures sur les carences des services psy de la NHS. Les listes d'attente. Puis, un soir, je l'ai entendue dire : « Salut, Viv, c'est encore moi. Je voulais juste prendre des nouvelles. Comment vas-tu, mon chou ? » Je ne voyais pas comment elles pouvaient supporter de se parler – une mère avec sa fille, l'autre privée de la sienne – et je remontais en courant dans ma chambre, les mains sur les oreilles, avec l'envie de mourir.

Puis soudain, le printemps est arrivé. Des jonquilles ont pointé dans les bacs de notre patio. J'ai regagné mon petit lit et j'ai repris l'école, à mi-temps, puis toute la journée. Le week-end, maman m'emmenait dans les musées. On y va par étapes, disait-elle. D'abord à Oxford, puis à Londres. Là-bas, nous retrouvions papa, qui nous faisait faire le tour des galeries.

— Tu es un peu plus gaie aujourd'hui, Laurie ? demandait-il.

J'acquiesçais, même si j'avais toujours l'impression d'avoir égaré une chose précieuse, sans bien savoir quoi. Mais je ne voulais pas perdre de temps à parler de ce qui n'allait pas.

— La tournée des chefs-d'œuvre, lançait-il, bras tendu, hélant un taxi noir.

Il voulait nous montrer ses peintres favoris : de Vinci, Gentileschi, Rembrandt, Freud, Bacon, Rego et Auerbach. Souligner leur génie, leurs ficelles et leurs faiblesses, leurs repentirs et leurs erreurs. Ils avaient tous merdé à un moment donné, disait-il, et je ne savais jamais s'il parlait de leur vie, de leur art ou de lui. Ni s'il s'adressait à maman ou à moi. J'avais envie de vivre dans ces vastes galeries sans fenêtres, d'une hauteur gigantesque, sans la crainte du ciel. De bavarder et de flâner. De manger des brownies poisseux dans les cafés des musées. De m'asseoir sur un banc entre mes parents, devant d'immenses tableaux, jusqu'à ce que les couleurs se mettent à trembler, ou que le modèle me fasse un clin d'œil.

Un jour, à la National Gallery, pendant que maman était aux toilettes, on a regardé *Les Filles du peintre chassant un papillon*, de Gainsborough. Là, j'ai déclaré :

— C'est mon tableau préféré.

J'étais soulagée d'en avoir enfin trouvé un, comme quand on a un meilleur ami.

— Oh, excellent choix Laurie. (Papa s'est penché en avant, les mains nouées derrière le dos.) *Jeunes filles à la volière*, a-t-il dit au bout d'un moment. Qu'en penses-tu ? Je dois finir ou détruire ce fichu truc ?

La question était trop importante pour y répondre directement. J'ai observé la petite fille s'élançant vers le papillon, la grande sœur qui lui tenait la main. Et j'ai pensé à mon tout premier jour à Rock Point, où Kat et Flora m'avaient aidée à descendre le chemin rocheux vers la plage. Au feu de bois flotté qu'elles avaient allumé, aux marshmallows qu'elles avaient grillés soigneusement pour moi, plantés sur un bâton pour que je ne me brûle pas les doigts. Une douce chaleur m'a envahie.

— Je n'ai pas réussi à le reprendre depuis. Enfin, tu sais, a-t-il dit avec une drôle de voix.

— Finis-le, papa. Il est bon.

Il l'a fait. Et il l'était. C'était un beau portrait. Quelques semaines plus tard, il l'a vendu. Quand j'ai demandé à maman pourquoi il ne l'avait pas gardé, elle malaxait une pâte à pizza sur la table de la cuisine. Le soleil de l'automne, ruisselant par la fenêtre, faisait briller le piercing sur son nez.

— Je ne suis pas sûre qu'il le sache lui-même, Laurie. Mais il te le dira un jour, quand il l'aura compris. Tiens, prends.

La boule de pâte a frappé ma paume, dans un nuage de farine. Nous avons ri et, sans ajouter un mot, commencé à la pétrir pour lui donner vie.

52

The Gazette, *4 février 2019*

Le nageur repêché en mer près de Zennor le mois dernier n'est autre que Charles Herbert Finch, le célèbre portraitiste de Londres lié au milieu artistique de St Ives. M. Finch possédait une maison dans la région, où il séjournait au moment de la tragédie. Il était parti nager seul le 7 janvier, sans en informer sa famille. Il a été sorti de l'eau par un héros local, Pete Heap qui, d'après un témoin oculaire, a risqué sa vie pour le sauver. Malgré des tentatives pour le ranimer, le peintre a été déclaré mort sur place. La famille a exprimé sa profonde gratitude à M. Heap. D'après le rapport du légiste, M. Finch, soixante-huit ans, qui avait des problèmes de santé, a subi un arrêt cardiaque peu après son entrée dans l'eau.

« Comme ses filles bien-aimées, je suis bouleversée par la disparition de Charlie », nous a confié sa fiancée, Angela York. « Il était le grand amour de ma vie, un artiste exceptionnel et un excellent père. Nous ignorons pourquoi il est parti nager – nous le lui avions déconseillé –, mais Charlie avait un caractère bien trempé et n'en faisait qu'à sa tête. Il est mort comme il a vécu, dans une région qu'il aimait depuis son enfance. Il aurait été ému par la grande gentillesse qu'ont témoignée ses habitants à sa famille, et par leur attachement à sa personne et à son œuvre.

Un service commémoratif aura lieu à Zennor, en l'église St Senara, jeudi matin à 10 heures. Les obsèques de M. Finch se tiendront à Saint James de Piccadilly la semaine prochaine. « Tout le monde est le bienvenu », a annoncé Angela York. « Nous voulons que les deux cérémonies soient une joyeuse célébration de la vie et de l'œuvre pittoresques de Charlie, et nous prions les assistants de ne pas porter de noir. »

53

Lauren

Rock Point, 24 décembre 2019

En criant dans le froid perçant, Lauren remonte la plage en courant, dans des gerbes d'eau et de sable. Jonah l'attrape comme une balle de rugby et lui ceinture la taille. Elle se presse contre lui, mouillée, riant, prise d'un profond désir.

— Sortez du champ !

En équilibre instable sur un petit rocher, Flora prend une photo de Kofi et de Kat se bécotant dans les vagues. Preuve du triomphe de son entremise. Si elle n'avait pas répondu sur le portable de Kat ce jour-là, aime-t-elle dire à qui veut l'entendre, Kofi n'aurait jamais su que Kat était toujours amoureuse de lui – « Enfin, vraiment *malade* d'amour, Kofi. *Rongée* par le regret », avait-elle dit en y mettant le paquet – et il n'aurait pas annulé son mariage ni foncé à l'aéroport pour attendre Kat à sa descente d'avion.

Entendant son portable sonner dans la pile de manteaux et de sacs, Lauren s'essuie les mains et l'extirpe, les doigts gourds de froid.

— Il veut le faire maintenant ? Non, non, ça n'est pas un problème. (Flora lui jette un œil interrogateur, puis accourt sur le sable quand Lauren chuchote :) Papy.

Elles n'ont pas beaucoup de succès avec FaceTime. Un revers de veste, taché de nourriture, se précise à l'image.

— Je vais régler la chaise roulante, dit l'infirmière de la maison de retraite.

Et voilà leur grand-père, tassé, édenté, avec un sourire confus.

— Bonjour, papy ! lancent-elles, avant de tourner l'objectif vers le haut de la plage, où Raff jette une balle à son nouveau chiot.

Le sourire du vieil homme s'élargit, puis il tape l'écran du doigt et l'éteint.

— Bon alors, au revoir, dit Flora, qui a mis longtemps à admettre que c'était papy – pas un amant marié ou une Gemma fantasmée – qu'elle avait entendu Lauren appeler secrètement près d'un an plus tôt.

Lauren avait espéré que son retour à Rock Point – et le récit qu'elle faisait chaque jour à papy – jetterait un peu de lumière dans la chambre noire de sa démence. Ça n'avait pas vraiment réussi. Elle est sans doute la seule des trois à lui téléphoner régulièrement. Toutefois, elle le comprend. Il n'est plus le grand-père qu'elles ont connu jadis. Une autre perte cruelle dont ses sœurs évitent de parler, ne supportant pas d'y penser. D'habitude, il ne reconnaît personne : « Lauren ? Lauren Bacall ? Magnifique ! » Mais puisqu'il est toujours heureux de ces rencontres, elle persiste. Enfin, pas cette fois. Elle crie en voyant l'heure sur l'écran, la manière dont le temps, à Rock Point, s'écoule comme du sable.

— Jonah, il faut qu'on parte ! s'exclame-t-elle en enfilant son jean.

Sous le soleil de décembre, Rock Point rayonne d'un éclat blanc, comme un sucre coiffant une falaise vert angélique. Le vent agite les rubans rouges dont Flora a orné les colonnes du porche. De chaque côté de la porte, deux lampes-tempête attendent le crépuscule. Dedans, le hall sent le clou de girofle, le cidre, le chien mouillé et la fumée de bois. Les dalles brillent tels des cailloux de rivière – Flora les a briquées à genoux avec une cire de luxe. Un tapis d'escalier est prévu, assez résistant pour supporter leurs hôtes qui arrivent dans huit semaines : Kat a pris des réservations avec optimisme, bien que la maison soit loin d'être prête. Leur premier artiste résident – Ida, drôle, futée, hérissée de piercings comme une pelote d'épingles – s'installera dans l'atelier de papa le mois prochain. C'est la seule pièce à laquelle elles ont à peine touché.

Pete, qui appelle Lauren « mon coup de chance inespéré », a été très occupé, acceptant avec tact les fioritures de Flora et les budgets serrés de Kat. Promu chef de chantier, il s'est fait aider par des collègues maçons pour transporter du matériel en haut de la falaise, sur des sentiers à peine plus larges qu'un lit. Ça n'était pas facile en 1841, quand la maison a été construite. Ça ne l'est toujours pas aujourd'hui.

Logiquement, Lauren devrait se sentir plus stressée. Mais quand la logique a-t-elle jamais régné à Rock Point ? Elle se sent à nouveau elle-même. Amoureuse. Maintenant qu'elle partage son temps entre son nouveau poste à la Tate St Ives et Rock Point, sa tête bourdonne de projets. Ils commenceront par une exposition des croquis de son père avant leur transfert à la Royal Academy. Après, ce seront surtout des peintres et des créateurs locaux. « Un B&B artistique et bohème », annonce Flora sur Instagram – l'antithèse du Claridge's –, où l'eau chaude est lente à venir. Mais convivial et informel, avec des petits-déjeuners copieux autour d'une table d'hôte, une boutique en libre-service près du bar, un brasero dans le jardin – un banc encastré semi-circulaire, source de chaleur et de lumière, où se trouvait jadis la volière –, des bottes de rechange près de la porte, et les chiens sont les bienvenus. Et, oui, il est tenu par trois sœurs.

Les rôles sont encore mal définis. Pour l'instant, Kat s'occupe des comptes, souvent à distance, de Londres. Flora va et vient, dans sa vie en pleine mutation jusqu'à ce que son divorce soit réglé. Mais Lauren, elle, est bien ancrée. Elle ne bouge pas. Quand elle est seule avec Jonah, ils vont bavarder sur le banc de l'À-Pic, blottis sous une couverture, et regardent le soleil fondre à l'horizon.

Lorsque tout devient trop intense – Kat hurle au marché des cryptomonnaies sur son portable, Flora noie la rampe sous des guirlandes de feuillage, le chiot de Raff mord les boules de Noël –, Lauren lace ses chaussures de marche et s'en va cinq kilomètres au sud. Chez Viv, une tasse de thé peut durer trois heures. Chaque discussion en entraîne une autre. Et Viv sait écouter, remplissant un peu le vide laissé par sa mère. C'est Viv qui a dit :

— Tu sais, Lauren, je ne pense vraiment pas que Dixie aurait vendu Rock Point.

Son père devait être du même avis. Dans son dernier testament incendiaire – « gardant son feu d'artifice le plus explosif pour la fin », dixit Kat – écrit un an avant sa mort, non remanié depuis, il a légué Rock Point à Dixie. Comme elle ne pouvait en disposer, la maison a été réintégrée dans la succession – qui a été divisée en trois parts. Elles ont toutes convenu que le plus sage était de la vendre au plus vite. Avant que le toit s'envole. Mais après, Lauren a dit : « Et si... » et Flora « Pourquoi pas ? » et Kat faisait déjà des calculs sur son ordinateur, les doigts volant sur le clavier.

Un cri perçant. Le croassement agressif d'une mouette, parfaitement imité.

— Oh, oh... Ça repart, dit Jonah, fouillant dans la cuisine à la recherche du chili pour pimenter le crabe.

Depuis que Flora a réorganisé les placards, personne ne trouve plus rien. Mais il y a des listes collées sur le frigo, où chaque repas des vacances est détaillé. Des provisions s'entassent très haut, dans la buanderie. Kat prétend qu'ils pourraient être coincés des semaines et grossir quand même. Lauren espère juste qu'ils tiendront jusqu'au lendemain de Noël sans que la Troisième Guerre mondiale n'éclate à leur table.

Un autre cri strident, plus plaintif cette fois.

— J'y vais.

Lauren embrasse Jonah – il a un goût de mer – et ferme soigneusement les portes vitrées derrière elle.

Berthingham Palace est niché dans la jungle florissante de la véranda – palmiers Kentia, faux philodendrons et figuiers lyres – et bien placé pour lancer des piques cinglantes aux chiens de passage.

— Salut, toi.

— Douce nuit, chante Bertha.

— Très peu probable, j'en ai peur. (Lauren ouvre la porte de la cage, sachant qu'elle a des tas de choses à faire – notamment se doucher et se changer –, mais elle veut d'abord s'occuper de Bertha.) Ici.

Bertha fond sur sa main dans un souffle d'air, un éclair de queue écarlate. Elle a pleinement retrouvé son plumage luisant. Le stress qui la poussait à s'arracher les plumes a cessé. Mais Lauren a gagné bien davantage à leur réconciliation – hésitante au début, pas à pas, durant des mois, avec l'aide d'un nouveau thérapeute, qui lui a demandé :

— Après tout notre travail, Lauren, où voulez-vous être ?

Dehors, un conducteur klaxonne. Troublée à la perspective d'un nouveau visiteur, Bertha déploie ses ailes.

— Désolée. Tu dois y retourner.

Lauren ferme avec soin la porte de la cage et se précipite pour ouvrir la sienne, surprise par la vision décoiffante dans l'allée.

Au-dessus d'un grand carton, le vent fouette une cascade de cheveux vermillon. Dessous, des bottines argentées.

— Huit heures, putain ! Il m'a fallu huit heures de route pour venir jusqu'ici. Bordel, joyeux Noël !

Lauren aide Angie à entrer dans le hall. Le paquet a une forme suspecte.

— Je voulais vous faire une surprise. Mais il est un peu dur à cacher, chérie. On le met où ?

Elles le traînent jusqu'à l'ancien bureau de papy, converti en bibliothèque, avec son télescope braqué sur la voûte céleste et l'Affreux Humphrey dans une vitrine sur le mur turquoise. Lauren l'aide à le poser délicatement contre les étagères.

— Tu te souviens de Yana, qui loue le plus petit atelier ? demande Angie, essoufflée. (En divisant l'atelier de papa dans l'East End, Angie, sa nouvelle gestionnaire, a réduit les loyers, l'ouvrant à des artistes ne pouvant accéder au quartier, mais habilement augmenté le rapport.) Eh bien, elle m'a appelée il y a quelques jours. Pour dire qu'elle avait trouvé un tableau de Charlie derrière un panneau au fond du placard de stockage.

— On est rentrés ! s'écrie Kat en faisant irruption dans la pièce avec les autres, apportant le vent dans leurs manteaux. Oh, c'est quoi ?

Jonah éloigne Kofi pour l'aider à trouver un autre dessert – le bruit court que la tarte au citron d'Annabelle est un four –, laissant Kat, Flora, Angie et Lauren fixer le paquet avec méfiance, comme s'il pouvait exploser.

— Sauf si vous êtes trois sorcières, il ne va pas se déballer tout seul, dit Angie.

Les doigts tremblants, Lauren dégrafe la caisse en bois, ôte soigneusement le papier de soie et le bourrage en mousse avec l'adresse d'un galeriste. Et voilà. Tout ce qu'elles savaient sur Charlie Finch, le père et l'artiste, est balayé, inversé, comme l'image dans un appareil photo à sténopé.

— Nom de Dieu ! s'écrie Kat.

Lauren est fascinée. La vérité belle, sauvage, entièrement dévoilée. C'est le retour de la lumière après l'obscurité. Les vieux tubes de peinture, les Camel de son père, la voix vibrante de Bowie, l'essence de térébenthine et les coups de chiffon. Papa dans ses baskets usées, vif et musclé, avançant et reculant devant son chevalet. Et ce sont elles.

Le tableau n'est pas *Jeunes filles à la volière,* mais sa sœur plus petite, plus vivante. Sans l'impression troublante de stagnation, d'incomplétude de l'original. Ici, les coups de pinceaux sont plus amples, plus énergiques, comme si papa avait étalé les huiles dans un rêve fébrile. Ses jeunes modèles – s'efforçant de rester immobiles – semblent trouver cela hilarant. Le canapé de l'atelier peut à peine les contenir : Flora, Kat, Lauren… et Gemma, tenant l'oiseau de paille dans le creux de ses mains.

— C'est… c'est la réponse à la question que personne n'a su poser.

La voix de Kat se brise.

— Et la cage à oiseaux s'est envolée, murmure Flora.

— N'est-ce pas ? Dans tous les sens du terme. Je pense que c'est son chef-d'œuvre, pas vrai, Lauren ? dit Angie. Il est parfait. Et… regardez. (Elle écarte le tableau du mur, dévoilant le gribouillis derrière :) *Quatre Sœurs à l'oiseau de paille.* Charlie Finch, 2005.

Lauren flanche en voyant la date. Six ans après la mort de Gemma ; leur père s'était retiré de la vie publique, laissant les ragots se répandre. Finch était ringard. Fini. Il devait savoir que ce tableau était brillant, qu'il aurait fait taire les critiques, sans doute restauré son prestige. Mais il l'avait caché pendant toutes ces années. S'il avait vécu plus longtemps, il le leur aurait montré, elle en est certaine. L'œuvre semble désormais un cadeau d'outre-tombe, rappelant de manière douce-amère que Gemma n'avait jamais su qu'elles étaient sœurs et que Mike, le pêcheur disparu, n'était pas son vrai père.

Mike avait élevé Gemma avec amour, comme sa fille, longtemps après sa rupture avec Viv. Et ce lien était devenu de plus en plus difficile à défaire. Viv, elle, avait admis qu'elle s'était fait engager à Rock Point pour approcher la famille Finch, voir si elle pourrait lui confier un jour le cœur tendre de Gemma. Révoltée par les tentatives de mamie et d'Angie d'éloigner Lauren et sa fille, elle avait asséné la vérité à Charlie cet été-là : Gemma était le fruit de leur liaison d'un soir. À la mort de Gemma, ils avaient résolu – vu la fragilité mentale de Lauren et de Pete – de la garder secrète pour éviter de nouveaux traumatismes. Sauf que Viv n'avait pas tenu parole en se confiant à Dixie, avec qui elle s'était liée après ce mois d'août, et Dixie… eh bien, elle avait décidé trop tard de la dire à Lauren.

Un bruit de voitures qui s'arrêtent. De portières qui claquent. De voix.

— On le recouvre ? On le montrera à tout le monde plus tard, suggère aussitôt Kat.

Lauren acquiesce – elles ne peuvent pas accueillir Viv et Pete avec cette bombe –, et dissimule la toile. On sonne à la porte. Ils hésitent jusqu'à ce que Flora dise :

— Venez, ça va être sympa.

Puis elle traverse le hall dans sa combinaison noire, et ouvre la porte avec un sourire éclatant.

Viv. Pete. Blythe. Annabelle et son dernier mari. Louise et son petit garçon. Le salon se change en brouhaha de voix et d'aboiements, d'éclats de rire et d'apartés mordants, et en joute de parfums raffinés. Les bords de la pièce commencent à se brouiller dans une lumière féerique. Fuyant le bruit dans la bibliothèque, Lauren dévoile à nouveau le portrait, et voit comment la peinture brille là où son père a enfin réussi à capter la lumière. Elle sait alors ce qu'elle doit faire. Personne ne s'en apercevra. Pas si elle agit vite. Le temps que saute un bouchon de champagne, elle court en haut de l'escalier, frôlant les guirlandes de feuillage, jusqu'à ce qu'elle soit à son petit bureau, son stylo noir planant au-dessus d'un papier blanc. Elle a une dernière lettre à écrire.

Remerciements

Je suis extrêmement reconnaissante à tous ceux qui ont aidé à faire éclore *Jeunes filles à la volière*, pour changer une idée jetée sur un carnet en véritable roman au cours de la pandémie. Les conseils et les encouragements sans faille de mes éditrices, Maxine Hitchcock en Grande-Bretagne et Tara Singh Carlson, à New York, m'ont été précieux. De même, je remercie infiniment Maddy Woodfield, qui a mis tant d'énergie dans ce livre. Merci aussi à Hazel Orme, Gaby Wood ; Claire Bush, Louise Moore, Beatrix McIntyre, Vicky Photiou... bref, à l'équipe de rêve, chez Michael Joseph, qui a fait de mon précédent roman, *Les Filles du manoir Foxcote*, un livre à succès, malgré les difficultés à publier dans un monde qui se confinait. À ma très chère agente, Lizzy Kremer, ainsi qu'à Sam Norman, Maddelena Cavaciuti, Margaux Vialleron, Imogen Bovill, Kaynat Begum, Alice Howe et à tous les membres de David Higham Associates qui ont entretenu la flamme des auteurs dans une période des plus incertaines. À mon ami Sacha Newley, pour m'avoir parlé par Zoom, de son atelier, des techniques picturales. À Chloe Wood, d'avoir répondu à tant de questions sur l'art et les galeries quand on promenait nos chiens. À Gregory Lander, de m'avoir livré ses connaissances sur le Gris du Gabon. (Beaucoup de perroquets, dont cette espèce extraordinaire, sont menacés dans la nature, à cause de la perte des habitats et du trafic d'animaux sauvages : on trouve des informations sur ce qu'on peut faire pour les protéger sur www.parrots.org.) Aux excellentes romancières Claire Douglas et Sara Vaughan, d'avoir lu si généreusement, et si vite, les premières épreuves ; à Tess McPherson, amie chère et dermatologue *exceptionnelle*, pour nos baignades et sa victoire sur mes irritations oculaires – une longue histoire –, qui m'a permis de finir confortablement ce roman. À ma couvée, Oscar, Jago et Alice, ma très grande affection. Vous avez été des soldats tout du long. À Ben : je n'aurais pas pu écrire ce roman sans toi. Un merci ne suffit pas à exprimer ma gratitude. Aussi, je te le dédie avec amour. Enfin et surtout, à mes lecteurs – les meilleurs qui soient – pour tous vos messages, vos blogs et vos avis (et d'aimer mes posts sur les chiens). Merci, merci, merci ! J'espère que ce nouveau roman vous plaira.

Imprimé en France par
CPI Firmin-Didot
en avril 2024

pca
cmb
édition pré-presse
livres numériques

44400 Rezé

#lisez engagé!
www.lisez.com
Pour plus d'information :
Imprimé sur du papier issu de forêts gérées durablement.

N° d'édition : 67026/01 – N° d'impression : 178350